著 みかみてれん
画 竹嶋えく
4
わたしが恋人に
なれるわけないじゃん、
ムリムリ！
（※ムリじゃなかった!?）
WATANARE
Lovers?

あの夏の日、写真館で撮った一枚。
真ん中にわたしがいて、
その両隣に真唯と紫陽花さんがいる。
古くからの親友同士みたいに、
寄り添って、笑っている。
この日のまま、永遠に変わらない
三人でいたかった。
ふたりに置いてけぼりにされた
わたしは、まだあの夏の日に
囚われたままだ。
王塚真唯
おうづかまい
瀬名紫陽花
せなあじさい

甘織れな子
あまおりれなこ

正面には大きな姿見があって、
そこには香穂ちゃんの真っ赤な顔がばっちりと映っている。
髪をほどいてうつむいた香穂ちゃんは
まさしく美少女で、思わずドキッとしてしまった。
「それに、香穂ちゃんは、
その、じゅうぶんかわいいと思うよ」
「うう……あ、アリガト……。
でも、あんまり
褒めなくていーから……」

さらに小さくなる香穂ちゃん。
普段とのギャップが、やばい。
そのせいで、余計に
何倍もかわいらしく見えてしまう。
なんだろうこの気分……。
香穂ちゃんにもっとちょっかいを出して、
かわいい顔を引き出したくなるっていうか、
恥ずかしがるところを
もっと見たくなるっていうか……。

{香穂ちゃんの趣味をお手伝い}
〜コスプレ撮影会〜
なぎぽ

れなコアラ

CONTENTS

ダッシュエックス文庫

わたしが恋人になれるわけないじゃん、ムリムリ！（※ムリじゃなかった!?）4

みかみてれん

プロローグ

最高！　ハッピー！　毎日が幸せすぎる！

ハーイ、わたしは甘織（あまおり）れな子！　高校デビューに大成功した、元陰キャの女のコ☆

芦ケ谷（あしがや）高校の一年生で、学校でもトップレベルのグループに所属しているの。しかもその五人グループ、みんな女の子なんだけど、わたしを除いたふたりがわたしのことを好きなんだよ☆　もー、れな子困っちゃう！　わたしを取り合わないでー（つд⊂）ｴｰﾝwww

こんな、まるで夢みたいなことが起きるなんて、すっごくびっくりしちゃった☆　わたしってば、なーんの変哲もない、ただのどこにでもいる量産型女子なのにね☆

——そんなわたしは休み時間、クラスから離れたところにある、蒸し暑い女子トイレの個室に引きこもっていた。

両手で顔面を押さえる。

「……なんでかな……ただ毎日を、がんばって生きているだけなのにな……ただならぬ陽キャの才能が、目覚めちゃったかなー、わたしー……」

呪詛のような声が滴り落ちた。

夏休み明け。学校が始まって一週間ほど経って——わたしはすでに毎秒限界が訪れていた。

音がして、誰かが入ってくる。そりゃ学校のトイレなんだから誰かが入ってくるのは当たり前なのに、びくりと震えて、息を殺してしまう。

「学校だる～、永遠に夏休み続いてろよ～」

「ほんとほんと」

知らない女子グループの人たちみたいだ。ホッとする。友達の誰かがわたしを探しに来たのかも、なんて一瞬考えてしまった。自意識過剰にもほどがある。

「そういえばさ、こないだタクマのやつが、王塚真唯にコクったっぽくてさー」

「えーまじー？　うける」

飛び出てきた知り合いの名前に、ぎく、と硬直する。

そこからの会話は、断片的なものだけが耳に入ってきた。

「てか、新藤が琴紗月に」「え、あいつそっち系だったんだ」「まあわかるけど」「かなり瀬名も」「あー」「人気が」「やっぱ」「だよね」「みんな好きだよな～」

ドアの向こう側から聞こえてくる楽しそうな笑い声。芦ケ谷の華々しい美少女たちの名前には、人をちょっぴり幸せにするような言霊があるのかもしれない。

ひとしきり盛り上がってから、女子グループはトイレを出ていった。

わかっている。あの人たちとわたしでは、住む世界が違うってこと。誰の口からもわたしの名前は出てこない。言霊もたぶんない。そんなの、ずっとわかっている。

少し時間を空けてから、わたしは個室を出た。

洗面台の鏡に映る甘織れな子は、虚無の顔をしていた。


教室に入る。なにも考えていなかったから、昔の癖で存在感を透明にしたまま自分の席に向かうと、やっほー、と手を振られた。

前の席に座る紫陽花さんが、屈託のない笑みを浮かべている。

「おかえり、れなちゃん」

「あ、うん……」

素の表情でうなずいてから、ハッと気づく。違う、そうじゃない。

今のわたしは、トップカーストに所属している陽キャの女の子で――その上、校内有数のスーパー美少女に告白されてしまうぐらい、すごいやつなのだ。

わたしは心の自分にボディーブローをかましてから、にこぱっと笑顔を作った。

「ただいま！　いやあびっくりしちゃった聞いて聞いて。トイレがすっごく混んでてさ、45分待ちのアトラクションみたいに行列ができちゃってたんだよね！　これじゃあ、次からファストパス取得してから行かないと！」

「なあにそれ、おかしい」

　紫陽花さんがくすくすと笑ってくれる。きっと相変わらず、抜群にかわいいんだと思う。けど、わたしにはその笑顔が見れない。

「いやあほんとに！　あっ、でもそういうトイレいいと思わない？　毎日ひとり一枚チケットが配られてさ、一回だけ優先的にトイレに入れる、みたいなさ。スマホのアプリで、トイレリーダーに読み込んで使用する的なね！」

「えー？　使い方難しそうだねえ」

「だったらチケットにしよ！　毎朝校門のところで、ひとり一枚手渡し！　使わなかったチケットは下校時に、なんかいい感じのお菓子と交換してもらって……あっ、だったら誰も結局使わなくなっちゃう!?」

　笑顔でまくしたてる。喋った後に、遅れて自分の言葉の意味が耳に入ってくる感覚。失言していないかと気が気でないのに、止められない。

「あはは」

　また紫陽花さんが笑ってくれた。どうやらちゃんと楽しんでくれているみたいで、よかった。わたしは正解を引き当てている間だけ、生きた心地が得られた。

　先生がやってきた。「あとでね」と紫陽花さんが微笑んで、前に向き直る。潮騒のように教室から喧噪が遠ざかってゆく。数学の授業が始まった。

瀬名紫陽花さんは——わたしのクラスメイトで、例えるなら天使みたいな人だ。

見た目はふんわりしていて、華やか。声は甘く柔らかく。ただ優しいだけじゃなくて芯(しん)の強い面をもっていたり、一緒にいてぜんぜん退屈しないぐらいお喋りだって上手なんだ。

紫陽花さんは、まるで世界中の人から集めた『女の子の理想像』を混ぜて焼いて作ったパンケーキみたいな、すごい女の子。

わたしは。

夏休み、そんな彼女に、告白された。

誰もが憧(あこが)れるような、王道でストレートな告白だった。

『好きです。付き合ってください』と。

女の子同士っていうのは、多少は普通じゃないかもしれないけれど。それでも、紫陽花さんに告白されたのなら、ほとんどの人は天にも昇るような気持ちになるはず。きっとすごく幸せで、これからの未来がバラ色に輝き出すだろう。

……それなのに、わたしは……。

黒板のシルエットをぼんやりと視界に収めたまま、あの日のことを、思い出す。

＊＊＊

夕暮れ時の公園。目の前には、勇気を振り絞った紫陽花さんがいて。

「はい…………」

そう答えた数秒後、わたしはハッとした。

「いや、あの！」

なんてことを言ってしまったんだ、と背筋が冷える。

「今のは、ちが、あの！」

半ばパニック状態になりながらわめく。

「紫陽花さんの気持ちはすごく嬉しいっていうか！　そんな風に思ってもらってたなんて、ぜんぜん気が付かなかったっていうか！　えっ、いやあの、光栄です！　非常に！　素敵なことだと思うんですけど、でも！　わたしはその、なんていうか！」

中身がぜんぶなくなった福引きの抽選器みたいに、回しても回しても、ちゃんとした言葉が出てこない。わたしはますます焦って、周りが見えなくなっていった。

そこで、紫陽花さんがふーっと長い息をはいた。

胸を押さえて、まるで今まで時間が止まっていたかのように。

「ああ、緊張しちゃった」

目を細める紫陽花さん。

「急にこんなこと言われて、やっぱりびっくりしちゃうよね」

「あっ、いや！　嬉しいです！　本当に……本当に！」

「いいの。私がワガママ言いたくなっちゃっただけだから。聞いてくれて、ありがとうね」

紫陽花さんの微笑みを浴びながら、わたしは先ほどの告白の意味を必死に噛み砕く。

つまり。……つまり、どういうことなのか。

紫陽花さんのことだから、たぶんドッキリとかではないと思う。でも、だとしたら、なぜわたしのことを好きだと……？　付き合ってほしいなどと……。

わたしは無様に立ち尽くす。

親に連れていかれた銀行の手続きみたいに、なにをすればいいのかまったくわからなくて。

わたしは困ったあまり、助けを求めるように真唯（まい）を見た。

い、いったいこれはどういうことなの……？

真唯はしばらく反応を示さずにわたしたちを眺めていたものの、それから咳払（せきばら）いをして会話に交ざってきてくれる。

「ええと、なんだ……。つまり、君たちは？　付き合う、ことに？」

「ふふっ、そうなっちゃうのかな～？」

紫陽花さんの声は、まるで地に足がついていないかのようで、どこかわたしがテンパったときに発する鳴き声に似ていた。

「この展開はなかなか、度肝（どぎも）を抜かれたな」

「真唯ちゃんのことも、びっくりさせちゃった」

「そうだね。だけど、紫陽花は素敵な人だから。それだけ君の魅力が伝わっていたのだと思うと、どこか誇らしい気持ちもあるんだ」

「それもこれも、真唯ちゃんのおかげ、だよ」

わたしはふたりがなにを言っているのか、さっぱりわからなかった。なんでふたりがそんなに仲良くしているのか。どうして真唯がそんなに落ち着いているのかも。

いや、だって、真唯はあれほどわたしのことを好きだったはずで、だからわたしが迂闊にも首を縦に振ってしまったら、最初に真唯が突っかかってくるのが自然で……。もしかしたら、もう好きじゃなくなったのかもしれないけど……。

違う。思考がまとまらない。今は、それより先に紫陽花さんだ。

「あっ、いや…………付き合う、っていうのは…………」

手を伸ばすも、人に向けて告げた言葉を、回収することはできない。そのせいで、人類は古来から戦争を繰り返しているのだから。

汗が背中を流れ落ちる。耳鳴りがガンガンする。

「その…………」

なにかを提案されたときに、真っ先に否定を持ち出してしまうのは、わたしの習性だ。その上、ただでさえずっと真唯に断り続けていたっていうのに、紫陽花さんだけ例外というわけにはいかない。それはさすがに、都合が良すぎる。

恋人なんてムリです、友達のままでいさせてください。

だけど、同じことを紫陽花さんに対して？　本当に言うのか？

――わたし風情が？

「じ…………………………」

「……じ？」

紫陽花さんに顔を覗(のぞ)き込まれる。消えてしまいたくなる。

死にそうな声で、告げた。

「じかんを……くれませんか……？」

「時間？」

「はい……あの、おへんじ、するので……じかん……」

真剣な顔でわたしを見つめていた紫陽花さんが、うん、とうなずいた。

「わかった」

「…………は、はい……」

「どのくらい？」

「えっ!?」

普通に聞かれただけなのに、まるで神様の前に引きずり出された罪人みたいな気分になる。

「さ、さん…………三年……」

「えっ？」

思わず最大限のリミットを確保しようとしたら、紫陽花さんが目を丸くした。

いや、いやいや！

「い、一ヶ月！　とか、どうでしょうか！」

告白の返事に一ヶ月っていうのも、けっこう長い期間かもしれない。それなのに、紫陽花さんはわたしのことを慮(おもんぱか)ってくれた。

「う、うん。わかったよ、れなちゃん」

わたしはいつだって問題を先送りにする。けど……。

すごく率直な言い方をすると——紫陽花さんがわたしに告白するとか、もう本当に意味がわからなくて、これ以上、呼吸を続けられる気がしなかったのだ。

そのままずっと紫陽花さんに見つめられていたら、窒息死(ちっそくし)していたと思う。

紫陽花さんが手を伸ばしてきた。

「あ」

わたしの指先、人差し指を紫陽花さんがきゅっと掴んでくる。

紫陽花さんの手は、すっかりと熱くなっていた。

「れなちゃん、ほんとのことだからね……。私の気持ち、ぜんぶほんとだから」

伝わってくる。ちゃんと、紫陽花さんの心が。

わかる。紫陽花さんはいつだってひたむきで、堂々として、立派だ。

ただわたしが、その気持ちを受け止め切れずにいるだけで。

紫陽花さんが微笑む。

「ムリしないでいいからね。でも、れなちゃんのお返事、待ってるから」

「あ、う……」

わたしはなにも返すことができず。

紫陽花さんが去って、それからなにか言いたげな顔をした真唯が去っていって、ひとり残されて。手のひらを見下ろしながら、つぶやく。

「……紫陽花さん、なんで……」

紫陽花さんの大切な告白を保留したわたしは、とても罰当たりな存在で。

光に照らされ、己(おのれ)の闇と向き合う日々が始まった。

それから一週間経って、学校が始まって――。

お返事までのカウントダウンは、残り四週間弱。

――まだわたしは、呼吸がうまくできずにいる。

＊＊＊

「あー……」

誰もいない屋上のフェンスにもたれかかりながら、わたしはお布団になっていた。

風に吹かれていると、自分も地球と一体化しているような気分だ。

ここでは人の命など、ちっぽけなもの。

悩みもなにもかも、消え去って……。

　いや、いかないんだけど。

　お昼休みの喧噪が、否(いや)が応(おう)にもわたしが人間社会で生きているということを、思い出させてくる。そう、わたしは人間だ。お布団ではないのだ、実は……。

　鉄扉がギィと開く音がした。

「やあ、ここにいたんだね」

　振り返るまでもなく、その声だけでわかる。

　現れたのは、王塚(おうづか)真唯。わたしの横に並んだ彼女は、抜群のプロポーションと長く美しい金色の髪を伸ばした、現役のモデルだ。

　学業優秀、運動神経は抜群、見目麗(みめうるわ)しく、さらに売れっ子のモデルということで、天からすべての才能を与えられたに等しい真唯は、芦ケ谷高校において絶大な支持を集める女の子だ。そこでつけられたあだ名が、スパダリ。スーパーダーリンの略。

　多少強引なところはあれど、真唯と付き合う人は必ず幸せになることができるだろう。それはもう、間違いなく。

　だのに、真唯から告白されておきながらＯＫしない人間がいるとしたら、それはもうただの物好きか、あるいは性格をこじらせすぎて死んだ方がいいようなやつだ。

　例えば——わたしのように。

「まるで君と知り合ったときのようだ」

　真唯の声は、どんなときでも電子ピアノのように整っている。

「……そうですね」

微笑を浮かべた真唯がフェンスに頬杖をつくと、芸術品のような美貌が視界に入ってきて、思わずドキッとしてしまう。そんな資格、わたしにはないのに。

顔をうつむかせる。

「……真唯、ごめんね」

「ん」

視界の先には、コンクリート。口からこぼれ落ちた言葉が、涙みたいに地面を叩く。

「なんか……あんなことになっちゃって」

それは紫陽花さんに告白されたこととか、中途半端な返事をしたこととか、真唯がいるのに浮ついた態度を見せてしまったこととか、いろんな中身を含んだ言葉だったんだけど。

でもそのどれもが愚かすぎてはっきりと口に出せず、曖昧な物言いしかできなかった。

「あんなこと……あんなこと、か」

炭酸が抜けるみたいに、真唯がふっと笑う。

「この結果を予測できなかった私にも、責任の一端はあるように感じるのだけどね」

「それは、違うよ！」

バッと顔をあげた。

大きな声に真唯がびっくりしている。気まずさを感じて、目を逸らした。

「あ、いや……。だって、結局、わたしが優柔不断なのがいけないんだもん……」

真唯と視線の高さを合わせるのすら申し訳なくなって、ずるずるとしゃがみ込む。

「いっぱい、真唯から好きって言ってもらえてたのに、紫陽花さんから告白されて、それで勢いとはいえ『はい』だなんて……最低……」

「私の立場で君たちの肩をもつのも、おかしな話だとは思うが」

真唯は曇り空を眺めている。彼女がどんな気持ちでいるのか、わたしにはわからない。

「私のアプローチを受け入れた上で、紫陽花に乗り換えようというのなら、確かに酷い話かもしれない。けれど、君と私はまだ恋人というわけではないのだろう。それならば別段、不義理を働いていることもないんじゃないかな」

「それは……」

こんなときばかり、真唯はやけに物わかりがよくて、わたしは戸惑う。

わたしたちの関係は、ただのれまフレ。

お互いを大切にして、高校三年間で進む道を決めたり、時にはキスをしたりする特別な関係性だけれど、真唯の言う通り、恋人ってわけではない。

でも……。

「……だめだよ」

わたしは目の前のフェンスを、ぎゅっと握る。

「だって、わたしは……真唯に、ちゃんと考えるって、言ったのに……」

少しの間。真唯が言う。

「ちゃんと考えた結果が、これなら」

「ぜんぜん、こんなの、ちゃんとしてない……」

首を横に振る。気分が悪い。自分の中から、異物を吐き出すみたいに口を開く。

「真唯のことに答えを出す前に、こんなの、だめだよ」

その声音はあまりにも頑なで、刺々しく聞こえた。わたしのことを心配してくれている真唯に向けるべき口調じゃない。

ふぅ、と真唯が息をついた。

「私と紫陽花、どちらのことが好きなのか。それだけの話じゃないのかい」

わたしは頭を抱え込む。

「わかんないよ……好きとか、そういうの……ぜんぜん、わかんない……」

なんで真唯がわたしのことを好きなのか。紫陽花さんがわたしのことを好きなのか。そんなのさっぱりわからない。

「………だってわたしは、わたしのことだって好きじゃないのに………」

紫陽花さんには決して、言うことができなかった言葉。

だってわたしがわたし自身の価値を否定したら、それを認めてくれた紫陽花さんのことも、真っ向から否定することになっちゃうから。

『あなたが付き合いたいと言った女の子は、ひどいやつですよ。わたしはあいつのことが嫌いです』なんて、本人に絶対言えるわけない。

なのに、真唯には安易に口を滑らせてしまった。

真唯も同じはずなのに。ううん。それどころか、真唯は誰よりも最初にわたしの価値を見出してくれたのに。

「あ……」

わたしが見上げると、真唯はなにも言わず微笑んだ。

肩にぽんと手を置かれる。

「私は、君のことが、好きだよ」

「…………」

真唯は、どうしてそんなにも優しいのか。なのに、わたしの心はなにも動かない。

いいや、真唯の光に照らされて、ただわたしの影が浮き彫りになってゆく。

だいたい、そもそもおかしいんだ。紫陽花さんに告白されたなら、最初はまず『嬉しい！』って思わなきゃいけないでしょ。そうあるべきだよ。

実感だって、後からじわじわとわいてきて、ああわたしって幸せなんだな、って普通は思うものじゃないの？　それなのに、いつまでもこんな、逃げることばかり考えて……。

「わたしは……」

ああ、そうか。

ようやくわかった。

――わたしは人に好かれたいんじゃない。

誰かの特別になりたいだとか、親友がほしいとか、一番になりたいとか。

そんな大それた願いはずっと嘘だったのだ。

誘われる際にメンバーに入れてほしい。場にいることを許されたい。わたしが喋ったことをみんなに聞いてほしい。したことへの反応がほしい。

それって、ぜんぶ、ようするに——。


——ただ、人に嫌われたくないだけだったのだ。


恋人になるのが嫌だったのも、わたしの内面に踏み込まれたら、素を見られたら、嫌われるかもしれないから。

違う。かもしれないなんかじゃない。きっと嫌われるに違いないんだ。だって誰よりもいちばん自分のことをよく知っているわたし本人が、わたしのことを嫌いなんだから。

だからムリヤリ遠ざけた。真唯を何度も突き飛ばした。

距離を置いてもらえれば、こんなわたしだって『実はいいやつなんじゃないか』って思ってもらえる。どうにかこうにか上辺だけ陽キャを取り繕って、ごまかして、友達付き合いを続けることができる。人間性の浅さがバレずに済む。

なのに——相手が遠ざかろうとすると、すがりつく。近くにいてほしがる。周りをさんざんに振り回す。

『本当の友達』がほしいなんて、嘘。弱さを見せ合う関係性がいいっていうのも、相手は自分を嫌わないんだっていう『保証』がほしかっただけなんじゃないのか？

ぜんぶぜんぶぜんぶぜんぶ、ぜんぶぜんぶぜんぶ、自分のため――。

そこで。

真唯の手のひらが、わたしの頬を撫でた。

「あ……」

顔を上向かされると、そこにきれいな真唯の顔があった。

目が合って、数秒。

今この瞬間だけ、ぐちゃぐちゃの頭が思考を止める。

キス、されるのかな、って思った。

無理矢理にでも求めてもらえたら、わたしももう少しだけ、自分の価値を繋ぎ留められたのかもしれない。漫画とかでよく見る、『お願い、ぜんぶ忘れさせて……』ってしなだれかかるやつだ！　と、こんなときでもなければ、感動していただろうけど。

だけど、真唯は顔を近づけてくることもなく、頬に添えた手を離した。

「……きょうは、やめておこうか」

「真唯……」

したいわけじゃない。されたいわけでもない。なのに、してもらえないと、手遅れなほど嫌われたのかと不安になる。

本当にどうしようもない。

真唯は悲しそうな目をして、わたしのもとから離れてゆく。あんなに仲の良かったはずの真唯とも、今はどんな風に笑い合っていたのかさえ思い出せなかった。

屋上のドアが、バタンと閉じる。

わたしは膝を抱えて、座り込む。

自己嫌悪で、涙が出てきた。

「うっ……ううっ……うっ……」

中学生のれな子が、それ見たことか、とわたしを軽蔑の視線で見下ろす。甘えるのもいい加減にしろよ。最初から陽キャを目指すなんてムリだったんだよ、とささやきかけてくる。

ぜんぶ、その通りだ。

罵倒されたわけじゃない。殴られたわけでもない。ハブにされてもいないし、それどころかみんな優しくて、好意まで向けてくれる。

誰もわたしに怒らない。

なのに心が打ちのめされてしまうわたしは、完全にメンヘラのダメ人間だ。

真唯、紫陽花さん。

本当に、ごめん。

わたしがふたりの思っているように、ちゃんと眩しくて、強くて、前を向いて歩けるような子だったらよかったのに。

そうじゃなくてもさ、ちゃんとみんなを最後まで騙し切れるだけの覚悟と強さがあれば、よかったんだ。

こんな、人からの評価ばっかり気にして、誰にも嫌われたくないって顔色を窺っているような惨めな女じゃなくてさ。

ごめん、本当に。

誤解させてしまって、ごめんなさい。

「…………死にたい……」

昼休み終了のチャイムが鳴る。

わたしは教室にも戻れず、初めて高校の授業をサボった。

午後の授業を丸々サボって、学校から人気がなくなった頃、ようやく教室に戻る。

サボりかあ……ついに不良になっちゃったな、わたし……。

ただでさえ学校で居心地が悪いのに、サボってしまったということでさらに人の目が怖い。

ビビりは学校をサボるべきではない……。

万引き犯のような気持ちで教室に戻ると……。

クラスには誰もいなくなっていた。

わたしは、あからさまに胸を撫でおろす。

紫陽花さんにでも遭遇したら、体の調子が悪くてさー！　とかなんとか言って、また嘘をついて罪を重ねなければならなかった。

「……紫陽花さん」

帰り支度を整えながら、紫陽花さんの席を眺める。

「……どうして、わたしのことなんて」

考えても仕方ないことだとは思う。だってわたしはさんざん真唯に『どうして』と聞いて、ちゃんと答えてもらったのに、ひとつも自分じゃ納得できなかったんだから。

でもそれで、ハイこれで考えるのやめます！　って設定変更したりできないのが人間の不具合なわけで。早くバージョンアップしてほしいな、人類。

わたしはため息をついて、リュックを背負う。

「帰ろ……」

サボった罪悪感を抱えたまま、わたしは逃げるようにその場を立ち去った。

びくびくしていたけれど、幸い、学校からおうちに連絡はなかったみたいだ。

わたしは夕食のときも言葉少なにさっさとご飯を食べ終わって、自室に引っ込んでゆく。妹がなんか言ってた気がしたけど、わたしの耳には届かなかった。

お風呂も入らず、そのままお布団に潜り込む。精神はくたくたなのに、嫌なことばっかり考えちゃって、なかなか寝付けない夜を過ごした。

一晩寝ればマシになると信じて、無理矢理にでも目をつむった。その翌日。

わたしの心は治るどころか、化膿（かのう）しちゃっているような有様だった。

＊＊＊

「お母さん……なんかきょう、具合悪い……かも」

「あらそう？　学校どうする？」

パジャマ姿でリビングにやってきたわたしは、口ごもる。

「休もうかな」

視線をそらしてつぶやく。様子を窺うと、お母さんはちょっとだけ心配そうな目を向けてきたけれど、でも、なんでもなさそうに微笑んだ。

「そうね、高校入ってがんばってたもんね。いいわ。休んだからってゲームばっかりしちゃだめよ。ちゃんと大人しく寝てなさいね」

「うん……」

小さくうなずいて、わたしはとぼとぼと部屋に戻る。

すれ違った妹が「あれ、お姉ちゃんきょう休み？」と首を傾（かし）げていた。わたしはなにも答えず、部屋に戻る。

後ろから、妹とお母さんの会話が聞こえてくる。

「お姉ちゃん、またサボり病が出たんじゃないのー？」

思わずドキッとして。

「……っ」

いや本当に具合が悪いんだし！　とも怒鳴ることができず、わたしはお部屋に戻る。

まだ体温のへばりついた布団に潜り込んで、横になった。

スマホに手を伸ばそうとして、引っ込める。誰かから連絡が入っているかもしれないけど、昨日サボってから気まずくて、一度も画面を見れていない。

玄関が開く音。妹の「いってきまーす」の声。お父さんが仕事に行って、お母さんが家事をする物音がドアの向こうから聞こえてくる。

わたしは布団の中で、それらをぜんぶ、聞き流している。

「あー……」

細い糸を巻き取りながら、おっかなびっくりと迷宮の中をさまよっていたら、途中でその糸がぷっつりと切れて、もうどこにも進めなくなってしまったような。そんな気持ちがする。

いやいやそんな、とわたしの中の誰かが強がりを言う。

たまたま疲れただけで、こんなの一日休めば回復するから。だから、明日からはまた元気な顔で学校に通うから。

大げさだよ。みんなになにか言われるかもなんて、ビクビクしちゃって。誰もわたしが授業をサボったことなんて、気にしてないのにさ。

ていうかこれはほんとに具合が悪いんだから。お母さんも言ってたじゃん、今までずっとがんばってきたから、疲れが出ただけ。

明日からまた、元通り。

元通りになるから。

「……うん」

カーテンで陽の光を遮ったこの部屋で、わたしは頭まで布団をかぶった。

でも、知っているんだ。

不登校になった中学時代の、サボり最初の一日目だって、こんな風に、ただなんとなく気まずくて行かなくなったのが、ズルズルと伸びてしまっただけだったってこと。

わたしはいつの間にか眠っていて、起きたときには外はもう、夕焼け模様だった。

目をこすり、わたしはベッドを降りる。

「だる……」

夢は見なかった。

学校で過ごす一日はあんなに密度が濃くて、たっぷり時間が詰まっているのに。おうちで休むとなんであっという間に時間が進むんだろう。相対性理論ってやつかな。(?)

顔を洗ってからシャワーを浴びて、ぼーっと食卓で夕食を待つ。

スマホがないと、手持ち無沙汰だ。仕方ないので、夕方の教育番組を眺めていた。未来ある少年少女が楽しそうにしている。この中の何人が、来年再来年もテレビに出られるのだろうか……なんて暗いことを、自然と考えてしまう。

お母さんはなにかと「具合大丈夫?」とか「明日は学校いけそう?」とか「病院いけばよかったね」とか、話しかけてくれるけど、わたしは適当に生返事をしていた。

妹が帰ってきた。

「ただいまー。ってうわ、なんか顔死んでるし」

「……」

わたしがなにも答えずにいると、妹は鼻を鳴らして自分の部屋に戻っていった。

夕食まで、部屋にこもっていればよかったな、って思う。妹の陽キャオーラを浴びると、否応なしに芦ケ谷のみんなのことを思い出してしまう。

部屋着に着替えた妹がやってきて、スマホをいじりながら席についた。

「お姉ちゃんさ」

「……なに」

「んー……いや、いいや。なんでもない。そうやってムスッとしてると、うわーブスだなーって思っただけ」

「は?」

こっちは一応具合悪いって設定なのに、なんで急にそんなこと言われないといけないのか。

眉をひそめて聞き返す。

妹は感じ悪い態度のまま、話を変えた。

「あ、そういえば、夏休みにうちに遊びに来た子たちいるじゃん？　あの子たちがなんか、お姉ちゃんのアルバム見たいって言っててさー。写真とかってどこにあったっけ。お父さんの部屋だった？」

「え、なにそれ。ぜったいダメなんだけど」

「いやいや、探せば一枚ぐらいあるでしょ、マトモな写真。いくら昔のお姉ちゃんでも、幼稚園児とか、赤ちゃんとかで」

「だから、嫌だってば！」

バンと机に手を叩きつける。

思った以上に大きな音が響いた。

シンとしたリビングに、テレビの明るい声が響く。

妹が冷めた目でわたしを見る。

少しもわたしなんて怖がっていない視線を浴びて、血液が冷えていくような心地がした。

「うるさいんだけど。嫌なら嫌って言えばいいだけじゃん。いちいち机叩かないでよ」

「……あ、」

手を引っ込めたわたしは、ごめんなさいとも言えなくて。

様子を見に来たお母さんとすれ違うように、リビングを出ていくことしかできなかった。

——ただ、この日、妹がアルバムの件を持ち出してこなければ、わたしはあのことに気づくこともなく。あるいはわたしの社会復帰は何年も遅れていたのかもしれない。

それを妹のおかげとは、言いたくはないけれど！


先回りしてお父さんの部屋から確保してきたアルバムを、机の上に放り投げて。

わたしは椅子の上で足を抱えていた。

「嫌だって、いつも、言ってるじゃん……。遥奈が無神経なだけじゃん……」

妹に言われた言葉に、頭の中で何度も何度も反論する、不毛な時間。

「なんでそうやって、簡単に踏み込んでくるの、みんな……。やめてほしい……。構わないでよ、わたしのことなんて、どうでもいいじゃん……」

うめく。

わたしは机の引き出しから、一枚の写真を取り出した。

それは、三人で撮ってもらった写真だ。

紫陽花さんがくれた、あの夏の日、写真館で撮った一枚。そこに写るわたしは、不器用ながら、楽しそうに笑っている。

真ん中にわたしがいて、その両隣に真唯と紫陽花さんがいる。古くからの親友同士みたいに、寄り添っている。

この日のまま、永遠に変わらない三人でいたかった。でもきっと、真唯も紫陽花さんも強いから、どんなに変わっていっても、そんな自分を肯定することができるのだ。

臆病で、変われないのはわたしだけ。ふたりに置いてけぼりにされたわたしは、まだあの夏の日に囚われたままだ。

写真をそっと指で撫でる。その指先が、チリチリと熱い。

ノックがあった。

「お姉ちゃん、入るけど」

「えっ!?」

慌てて写真をアルバムの下に隠す。

妹が侵略者のようにズカズカとわたしの部屋に上がり込んできた。悲鳴をあげる。

「簡単に踏み込んでくるじゃん!?　さっきの今でよくそんな来れますね!?　記憶が五分間しかもたないの!?」

「いや知らないけど。お父さんの部屋にアルバムがなかったから、どうせお姉ちゃんが、かっぱらっていったのかなって」

わたしは我が子のようにアルバムを抱きしめる。

「嫌だって言ったよね!?　何度もさあ！」

「でも、マトモな映りのやつもあるんじゃない？　お姉ちゃんが嫌がっているのは、陰キャがバレることでしょ。だから、試しに探してみようよ」

「ないって一枚も！　わたしとか生まれたときからずっとゴミだから！」

「はあ？」

妹が低い声を出して、嫌悪感をあらわにする。ひい。

「お姉ちゃんがゴミだったのは中学時代でしょ」

「人をゴミって言うなよ！」

「自分で言ったんじゃん……」

　遥奈がわたしのアルバムを奪い取る。

「いいからほら」

「ああっ！」

　本気で取り合ったら体力の差で敵（かな）わないことなんてわかっているので、わたしは遥奈の裾（すそ）を弱々しく摑んだ。

「わ、わたしが納得したものじゃないと、だめだからね……一枚もなかったら、ちゃんと諦（あきら）めて……それが、せめてもの条件……叶（かな）わなければ、わたしはアルバムをここで燃やす……」

「そんな必死になることある？　いやまあ、わかったけど……」

　遥奈がベッドに座って、アルバムをめくる。

　甘織家の写真のほとんどは、一時期カメラにハマってたお父さんが撮ったものだ。それ以外にも、スマホを買ってもらえなかった頃にわたしがデジカメを借りたり、遥奈が借りたりで、友達の写真とかも映ってたりする。

「あ、これどう？」

「やだ！　なんかバカっぽい！」

「だったら、これとか」

「髪型ヘンじゃん!?」

「めんどくさあ……」

「遥奈の選び方に悪意があるだけだって！」

わたしは血走った目でアルバムをめくる。

ないのか？　一枚も？　わたしが陽キャの親玉に見えるような写真は、本当にないのか？

奇跡の一枚はないのか!?

「お姉ちゃんさぁ」

「なに!?」

「きょう学校サボったでしょ」

「え!?」

わたしは黒ひげ危機一髪みたいに顔をあげた。

「い、いや～？　お、お腹(なか)痛かったから、ね、念のために休んだだけですけど～？」

妹の白々しいものを見るような視線。

むぐ……。なんだ、わたしってそんなにわかりやすいのか……？

「なにがあったか知らないし。お姉ちゃんがいくらサボろうが、あたしの人生には未来永劫(えいごう)なんら影響はないし、究極的には超どうでもいいんだけどさ」

言いすぎじゃない!?

「でもまあ、代わりにお姉ちゃんが陽キャの人たちとつるんでると、私にもいい影響があるっていうのは、びっくりだったわけでさ」

「……なにそれ」

遥奈の様子を窺う。

素の表情の妹は、どんな気持ちで今の言葉を言ったのかはわからなかった。

わたしの妹なのにずるい。もっと感情を顔に出してほしい。

「別にわたしは、遥奈のために高校デビューしたわけじゃないし」

「わかってるけど、でもさんざん特訓に付き合ってあげたんだから、その分の見返りぐらいは請求したってよくない？　出世払い的な」

「……それは、まあ……？」

実際、いろいろと協力してもらった。

「美容院にひとりじゃ行けないし、お母さんに連れてってもらうのも恥ずかしいって言うから、私がついてってあげたりさ。服だって、メイク用品だって選んであげたし。今思えば、去年までランドセル背負ってた妹に聞く？　って感じだったけど」

「それも、まあ……」

細かいことなら、まだまだある。

遥奈がこうしてなんでもズケズケと言うようになったのだって、わたしが『言動でよくないところがあったら、指摘して！』と頼み込んだからだ。おかげで早口だって直ったし、相手の興味ないことを延々と話し続けるクセもじゃっかんマシになった。

口に出して言うのは恥ずかしいけど、一応、こまごまと付き合ってくれたことに関しては、感謝だってしている。

でも、わたしがいちばん感謝しているのは。

「だからさ、ここでお姉ちゃんがまた引きこもりに戻ったら、実質あたしは損しちゃうわけじゃん。お姉ちゃんに投資した時間も含めてさ。だから、明日は学校いってよね」

「べ、別にサボりじゃないし！　具合が治ったら、行くっての！　もともとはちゃんと、明日行くつもりだったし……」

そこで妹はなんと、ロック解除して放置してたわたしのスマホを摑んだ。

「あっ、こら！」

「うわ、連絡たまってるじゃん。ほら、真唯先輩も紫陽花先輩も心配してるよ。『大丈夫、明日は学校いくから』って送っておくね」

「ちょっ！　なに勝手に！　ばっ、やめ！」

ぽい、とスマホを投げ返された。

画面を見る。うわあ、マジで返信してやがる……。

「さすがにこれはライン超えでしょ……ＬＩＮＥだけに……」

「むしろ感謝してほしいぐらいなんだけど。お姉ちゃんができないことをいともたやすくやってあげたんだから」

「あまつさえ恩に着せてくるの、こわ……親の顔が見てみたい……」

真唯、紫陽花さん……それに香穂（かほ）ちゃんまでメッセージ送ってくれていた。わたしはクラスメイトの名前を見て、しんみりしてしまう。

本当に、みんな優しい。

あの人たちに優しくしてもらった分だけ、報（むく）える自分でありたいとは思う。ぜんぜんうまくできないけど……でも、そうなりたいって、思う気持ちは……うそじゃない……。

「これで明日、学校行くしかなくなったね」

遥奈は腰に手を当てて、得意げ。

わたしを背水の陣に追いやっておきながらなんだその顔は……。

「スパルタすぎる……」

「ぜんぜん。私、部活の後輩にはもっと厳しくしてるし、お姉ちゃんにはあまあまだよ。てかできるでしょ、これぐらい余裕で。私と同じ遺伝子を有しているんだから」

こいつはいつもわたしに、容赦しない。わたしの退路を封じて、逃げ場をなくして、前に進むしかない状況に追い込んでくる。だからわたしも破れかぶれになって、もうやるしかないんだって気持ちにさせられる。

口に出しては言わないけど、それをいちばんわたしは、感謝している。

もうちょっと優しくてもいいと思うんだけどね！

「あっ、これでいいじゃん！」

やりたい放題の遥奈は、侵略者どころか、略奪者だったようだ。テーブルの上。さっきまでアルバムで隠していた写真を見つけて、手に取った。

真唯と紫陽花さんとわたしが写っている、あの夏の日の写真。

「それは」

昔の写真じゃないんだけど……。

わたしは伸ばしかけた手を、だけど、引っ込めた。

「……うん、まあ。いいけど、大切にしてね」

妹が持っていくなら、それでもいいかって、思ったのだ。

その写真はあまりにも綺麗すぎて、わたしの手元に置いておくには、恐れ多いから。

「ありがとね、お姉ちゃん！」

体育会系っぽいハツラツとしたお礼を残して、妹は部屋を出ていく。

用が済んだら、さっさといなくなりやがった。学校サボったわたしとは人生の濃度が違う。

あいつはもう、まったく……。

ベッドに座り直したわたしは、なんとなくアルバムに手を伸ばした。遥奈とのドタバタで中途半端にめくられたページを、また最初から見返してゆく。

懐（なつ）かしい。小学校時代はそこそこコミュニケーション取ってたんだな、わたし。

友達だった子たちが、何人も写ってる。その中にはわたしが陽キャを目指すきっかけになった子がいたり、名前もぼんやりとしか思い出せない子がいたり、さまざまだ。

彼女たちも……今のわたしみたいに、なにかに悩んだり、ぶつかったりして、日々をがんばっているのかな。

思い出話をしたいな。あの頃の楽しかった話を、誰かと語りたい。

たぶんそれは『イマ』からの逃避なんだろう。でも、過去があって今のわたしがいるんだ。

たまにはわたしの人生を見つめ直したって、いいじゃないか……。

誰か、連絡先を知っている子、いないかな。

高校生になって連絡してもあまり不自然に思われないような子……。あるいは、わたしをチヤホヤして自尊心を満たしてくれる子……。最後だけ甘織ゲス子が出てきた。

「……あ、この子」

そこで、ふと目を止めた。

カメラに向かって控えめなピースをしている小学生の女の子。わたしが当時通っていた塾に、デジカメを持っていったときのものだ。

彼女はメガネをかけて猫背気味の女の子だった。大人しくて、優しくて、わたしたちはいつも好きな漫画の話とか、アニメの話で盛り上がっていた。楽しかったな。

塾ではいつでもふたりでいて、人に嫌われることも、人に好かれることも、なんとも思っていなかった。ただ毎日があっという間で、輝いていた。

「……きょう寝て目覚めたら、また小学生の朝に戻っていたらいいのに……」

そうしたら学校で楽しく遊んで、塾に行ってあの子といっぱい漫画の話をするんだ……。お腹が痛くなるまで笑い合って、塾の先生に『真面目(まじめ)にしなさい』って怒られて、ふたりで反省したフリをしながら、コッソリ舌を出すんだ。

二度と戻らない過去に思いを馳せながら、いつまでもぼけーっと写真を眺めていたわたしは、ふと奇妙な既視感に気づいた。

あれ、なんか、これ。見覚えがある……？

いや、かつてわたしが撮ったものだから当たり前なんだけど、そうじゃなくて、なんだろうこの感じ。どこかで見たような。

「……………ん？」

アルバムを睨みつけていると、スマホに、ぽんっとメッセージが届いた。

そこに浮かび上がった名前は――。

『れなちん、待ってるからねー！』

――え、いや、まさか。

「…………え？」

かつて塾で一緒に学んだ友達の名前は、そう、確か……。

皆口香穂。

奇しくもそれは、真唯グループのひとり、小柳香穂と同じ名前だった。

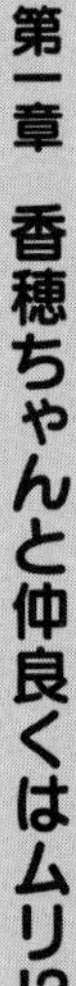

第一章　香穂ちゃんと仲良くはムリ!?

わたしがなんでゲームを好きになったかというと、それは間違いなく本の影響だ。

小学生のわたしは本を読むのが好きで、よく図書館を利用している子供だった。

中でもイラストがついている本。児童文学や、あるいはライトノベルを好んで読み漁っていた。ジャンルはファンタジーが多かったかな。

それからファンタジーのゲームを楽しむようになって、世界観に浸ったわたしが、動画配信とか見るようになり、ＦＰＳというジャンルを知って戦争ゲームばっかりやるようになっていくんだけど……。

閑話休題。

その当時、いちばん仲が良かった子が、皆口さんだった。

学校ではわかってくれる人がいなかった漫画の話を、皆口さんとは思う存分できた。

どんな子が好きだとか、あのシーンがかっこよかったとか。あるいはふたりで漫画雑誌を回し読みして、次の話の展開を予想し合ったりした。

今思えば、わたしの十六年の人生を通して、趣味の話をできる唯一の友達だったような気がする……。同じ陰キャ同士ってこともあって、緊張せずにおしゃべりできたからね……。

もともと夏休みだけ通うはずの塾を、半年も続けたのは、あの子に会いたかったからだ。

わたしたちはすっごく仲のいいふたりだった。

それが……皆口さんが、まさか香穂ちゃんだった……？　そんな偶然、ある!?

「お、おはよ……」

わたしはなるべく目立たないよう、こわごわと教室に入ってゆく。

クラスには人がまばらだったため、否応なく注目を集めてしまう。ひい！　人の目！

だけど、そんな視線を遮る衝立みたいに、ふたりの女の子がやってきた。いつもふたりセットでいる長谷川さんと平野さんだ。

「おはようございます、甘織さんー！」

「学校お休みで心配しちゃいましたよ。お体大丈夫でした？」

「あっ、うん」

話しかけてもらったのが嬉しくて、ついつい『へへへ』と下卑た笑みを浮かべてしまいそうになり、慌てて口角をあげる。

「ふたりとも、ありがと。もう、調子よくなったよ」

「そうですかー。最近季節の変わり目で、体調崩しやすいですもんねー」

「でも、甘織さんがいないと、クラスの華やかさが半減しちゃうんで、元気になってくれてよかったです！」

「半減だなんてそんな、大げさだよ。せいぜい三分の一ぐらいかな」

そう言うと、ふたりもあははと笑ってくれた。嬉しい。

よしよし、可憐で美しいトップカースト女子を演じられているぞ。長谷川さんと平野さんがわたしを持ち上げてくれるから、人の視線も怖くなってきた……。ありがとう……。

「おっはよー！　れなちん！」

そこで後ろからぐいっと重みがのしかかってきた。ぐえ。

つんのめりつつ、振り返る。シトラスの爽やかな香りを漂わせた美少女の顔が近くにあった。

ぎゅっと抱きつかれている！

「か、香穂ちゃん、おはよ」

「ん！」

見る人すべてに元気を注入するみたいな、純白の笑顔が眩しい。

一日ぶりに見た香穂ちゃんの笑顔は、本物の美少女の輝きだった。キョドりそうになるのを、がんばってこらえる。香穂ちゃんのスキンシップにいちいち動揺してたら、日常生活がままならないので……。

はわわわ、と長谷川さんが口元に手を当てる。

「クインテットのふたりの絡みが……間近で……！」

「え？」

「こんな美少女濃度が高い空間に自分が存在していることが耐えられません……！　それでは甘織さん小柳さんお元気で！　なるべく長く幸せで健康に生きてくださいね！」

　長谷川さんと平野さんは、手をひらひらさせてサササササと去ってゆく。香穂ちゃんが「まったねー」と手を振っていた。憩いの時間、終了！

　リュックサックみたいにもたれかかってくる香穂ちゃんを背に、わたしがつぶやく。

「……なに、クインテットって」

「なんか最近あたしたち、そう呼ばれているらしーよ」

　スマホで検索する。クインテットは、デュオ、トリオ、カルテットのその次。五重奏のことらしかった。

「初めて聞いた。わたしたちグループが五人組だから？」

「それプラス、マイマイの会社ってほら、クイーンローズって言うでしょ？」

「うん。あ、あー？　なるほど？」

　本来の綴りはQuintetなんだけど『Queentet』ってことなのかな？　なにそれハイパーおしゃれじゃん。

　香穂ちゃんがわたしの背から降りつつ、ピースサインを目元に当てる。

「これからは『クインテットの甘織れな子でーす♡　キラッ☆』って挨拶しなきゃだね！」

「その末席に加えさせていただいているのか、わたしは……」

身に余る待遇に、恐れ多くなってきた。

きししと笑う香穂ちゃん。

「れなちんを刺したらクインテットの席が空くと思っている人も、一定数いるかもネ？」

「権謀術数にまみれてるやつじゃん……」

自分で自分の身体を抱く。

教室の後ろの方で香穂ちゃんと話していると、徐々に教室に人が増えてきた。

「あ、れなちゃんだ。おはよー」

「おはよう、甘織」

「わ、紫陽花さん、紗月さん。それに、王塚さんも」

「やあれな子、おはよう」

さっき話題に出たクインテットが、一堂に会した。

どこからか『おお〜……』というどよめきが聞こえてくる。夏休みを明けてますます評判が広まったからか、他の学年からも人が見に来ることすらある面々のパワーに恐縮して、わたしは一歩後ろに下がっちゃうんだけど。

紫陽花さんが笑顔で両手を合わせる。

「なんだか、みんなで集まるの久しぶりな感じがして、楽しいね」

その『ね』の声は、わたしに向けられていた。休み明けでちょっと輪に入りづらそうにしていたわたしを迎え入れる、気遣いの『ね』だった。

「う、うん」

こくこくとうなずく。今のはたまたまわたしが気づいただけで、紫陽花さんはいつもこうしてわたしを慈しんでくれている。天使が女神になる日もそう遠くないかもしれない。

「甘織、あとで瀬名にでもノートを見せてもらいなさいな」

「そうだねー。あ、でも私、きょう授業ないから、古文もってきてないなあ」

「だったらあたしが見せたげる！　学校に置きっぱだから！」

「胸張ることじゃないわよ、香穂」

「あはは……紫陽花さん、香穂ちゃん、ありがとう。紗月さんも」

労ってくれるメンバーを、わたしは両手で拝む。

みんなが優しくしてくれている。休んだからって、誰も腫れ物に触るような扱いをしてこない。わたしの不安は、はっきりと自意識過剰だったのだ。

「……」

ただ、その中で真唯だけはちょっといつもと雰囲気が違った気がしたんだけど……。それは、たぶん、仕方ないこと。

わたしが学校をサボったのは、真唯と屋上で話した直後だったし……もしかしたら、気にしちゃっているのかもしれない。

もちろんそれは丸ごと事実なので『なんでもないよ！　大丈夫だよ！』というフォローはさすがにできなくて、どこか胸にチクッとしたものが残る。

「じゃあ授業が始まる前に見せてあげるね」

「あ、はい、ありがとうございます」

紫陽花さんの言葉をきっかけに、みんなが席に戻ってゆく。

そうだ。学校をサボってＭＰ（メンタルポイント）はちょっと回復したけど、結局、根本的な問題はなにも解決していない。

早いところなんとかしないとってわかってはいるんだけど……。でも、深刻に悩むのも、ＭＰを消費するわけで。

正直わたしの抱えている問題は、わたし自身の人間力では到底太刀打ちできないようなものだ。それでもどうにかしたいのなら、わたしがちゃんとステータスを全回復して一か八かのボス戦に挑むか、あるいは地道に人生経験を積んでレベルアップするしかない。

後者を選んでいる時間的な余裕はなさそうなので……。

せめて、ちゃんとメンタルを安定させなきゃ。そうじゃないと、また昨日みたいにグズグズになっちゃう……。妹のおかげでサボりは一日で済んだけど、次はいつ不登校になってもおかしくない。わたしはわたしのザコさだけは信じている！

よし、だったら。

「あのさ、香穂ちゃん」

「はにゃ?」

古文のノートを届けに来てくれた香穂ちゃんに、わたしは言いよどむ。

「えっと……」

「？」

首を傾げる香穂ちゃん。

もしも香穂ちゃんがわたしの知っている皆口さんだとして……。例えば、わたしの相談に乗ってくれたりして、仲間になってくれたら……ひとりじゃ倒せない困難にも立ち向かうことができるかもしれない。

仲間を集めるのは、ＲＰＧの基本なので……。ものすごい都合のいい話だけど！

いや、ていうか別に悩みなんて相談できなくてもいい。思い出話ができればそれで満足だし、なにより香穂ちゃんともっともっと仲良くなれたら嬉しいし……。

香穂ちゃんはわたしの中学時代を知らないだろうしね！　わたしにただただ都合がいい！だけども。

わたしは香穂ちゃんをじっと見つめる。

顔の造形に面影は残っている気がするけど……でも、小学校時代のあの子は、もっと陰の気をまとっていた。少なくとも自分がかわいいってことを自覚した角度で首を傾げて『はにゃ？』だなんて言うことはできなかった。

今の、誰よりも陽キャでパリピな香穂ちゃんとは、似ても似つかない存在だ。

どうしよ、ワンチャンかけるか……？　他人だったら謝ればいいだけだし……。

そうしよう。失うものは別にないんだ。（せいぜい夜にベッドで悶えるぐらい）

「あのさ、えっと……ここじゃなんだから、ええと、お昼休みとかどうかな……？」

「いーけど？」

わたしは怪訝そうな顔をする香穂ちゃんに、ムリを言って頼み込む。

「ナニナニー？　まさか告白ぅ？」

香穂ちゃんが意地悪な顔で笑う。紫陽花さんが大げさに「えっ!?」と振り返ってきた。

真唯と紫陽花さんに告白されておきながら香穂ちゃんに告白するとか、やばい女すぎるでしょ！　ちがいますー!!


お昼休み。わたしは香穂ちゃんを校舎裏に呼び出していた。

「えっ、なに？　こんなところに呼び出すとか、まじの告白？」

「ちがいますからあ！」

頬に手を当ててドキドキした顔を作る香穂ちゃんに、思いっきり叫ぶ。

ああもう、切り出すのが恥ずかしくなってきちゃったじゃん！

香穂ちゃんは、わたしが唯一メンバーの中であんまり緊張せずにお喋りできる子だ。

いつも率先してボケ倒したり、いじられキャラをしてくれるから、人を自分のペースに巻き込むのがすごく上手なんだと思う。

それってつまり、香穂ちゃんとお喋りするときの『正解』がわかりやすいってことでもある。

コントや漫才では台本が決まってるみたいに、香穂ちゃんと話す際のやり取りは、定番化しているっていうか。

だからというかなんというか……その範疇じゃない、定番化してないことを口に出すのってうう。でも、実はちゃんと緊張するんだな、ってわたしは今、実感していた。

ここはすぱっと聞いてみるしか、ない……！　貴重な香穂ちゃんのお時間を頂戴している身分なんだし……。

「あ、あのね、香穂ちゃん、これ」

わたしはポケットから写真を取り出して、香穂ちゃんに見せる。

「香穂ちゃん、い、い、い、だよね？」

「……」

香穂ちゃんは笑顔だった。

ただそれは、いつもと違う……まるで、能面みたいな笑顔で……。

えっ、えっえっ？

戸惑うわたしの前、香穂ちゃんが地面に落ちていた石を拾う。

「人類最古の兵器ってなにか知ってる？　れなちん」

どうした……どうした!?

「それはね、地面に落ちていた石なんだよ。人類はたくさん石を投げることによって、自分たちよりはるかに大きくて凶暴な動物を打ち倒してきたんだ」

「か、香穂ちゃん……？」

一歩一歩、香穂ちゃんが近づいてくる。その小柄な体は、人類の歴史を背負っているからか、いつもより一回りも二回りも大きく見えた。

「そう、ついにあたしを脅そうっていうんだね、れなちん……。ならばあたしは、人類の叡智をもってここで、精一杯あらがうことにするよ……。れなちん生かしては帰せぬ……」

「ちっ、ちが！」

「問答無用！　絶滅させてやる！」

香穂ちゃんが襲い掛かってきた！　ボスを倒すためにレベルアップしたいって言ってたけど、こういう意味じゃないよ⁉

振り上げた右腕の手首を掴んで、必死に抵抗する。香穂ちゃんに押されて、わたしは地面に倒れ込んだ。背中を打ち付けたわたしの上、香穂ちゃんがまたがってくる。

ひぃいいいいい！　狩猟されるぅ！

「ちがうんだってばあ！」

わたしは精一杯叫ぶ。人類最古の知恵！　そう、言語で！

「わたしはただ！　純粋に！　もう一度あの子とお話がしたくて！」

香穂ちゃんがぴたりと動きを止めた。

「最近しんどいことがいろいろあって！　それで、偶然アルバムで写真を見つけて……だから、あの、お喋りできたら嬉しいなって、思って……ほんとのほんとに、それだけで……」

香穂ちゃんがじーっとわたしを見下ろしてくる。

「……本当に？」

「ほ、ほんとに！」

どこまで信じてもらえるかわからないけど、わたしは必死に喋った。

「でも、ごめん！　昔のことを持ち出されるのって、あんまり、気持ちのいいことじゃないよね……。わたしばっかり勝手に踏み込んで、ほんと、ごめんね……」

そりゃわたしだって、急に陰キャを暴かれたら、完全犯罪の計画ぐらい立てちゃうだろう。

誰にとってなにが地雷なのかわからないのに、わたしは本当に軽率だった。

「ごめん……。もう、今回のこと、言いだしたりしないし……もちろん、誰にも言ったりしないから……。だから、香穂ちゃんも忘れてください……」

香穂ちゃんが小さくため息をついた。

ぽいと石を放って、わたしの上からどく。

……た、助かった……？

香穂ちゃんはぱんぱんと手のひらの土を払う。

そうして、地面に仰向けになって倒れているわたしに、手を差し出してきた。

「積もる話もあるだろうよ」

「か、香穂ちゃん………？」

香穂ちゃんは口端を吊りあげて、大人っぽい笑みを浮かべた。

「きょう、放課後どうだい」

「香穂ちゃん……！」

わたしはがっしりとその手を掴む。

「うん、うん！」

人類最古の知恵で、人類最古の兵器を制することができた。

かつて人類が歩んできた争いと和睦の歴史を、わたしは追体験した。ヒストリーな出来事であった……。よくわかんないけど、たぶんそう……。

そして——わたしたちは三年の月日を埋めるために、放課後、近所のファミレスに向かったのだった。


学校帰りのファミレス、テーブル席。向かいに座った香穂ちゃんの顔を、ぼんやり眺める。

思えばわたしは、昔から人の顔を見てお喋りのできない子供だった。だから、香穂ちゃんの顔もきっとうろ覚えだったんだろう。なんか急に申し訳なくなってきた。

「いやーしかしねえ。れなちんがほんっとにあたしのこと忘れていたとは、さすがのさすがにショックでしたナア」

「ごっ、ごめん」

平謝りする。全面的に非があるわたしは、平謝りするしかない。

「だって香穂ちゃん、あの頃とぜんぜん雰囲気違ってたから……それにほら、メガネだったし……コンタクトにしてたら、わかんなくなっちゃう……」

「そんな、ベタな漫画じゃないんだから」

香穂ちゃんがフライドポテトをぽりぽりしながら、ビシ、とツッコミを入れてくる。

「わたしが覚えている皆口さんは、もっとなんか、こう」

「地味な陰キャメガネ？」

「えと！　大人しい子だった！　物静かな！」

あはは、と香穂ちゃんが笑う。

ただ、皆口さんは好きなものの話になると、メガネの奥の目がキラキラと輝いて、わたしはそれを見るのが好きだった。

「ま、そもそも苗字も変わっちゃったしねー」

「あ、それは、うん、そうだね」

コクコクと小刻みにうなずくわたしに、香穂ちゃんが『大したことじゃないよ』とぴらぴら手を振る。両親が離婚して、パパが違う人と再婚しただけだよ、と。

わたしが「そっか！」と下手な相槌を打ったら、香穂ちゃんはくすくすと笑っていた。

「てか、あたしは一目で『甘織さんだー！』ってわかったのになー」

「う……ご、ごめんなさい。で、でも、気づいていたなら言ってくれても！」

「いやあ、完全に忘れ去られているのに、こっちから言い出すのってツラくない？」

それは、そう。

「まあ、気づかないならいいやって思ったしね。同じグループで、また友達になっていくのもアリかなって。逆に半年経って声かけられて『今かい！』ってなったよ」

「面目ありません……」

だって、だって……。

うつむいたまま、絞り出すように答える。

「香穂ちゃんはあの頃より、なんか、すっごく……その、かわいくなってたから……」

「んっ……ん……ま、まあ？　そういうことなら、仕方ないかにゃ」

何度か咳払いをする香穂ちゃん。信じてもらえているのかどうか不安だ……！

場当たり的に褒めたと思われると、むしろ印象が悪くなっちゃいそうなので、わたしはちゃんと言葉を付け足すことにした。

「香穂ちゃんって見た目もすっごくかわいいし、目鼻立ちがいいっていうか、全身キラキラしてて、アイドルみたいっていうか……お肌や髪も手入れしててピカピカだし、なんかおしゃれだし、センスあるし、お喋りも面白くて、声もかわいいし……」

「ちょ、ちょっとタンマ！」

香穂ちゃんがずばっと割り込んできた。その頬がわずかに赤い。

「あ……ごめん、わたしばっかり喋ってて！」

「いや、それはいーんだけど……」

さらに咳払いする香穂ちゃん。

そっぽを向きながら、まるで照れ隠しみたいにぼそりとつぶやく。

「これは、陽キャのコスしてるだけだから……」

「え？」

「なんでもナイナイ」

香穂ちゃんがさくっと話を変えてくる。

「てか、れなちんは、ぜんぜん変わってなかったよね」

「えっ!?　そ、そうですか？」

思わず胸を押さえる。香穂ちゃんは華麗な蝶みたいな陽キャになってるのに、わたしだけあのときのまま……？　それはちょっと……いや、かなりショックかも……。

香穂ちゃんは笑顔で告げてきた。

「あの頃だって人気者で、いつだってクラスの中心にいたって話してたもんね」

爆死するかと思った。

「あ、あははははは！　そんなこと言ってたっけ!?」

「うん。毎日クラスの男子も女子も巻き込んで、れなちんが新しい遊びをいっぱい教えてあげてたんだよね。賑（にぎ）やかで楽しそうで、れなちんの学校が羨（うらや）ましかったなあ」

どっちだ!?　わかっててからかっているのか!?　いや、これ信じているな！　マジでわたしのこと陽キャだと思ってくれてる！　嬉しさとしんどみが交互に襲い来る！

「いやあそんなこともありましたねえ！」

言うまでもないことだけど、香穂ちゃんに語ったのはぜんぶわたしの捏造（ねつぞう）だ。過去のわたしが死神の鎌を手に追いかけてくる。この道では決して振り向いてはいけない……。

しかし、そうか。香穂ちゃんはちゃんとわたしを陽キャだと認識してくれてたのか……。聞こえるか、紗月さん。あなたが鋭すぎるだけであって、わたしはちゃんと陽の者をできているんだよ……。香穂ちゃんの目が節穴ってわけではないと思う！

こうしてわたしは、せめて香穂ちゃんだけには一生真実を伝えないことを誓った。他ならぬ自分自身のために。

香穂ちゃんはどこか寂（さび）しそうな顔をして、尋（たず）ねてくる。

「ね、れなちんはもう漫画とかアニメとか見なくなった？」

「そんなことないよ！」

わたしは今も追いかけている漫画の名前をいくつかあげる。お小遣（こづか）いはだいたいゲームに使っちゃうので、漫画はアプリで読むことが多くなった。でも、アニメだってすっぱり見なくなっちゃった、なんてことはぜんぜんない。

「てか、香穂ちゃんこそぜんぜん興味なくなったんじゃないの？」

「え、なんで？」

「だって……」

あんなにみんなと仲良くしている陽キャだし……。

言いかけて、わたしは口をつぐむ。さすがにこれは偏見かもしれない。紫陽花さんだって魔法少女のアニメを追いかけてたし。

香穂ちゃんが笑う。

「好きだよ、メッチャ好き！　てかあの頃よりもっともっと好きだし！」

そんな香穂ちゃんの瞳は、昔と同じように、キラキラと輝いていた。

「だったら、今ハマってるのとか」

「ええと、今期はね――」

それからしばらく、思い出話から脱線して、わたしたちは作品の話題で盛り上がった。

普段じゃぜったいできないような会話だ。作品のここが好き。このキャラが好き。このセリフが熱い。そんなことをかわりばんこに言い合って、相手の言葉にひたすら共感する。

時間を忘れるぐらい楽しくて、わたしの精神はどんどんと満たされていった。

夏休み以来、初めて心から純粋に楽しいって思えた時間だった……。

やだ、感極まって泣いてしまいそう……。

「ありがとうね、香穂ちゃん……」

「えっ!?　なにが!?」

ぐす、と洟をすする。

「わたし、いろいろとしんどいことがあって、それでへろへろになっていたから……香穂ちゃんに再会できて、ほんとよかったぁ……」

「ああ、うん、言ってたね……。えーと、なにがあったの？」

「それは……」

香穂ちゃんは、ぽよぽよと自分の胸を叩いた。

「言うてみ言うてみ。あたしとれなちんの仲じゃん」

まるで名探偵みたいに人差し指を立てる。

「月並みだけど、人に話したら気分が軽くなることだってあるかもだよ？　あたしはあんま真面目(まじめ)に人生相談されないタイプだけど、かつての大親友のよしみとして、ほら、聞いたげるからさ。これも再会のお祝いってことで」

「香穂ちゃん……でも」

わたしが渋っている理由は、当然だけど、香穂ちゃんが真唯のことを好きだからだ。

なのにわたしが真唯に告白されたなんて言ったら、香穂ちゃんはきっと嫌な思いをする。だから言い出せないわたしを、香穂ちゃんはジト目で見つめてきた。

「ははーん、ま、しょうがないよね。今はもうお互い高校生。あの頃とはなにもかも違うってことですか。はああ。さみしーけど、それが人生ってモンですにゃあ」

「そ、そういうんじゃなくて！」

両手をぱたぱたと振り回すが、香穂ちゃんはテーブルに頬杖(ほおづえ)をついて、すっかり拗(す)ねているみたいな顔。こ、困る……！

「聞いたら後悔するかもしれませんよ!?」

「いや、それを決めるのはあたしだし」

　確かに！

「あの……わたしは気づけば打ち明けていた。

「あの……わたしね、その、夏休みに紫陽花さんに告白されちゃって！」

「……へ？」

「それだけじゃなくて、実は、その前からも真唯に告白されてて……」

「…………………は？」

　わたしは両手で顔を覆う。

「ふたりのうち、どちらかを選ばなきゃいけないなんて、わたしにはムリだよ……。だって真唯だって、紫陽花さんだって、わたしにはもったいない人だもん……。わたしみたいなそんな、平凡で地味で特に人の印象に残らないような女、ふたりに釣り合わないよ……」

　しばらく香穂ちゃんは、ぷるぷる震えたまま、なにも言ってこなかった。

　呆れているのかもしれない。わたしのあまりの優柔不断さに。

「な……な………」

　香穂ちゃんがうめき声をあげている。その姿は、大噴火する前の火山を思わせた。

「うん？」

　聞き返す。

　その直後だった。

「なんじゃそりゃあ！」

どべしゃあ！　とわたしは地面に投げ転がされた。

「か、香穂ちゃん!?　いきなりなに!?　ご乱心!?」

ファミレスから引きずり出されて、連れてこられたのは近所の河川敷。

一日に二回も地面に投げ出されることある!?

夕焼けに照らされた香穂ちゃんは、こぶし大の石を拾う。

「れなちん、石っていうのは古来から」

「それはもういいから！」

辺りには、犬の散歩している人とかが行き交っていて、女子高生の奇行を見て足を止めたりしている。わたしは慌てて立ち上がり、香穂ちゃんと向かい合う。

香穂ちゃんの表情は、逆光でよく見えない。

「さっきの話、今ならまだ『ぜんぶ嘘でした！』って告白したら、ポカッで許してあげるヨ」

香穂ちゃんがにじり寄ってくる。めちゃくちゃ怖いんだけど！

「許してもらうもらわないの話じゃなくて！　ぜんぶほんとのことだし！　だいたい、香穂ちゃんがなんでも言ってみって言ったから打ち明けたわけで……」

「なんなのさあ！」

のっしのっしと威圧的にやってきた香穂ちゃんに、胸ぐらを摑まれる。ひぃ！

「あたしのことを思い出したと思ったら、自慢!?　それが言いたかったんか！　あてぃし、モテてモテて困ってますぅーってか!?　リア充がよぉ！」

「ちっ、違うし！」

「所詮、あたしなんかとは住む世界が違うって言いたいわけ!?　上流階級の女は、これだからよぉ！　人生でこんなにナメられたことありませんすよあたしは！」

友達のガチギレに、わたしはビビり散らかす。今までこんなに怒られたことなんてない。香穂ちゃんの地雷を踏み抜いてしまって、身がすくむ。

だけど、それでも――さすがに、黙ったままではいられない。

「も……モテ自慢なわけないでしょ！」

ドンと香穂ちゃんを突き飛ばす。

「そんなことするようなやつ、わたしがいちばん嫌いだもん！　わたしは本気で困ってて！」

「ええ、ええ、そいつは困るでしょうねえ！　デザートにショートケーキとチョコレートケーキが用意されて、どっちを食べればいいか困っちゃーう♪　ってねえ!?　あたしは砂糖水でも舐めてろってか!?　ああン!?」

「だって仕方ないじゃん！　好きになられちゃったんだから！」

夏の残り香に、ミンミンと大きな蟬の鳴き声。それに負けないぐらい、声を張る。

「真唯だって紫陽花さんだって、わたしのことが好きだって言うんだもん！　わけわかんないよ！　なんでわたしなのか意味わかんない！　わたしがいちばんわかんないよ！」

誰にも言えなかった本音を、最低の言葉を吐き出す。

「わたしだって、わたしと付き合いたいなんて思わないのに！　あいつらそう言ってくるんだもん！　だから困ってんじゃん！　ふたりのこと……傷つけ、たくないから……」

うつむいて、拳を握る。

震える唇を噛む。

ぼろぼろと、涙が止まらない。

「……れなちん」

心なしか、香穂ちゃんの声も優しくて。

わたしは涙に濡れる瞳で、香穂ちゃんを見つめ返す。

「香穂ちゃ――」

目の前に火花が散った。

「いったぁ～～～～～～!?」

香穂ちゃんに頭突きを食らったのだ。

額を押さえてうずくまる。違う意味でめっちゃ涙出てきた！

目の前には、同じようにうずくまる香穂ちゃんが。

「知るかぁー！」

そう叫んできたので、わたしはもう金魚みたいに口をぱくぱくさせることしかできない。

「し、知るかって……わたしの事情は、そういうことで……」

「聞いた！　ぜんぶ！　ぜーんぶ聞いた！　ぜんぶ聞いた上で、もうぜーんぶ羨ましい！　なにそれ！　勝手に選べばいいじゃん！　好きなほうをさぁ！」

「だ、だって、選んだらもうひとりが、悲しい目に……」

「だったら紫陽花ちゃんを選びなよ！　そしたら傷ついたマイマイはあたしが慰めてあげるから！　ほら解決！」

「それは！　そういうことじゃ、ないと思いますし！」

「でしょうねえ！　つまるところ、ただ自分がモテていることをアッピールしたいだけなんでしょ！　この、この、このぉ！」

「うわっ、ちょっ、やめっ」

もみ合って押し倒され、わたしは尻もちをつく。

打ち付けたお尻が、じんじんと熱い。

「昔っから、自分だけトクベツだって顔をして！　結局みんなに可愛がられて！　よござんしたねえ、なにもかもうまくいく人生イージーモードで！　羨ましいですねえ！」

「ちが――違うし！」

今度はわたしが香穂ちゃんを押し倒して、上になる。

こんなのまるでケンカだ。わたしの人生で初めての、取っ組み合いのケンカだった。

「うまくなんてぜんぜんいってない！　それでも、わたしはわたしなりにがんばってきて！　だから、だから今のわたしがあるんだ！　なんにも知らないくせに！」

「知ってるわけないじゃん！　いっつもへらへらして！　それってみんなにいい顔をして、誰にも嫌われたくないだけなんでしょ！　ダサぁ！」

「──っ！」

わたしは思わず手を振りかぶった。

「誰にも嫌われたくないのが、なにが悪いの!? だって別にわたしは恋人がほしいなんて、一言も言ってないもん！ なのにあっちが告白してきてんじゃん！ わたしはずっと今のままが！ みんなで楽しく過ごせていれば、それでよかったのにさあ！」

香穂ちゃんがキツく目をつむる。

だけど、わたしは手を振り下ろすことができなくて。

じろりと、下から香穂ちゃんがわたしを睨みつけてくる。

「……だっさ」

「…………………」

わたしは俯いたままだった。

ボロキレかなにかみたいに、香穂ちゃんに払いのけられる。立ち上がった香穂ちゃんが、フンと鼻を鳴らす。

「帰る」

そう言って、香穂ちゃんは鞄を摑んで去っていった。

わたしはしばらくその場にしゃがみ込んでいた。火照った体に吹きつけてくる夕風は涼しくて、夏の終わりを感じられた。

家に帰って、泥だらけのわたしを見たお母さんは、大層びっくりしてた。

涙のあとすらもあったわたしは、それでも言い張った。

「転んだ」

＊＊＊

翌日の学校は、死ぬほど行きたくなかった……。もう気まずいとか、そういうレベルじゃない……。踏み越えるどころか、ラインの上で反復横とび……。

だけど、ここで休んだらそれは結果的にわたしが負けを認めたっていうか、香穂ちゃんの言葉に屈した結果になってしまう。それはさすがに悔しいがすぎる。

気分的には、ほふく前進のように這いつくばりながら登校した……。

沈んだ気持ちで授業の準備をしていると、遅れて香穂ちゃんがやってきた。

「おはよー！」とクラスで元気よく挨拶した彼女は、額に大きな絆創膏を貼ってて、みんなに突っ込まれていた。

だけどそれもぜんぶ笑いに変えてて、ほんと、わたしの友達だった皆口さんにはぜんぜん見えなかった。

香穂ちゃんは香穂ちゃんで、たぶん、すっごく努力してきたんだと思う。見た目を変えたり、喋り方を変えたり。コミュニケーションなんかわたしより遥かに上手だし。

そうやって地道にがんばっていたのに、現れたポッと出のわたしからあんなことを言われて、思わずキレちゃったのかもしれない。

……わたしもせっかく、なんでも話せる友達ができたと思ったのに……。

…………いや、でも！

今回ばかりは、わたしから謝ったりしないし！

悪いのはあっちだから！　わたしのことなんにも知らないくせに、あんな一方的な！

……そりゃ、わたしだって、もっと言葉を選んで話したら、よかったかもだけど……。

ううう……。

もやもやしたまま一日を過ごす。お昼休みになって、ご飯を食べている最中、わたしと香穂ちゃんは目も合わせない。

たまたま言葉がかぶりそうになったときは。

「ふん」「フンッ」

と、お互いそっぽ向く有様。

そう、わたしは鋼の意志で、自分から香穂ちゃんとは仲直りしないのだ……。向こうが謝ってくるまでは、決して……！

たとえ、食事の後に。

「ね、れなちゃん……香穂ちゃんと、なにかあったの？」

って、紫陽花さんに袖を引かれて、心配そうに聞かれたとしても！

わたしは心を強くもつ！　あんなやつのことなんて知ったことか！

そう思ったわたしの口からついて出た言葉は「ええと、うん、まあその、いろいろあるよねー！　ははは－！」程度のものだったけど！

今回ばっかりは、わたしは怒っているんだよ、香穂ちゃん！

＊＊＊

そんな日々が何日か続いた後の、放課後。

MPを回復するために香穂ちゃんとお喋りするつもりが、むしろ日常生活の気まずさでメンタルをすり減らしてしまって、利息の返済で精一杯の借金を抱えているような気持ちになる。

わたしの数値、どんなに宿屋に泊まっても全回復しないんですけどぉ……。

とぼとぼと下駄箱へと向かう。

そこで、とんでもない場面に遭遇してしまった。

それは――。


「――もういい！　紗月（サー）ちゃんのばか！」

怒鳴り声は、香穂ちゃんのものだった。

香穂ちゃんは割と喜怒哀楽は激しいんだけど、でも怒るときもネタで、今みたいなマジっぽい感じを出すことは滅多になかった。わたしとのバトルは置いとくとして。

しかもその相手が紗月さんだ。スキャンダルを目撃してしまった気分で、思わず廊下の角に隠れてしまう。

「いいなら帰るわね」

「この守銭奴ぉ！」

「そういうの、雇用主側が言うことじゃないのよ」

盗み見ると、下駄箱で香穂ちゃんと紗月さんが対面していた。ぷんすかしている香穂ちゃんと、『きょうは風が強いわね』とでも思ってそうな。いつもの紗月さん――。

って、やば、紗月さんと目が合ってしまった。

「甘織」

「あ、えと、へへへ……どうも」

事情がまったくわからない友達の喧嘩真っ只中とか、居合わせたくない場面ランキングの中でも最上位。わたしは姿を現しつつ、できれば今すぐ透明人間になりたかった。

紗月さんはしれっと言う。

「そうだ、甘織に話を聞いてもらったら？」

「えぇーーー!?」

香穂ちゃんは悲鳴をあげる。わたしも悲鳴をあげたかった。

そもそも紗月さん、どうせわたしたちが冷戦状態なのを気づいてるくせに、そんな平然と！

わたしは全力でご遠慮させていただきますからね！

「よくわかんないけど、紗月さんの代わりとかぜったいムリですよ!?」

「まあ、それはそうでしょうけれど」

「わかってて言ってる!?」

琴紗月は王塚真唯とタメを張るぐらいの美人で、日夜ただならぬ魅力を振りまいている才媛なのだけど、いかんせん真唯と比べて対人関係にまったく労力を割くつもりがなくて、割とひとりでいることが多い。

高すぎるスペックを、ひたすら自分のために使っている人だ。これだけ主義が一貫していると、もはやカッコイイと呼ぶより他ない。

「じゃああとはよろしくね、甘織」

「いや、ちょっと待ってくださいよ！　そんな、わたしたちをふたりにしないで！」

慌てて靴を履き替えようとしたところで、香穂ちゃんが立ちはだかってきた。

「……れなちん」

「いや、ちょっと、あの……香穂ちゃん、どいて、ほしいんだけど……」

友達との喧嘩にまったく慣れてないわたしは、どういう態度を取ればいいのか測りかねて、小声でうめくことぐらいしかできなかった。

ここで『どけよ』とか『あっちいけ』とか言えない……。だってなんか無礼な感じがしちゃうし……。いや、怒っている相手に無礼も失礼もないんだけど！

香穂ちゃんは顎に手を当てたまま、ぶつぶつとつぶやいている。

「れなちんかぁ……でも、ううん……もう、それしかないかも……今からじゃ……でも、れなちんなら……アリ、アリかな……うん、かなり……」

「あの……」

そして香穂ちゃんは。

その場に土下座した。

「すみませんでしたーッ！」

「ええー!?」

「あたしがすべてなにもかも悪かったです！　ごめんなさい許してくださいもう二度と無礼なことは言いませんれなちんほんとごめんまじでメンゴ全面的に非を認めますのでー！」

早口にまくし立てられて、わたしの感情がぜんぜん追いつかない。

「いや」

「――ごめんなさい！」

「あの」

「――許してください！」

わたしがなにか口を開こうとするたび、土下座した香穂ちゃんから制圧射撃のような謝罪が飛んでくる。

　これはもう謝罪という名の暴力じゃないか……？

　てか、こんな下駄箱前で土下座とか、他の生徒に見られたら、ぜったいやばい噂になるじゃん！　ちょっとぉ！

「香穂ちゃん、いいから、顔をあげて、ほら！」

「許してくれるんですか？　チラ」

「それは」

「チラチラ」

「ああもう！　許す、一旦許すから！　とりあえず立って立って！」

「やったー！」

　香穂ちゃんはスーパーマリオかってぐらいジャンプして、わたしの腕に抱きついてきた。満面の笑みがすぐ近くにある。うん、容姿はかわいい！

「ありがと、れなちん！　また昔みたいに仲良くやろーね！　過去は水に流して、サ！」

「こいつぅ……」

　歯ぎしりしていると、大きな瞳がわたしの顔を覗き込んできた。目を潤ませた美少女の、上目遣い攻撃だ。くっ、強い……。

「……まだ怒ってるノ？　ひょっとして」

「そりゃあ、まあ……」

香穂ちゃんが武士のような顔になって再び土下座しようとしたので、その腕を引っ張って止(や)めさせる。

「やめ、やめてやめて！　怒ってないから！　ぜんぜん！」

「れなちんは優しいにゃあ。ごろごろにゃあん」

「このメスネコがぁ……」

身を擦(す)り寄せてきた香穂ちゃんにうめく。わたしが人生で初めて口に出す類(たぐい)の言葉だった。

芦ケ谷(あしがや)の妹として可愛がられる香穂ちゃん相手に言うとは、思わなかったな。

まさかこんな形で仲直りするなんて……。いや、禍根まみれなんだけど。

どっと疲れてきた。もしかしてわたし、美少女に弱すぎ……？

「ね、れなちん」

「なんですか……」

香穂ちゃんはわたしの腕に抱きついたまま、まるで秘密の取引を持ちかけてくるように、口元に手を当ててささやいてきた。

「――仲直りの証(あかし)に、手伝ってほしいことがあるんだけどにゃあ」

「……え？」

紫陽花さんのこと、真唯のこと、それに自分のこと。

限界まで頭を悩ませるたくさんのことに、押しつぶされそうになっているわたしに持ち掛けられたそのお話は、まるで蜘蛛の糸のようで――。

　果たしてそれは天に登る糸なのか、はたまた搦め捕られて食べられることになるのか。今のわたしにはさっぱりわからなかったのだった。


　こうして、まったく予想だにしなかった、香穂ちゃんとふたりきりの帰り道……。

「いやあというわけでね、かつて古代ギリシアでは男の子と男の子が恋愛をするのは極めて当たり前のことだったんだよね！　時代が変わればそこに生きる人間の社会通念ってすっかり変わってゆくんだよねー！」

「はあ」

　香穂ちゃんはさっきから元気はつらつと、よくわからない豆知識を喋り続けていた。こないだのケンカにはぜったいに触れないぞぜったいに、という強い決意を感じる。

　気まずさを感じているのはどうやらわたしだけらしい。あんな大喧嘩したばっかりの人にどんな態度で接すればいいかわからないんだよ……。もにょもにょする……。

　とはいえ、このまま暗がりに連れてかれて、また人類最古の兵器のうんちくを聞かされるのは嫌なので、尋ねる。

「あの、香穂ちゃん、わたしってなにをさせられるんですかねえ……」

「えー、聞いちゃう聞いちゃう？　それ」

　きゅるんっとかわい子ぶって上目遣いに見つめてくる香穂ちゃん。

いや、仕草も顔も、そりゃかわいいけどさぁ……。

「そりゃあ……なにも聞かずにこのアタッシェケースをどこどこの駅まで届けてくれ、とか言われても困るんで……」

香穂ちゃんは顎の下でピースをして、またしてもとびきりかわいい笑顔。タイプの違う笑顔のストックを、いくつももっているんだこの子は……！

「大丈夫！　ぜんぜん怪しくないヨ！　えっ、こんなに怪しくないの？　うわあびっくり！　って感じ！　怪しくナイナイちゃん！」

「怪しくないお手伝いだったら怪しくないって前置きするの逆効果だと思うんですけど……」

「ただちょーっと肌を見せるだけでいいから。1ミリぐらい。ちょーっとだけね」

「わたし用事思い出しつつあるから帰るね！」

「えー!?」

香穂ちゃんに手を掴まれた。

「ねー、お願いだよう！」

その悲痛さと真剣さが入り混じった声に、あたしの足がぴたりと止まる。

「サーちゃんに断られちゃって、もう頼れる人はれなちんしかいないんだよう！」

香穂ちゃんが捨てられた子犬のような目で見つめてくる。

うっ……。これが、芦ケ谷の妹のおねだり光線……!?

恐怖で人を支配する紗月さんとは違う。罪悪感、と書かれた巻き藁をザクザクと槍で突かれている気分だ。ただでさえ人の誘いを断りづらいわたしなのに……。

香穂ちゃん、人に甘える術を心得てる……！

「せっかく、れなちんと高校で再会できて、あたし嬉しかったなア……」

「うぐっ……」

好きな人に好きだと言い出せない小学生の女の子みたいに、指をもじもじと絡めて、香穂ちゃんがわたしを見つめる。

「あんな風に、こじれたままなんて、あたしいやだヨ……」

「こじらせてきたのは、思いっきり香穂ちゃんなんだけど……」

しかし、土下座三連発までされて（それが心からの謝罪ではなかったとしても！）許さなかったら、もうあとは坊主にしてもらうぐらいしかない、そして香穂ちゃんがある日、坊主で学校にやってきたら、わたしは申し訳なさで三階の窓から飛び降りると思う。

ケンカ慣れしてないわたしは、だから仲直りの手続きもよくわからなくて、意地を張る気持ちと早く楽になりたい気持ちがぶつかり合う。

ああ、これも勇気を出さなきゃいけないってことなのかもしれない……。

わたしと香穂ちゃんは別の人間同士。すべての意見が一致することなんてない。だけど、どこまでを認めて、どこまでを許してあげるかっていうのも、人付き合いのうちなんだろうな。

香穂ちゃんは怒って、わたしも怒って、でも香穂ちゃんは謝った。だからこの件はチャラ。それは建て前かもしれないけど、でも人間関係ってのはお互いの了承と契約で回ってるみたいなもんなんだから。

ケンカと仲直り……。意外と、奥が深い……。

わたしは盛大にため息をつく。

「わかった、香穂ちゃん……こないだのことは、水に流そうね……」

「やったー！　ありがとね、れなちん！　マイマイを振ったらちゃんと教えてね！」

「それはまだわかんないけど！」

ちゃんと仲直りできたのか？　まだまだ香穂ちゃんの目が油断ならないんだけど……！

「てかそっちこそ……もうわたしに、その、ムカついてないの？」

「んー、多少はムカついてるけど、ぜんぶ言ったからスッキリしたとこもあるかな。これはマジ。で、今はこっちのほうが遥かに大事！　だかられなちんのことダイスキ、ダイスキー！」

このやろ……ゆっくりボイスよりも抑揚のない愛をささやきやがって……。あのときの分のビンタを、今してやろうか……？

内心ではそう思いつつも、実際できるわけがないので。わたしはぐったりして問う。

「……で、どんなことをすればいいの」

「それは、やるって言ってくれたら教えるにゃ！」

「いや、でも……」

「ね、ね、お願い、れなちん。お願いお願い、悪いようにはしないから、ね。あたしを見捨てないで、れなちん！　お願いお願いお願いお願い」

「ううう……。で、でも……肌見せることとか、わたしには……」

目を泳がせていると、そこで香穂ちゃんが最後の切り札を放ってきた。

「わかった！　お金！　お金払うから！　最後まで手伝ってくれたら、お金払う！　お金って、知ってる!?　なんでも好きなもの買えちゃうんだよお金があれば国とかも！」

「お金……！」

「しかも、最後まで手伝ってくれたら……」

指を三本立てられる。いや、しかし……。

「三千円、か」

夏休みの旅行によって貯金をほぼ使い切ってしまったわたしにとって、お金はありがたいけれども……。新作ゲームの購入資金に回せるけども……。

香穂ちゃんが表情を変えた。まるで巣穴に引きずり込むことに成功した狐みたいに。

「三万」

「三、三万円!?」

わたしは目を剝く。どういうこと!?

急に事務的な口調で、香穂ちゃんがささやいてくる。

「きっちり即日払い。その日のうちにお持ち帰りいただける金額です」

ぜったいいやばいやつじゃん！

「帰ります！」

「えっ!? ちょっと!」

残念ながら、その釣り針には食いつかないよ! こちとらハイパー小市民なもんでね!

わたしは香穂ちゃんからの制止を振り切って、駆け出した。

「お金は大事だよー!?」

わかってますよ!

だけどそれ以上に、わたしはわたしのメンタルが大事なんですよ! これ以上、わたしの悩みを増やさないでください!


香穂ちゃんと別れた後も、なぜか駆け足のまま、わたしは家まで帰ってきた。

玄関をあがり、猛然と自分の部屋へ。リュックを投げ出して、ヘッドスライディングするみたいな勢いで、抱きつく。

わたしの生涯の伴侶(はんりょ)。

理屈抜きでこの子が好きだと、声を大にして叫ぶことのできる唯一の存在。

PS4に。

「ああ、フォーくん、ただいま!」

ぎゅっと抱きしめると、無機質なプラスチック製の外装がわたしを迎え入れてくれる。

人間はこわい。なにをしてくるかわからないし、人の心がわたしにはわからないから。

「でも、フォーくんだけはわたしを裏切らない……。フォーくんだけは、ずっとわたしのそばにいてくれるよね……」

頬ずりする。筐体パーツの手触りは固く、中のデリケートな基板やドライブ類を大切に守ってくれている。頼りになるやつだ。

もしわたしもゲーム機だったら、今頃は自分の存在価値に悩んだりせず、もっともっと大勢を楽しませることができていたのに。

しばらくそうしていると。

「お姉ちゃん、そろそろご飯だって――」

わたしを呼びに来た妹が、開けっ放しになった部屋のドア近くで、ぴたと足を止めていた。

「……………」

そのまま、なにも見なかったことにされた。

涙ぐんでゲーム機に抱きつく女の血縁であることを、認めたくなかったのかもしれない。

もうわたしの気持ちを理解してくれるのは、病めるときも健やかなるときもずっと一緒にいてくれた、フォーくんだけだ。

「ありがとうね、フォーくん……ああ、温かい……電源をつけたので……」

わたしは今夜、カレを抱いて寝ることにした。

女児がぬいぐるみと一緒に寝るようなものだ。無骨でゴツゴツしたカレの体はなかなか異物感があって、ぶっちゃけ邪魔――もとい、ベッドのかなりの面積を圧迫したけど……。

でも、それ以上にきっと心強く、わたしの心を守ってくれていただろうから。

寝て起きたら……どうか、わたしはゲームの世界の住人になっていますように……。

そこには人間関係もしがらみもなにもなくて……わたしはその世界ではワールドにたったひとりしかいない伝説の剣の持ち主で、絶対無敵のユニークスキルを所持していて、大勢の仲間に頼りにされながらも決して群れず、自分ひとりの力であらゆるボスを斬り捨ててきた生きる伝説のリビングレジェンド……。

そんな、ささやかな夢を見ながら、わたしは眠りについた。

翌朝、目覚めたら、わたしの寝相によってベッドから蹴り落とされたらしきPS4が、床に転がっていた。

「フ、フ、フォーくん!?!?!?」

電源がつかない。

完全に壊れている…………。

「どうして」

わたしははらはらと涙を流して、カレの遺体を抱きしめた。

「どうしてこんなことになっちゃったの!? 誰か、誰か助けて！ カレを助けてよ――――！」

朝練に向かうであろう妹が、薄くドアを開いて、泣き腫(は)らすわたしを眺めながらドン引きした声でうめく。

「どうしてこんなことになっちゃったの、お姉ちゃん……」

＊＊＊

「れなちゃんおはよう。きょうは早いねー」

教室では、今来たばかりの紫陽花さんが、にこやかに挨拶をしてくれた。

なにも考えずに登校したら、いつもより早くなってしまっただけなんだけど……。

わたしも、紫陽花さんの前では元気いっぱいな姿を見せると心に決めているので、同じように満面の笑みで手を振り返す。

「お……は、よ……ぅ……」

「れなちゃん!?　えっ、目が腫れてるけど、どうしたの!?」

ぜんぜんうまくいかなかった。大失敗だ。

「あのね、うん……だ、大丈夫だよ、わたしは、元気で……だいじょうぶ、で……ぐすっ」

そんなこと言っている間に、また泣けてきた。リュックを背負ったまま、こてんと力なく椅子に座る。紫陽花さんに心配そうな顔をさせてしまっている……。

「れなちゃん……。なんか、最近いろいろと大変そうだよね……」

気づかれていた……？

確かにこないだは学校サボちゃって落ち込んだし、その次は香穂ちゃんと殴り合いのケンカをしちゃったし……そして、トドメとなった今回の件だ。

MP回復させたいはずが、日々すり減ってゆく。わたしの平穏はどこに……。

「話、聞くよ……?」

「いや、大したことじゃないんです、ほんとに……。わたしのゲーム機が壊れて、起動しなくなっちゃって……」

口に出したら、本当に大したことじゃなかった。ゲーム機が壊れて泣いてる? 小学生男子かな? しかもそれがいちばんショックなの、まじでスリル&サスペンスって感じ。

わたしの言葉に、紫陽花さんは『え? なにそれw バカじゃないの?www』って軽蔑の眼差(まなざ)しで大爆笑してくるかと思えば。

「そうなんだ……大変だね……」

わたしと同じぐらいシュンとしてくれている……。うう、シュンとさせてすみません……。肩を竦(すく)めてちっちゃくなっていると、だ。

ふわ、と紫陽花さんの手が動いて。

わたしの頭を、優しく、なでなでしてきた。

「えっ……!?」

「あっ、あ、えと」

わたしのリアクションが大きかったからか、紫陽花さんが勢いよく手を引っ込めて、横を向いた。その耳が赤くなっている。

「ご、ごめんね、つい……」

「う、うん……」

教室でなでなでされるなんて、びっくりした……。いや、でも落ち込んでる友達を慰めるために、頭を撫でるのは、そうおかしなことでもない……？

違う！　紫陽花さんはわたしが好きなんだ！　だったらこれもその好意によるもので……。す、好き……？　紫陽花さんがわたしのことを好き……？　やばい、どうしよう、頭バグってきた。なにも言えず、うつむいてしまう。

「もしよかったら……今度、またうちに来る？」

「えっ、そ、それは」

紫陽花さんが頬を赤く染めながら、手を胸の前で組み合わせる。

「あ、ううん、ヘンな意味じゃなくて……。たとえばほら、ディスクだけ持ってきたら、うちで遊べるでしょ？　だから」

「あ、そういう……。でも、クリアまで何十時間とかかかるのを、ずっと紫陽花さんちで遊ぶのは申し訳ないっていうか……」

「あ、そっか。そうだよね。いちいち来るの大変だもんね。ご、ごめんね」

「い、いえ……それはぜんぜん」

むしろそんなに合法的に紫陽花さんちに遊びに行く名目が手に入ったら、やばいことになる。入り浸っちゃう。そんなのもう付き合ってるみたいなもんじゃん！

「申し出はありがたいっていうか……わたしもまた、紫陽花さんちに行きたいし……」

それは紛れもないわたしの本音だ。紫陽花さんはちょっと恥ずかしそうに目をそらして、

「うん……」と言ってくれた。

……な、なんだこの質感。口の中にあふれてきた唾液が、妙に甘酸っぱい……！

紫陽花さんはぼんやりと正面を向いたまま、口を開く。

「でも……なんだか、よかった」

「よかった？」

「あ、いや、れなちゃんのゲーム機が壊れたのは、すごく残念だけど……そうじゃなくてね」

手をパタパタと振った後で、紫陽花さんは胸元にぎゅっと手を当てる。

「れなちゃん、私の前だとずっと、ムリに明るくしてくれていたから……きょうみたいに、また自然におしゃべりできて、よかったな、って」

「それは………」

わたしは口ごもる。なにもかも紫陽花さんにはお見通しだった。

紫陽花さんに幻滅されるのがこわくて、わたしは確かにずっとムリしてた。過度に自分を大きく見せようとしていた。

うまくできているつもりだったのに、そうじゃなかった……？

だとしたら、メチャクチャ痛々しいやつに見えていたのではないだろうか。

「……死ぬしかない……」

「え!?」

紫陽花さんが血相を変える。は、わたしはなにを口走った？　ちが、違います。生きる！

「あの、その！　わたしの様子、そ、そんなにヘンだった……？」

「う、ううん。がんばってるのかなって、私が思ってただけだから、ぜんぜん、ヘンとかじゃないよ！」

ふるふると首を振る紫陽花さん。わたしは人の気持ちとかぜんぜんくみ取れないくせに、言葉の裏に隠されたニュアンスだけ（勝手に）想像してしまう女。

がんばってる＝身の丈にも合わないことをがんばっちゃってる

私が思ってただけ＝周りの人も全員気づいていた

ヘンとかじゃない＝ヘンすぎてもう超ヘン

つらぁ……。

じくじく痛み出す胃を押さえながら、わたしは紫陽花さんの顔色を窺う。

「あのぅ……紫陽花さんは、こないだまでのわたしと、今のわたしと……どっちが、よろしいですか？」

「え？　それは、その、どっちもいい、かな。れなちゃんがしたいようにするのが、いちばんだと思うから。たぶん……ムリさせてるとしたら、私のせいだろうし」

そう言って、紫陽花さんが自虐するみたいな笑みを浮かべる。

それは……さすがに言い訳の余地はなく、わたしは黙り込んだ。

「突然、ごめんね。あんなこと言って、びっくりさせちゃって」

まだ人も少ない朝の教室で、紫陽花さんがかわいらしく頬を染める。

あんなことがなにを指すのか、カバの皮膚みたいに鈍感なわたしだってわかる。

紫陽花さんがわたしに告白してくれたこと、だ。

ふるふると首を横に振る。

「う、ううん……嬉しかった……よ?」

「ふふっ、ありがと。いっぱい勇気出しちゃったから、そう言ってもらえると、安心する」

「……あのさ」

わたしは紫陽花さんを横目に、尋ねる。

「どうして、わたし?」

「え?」

「いや、だって……わたしって、その、わたし、だし」

目を伏せる。

ことさら理由を聞きたがるのは、自分に自信がなさすぎるから。どうせ聞いたところで、納得できないくせに。

なのに紫陽花さんは、ちゃんと真剣に考えてくれる。わたしは自分の、こういうところが特に嫌いだ。

「人の性格って、レゴブロックみたいなものなんだよね」

「ん、んん……？」

両手の人差し指で、紫陽花さんは四角形のブロックを描く。

「レゴって、いろんな形があるでしょう？　ぴったりハマるものもあれば、そうじゃないものも。たぶん、私の形はたくさんの人とうまくくっつくようにできてるんだけど、でもそれってきっと、ありきたりの形にしかならないんだ」

たどたどしく語る紫陽花さんの言葉を、わたしはじっと聞いていた。

「れなちゃんのレゴはちょっぴりいびつで、あんまり大勢の人とはハマらないのかもしれないけど、わたしは、れなちゃんとくっついたその形が、いちばん好きだったの」

「それってつまり……相性、みたいな？」

「うん。だからね、誰が上とか下とか、ないんだよ。わたしはれなちゃんの形が好きだから」

わたしは口ごもった。

紫陽花さんはきっとそう信じているんだろうけれど、わたしは上とか下とかはぜったいにあると思っている。

実際、わたしが陰キャのままだったら、紫陽花さんと知り合うことはできなかった。紫陽花さんが上で、わたしが圧倒的に下。誰がどう見ても、そんなの明らかだ。

だから、わたしが合わせなきゃいけないのも当たり前で……。

だめだ、また頭がぐちゃぐちゃになってきた。

「あのさ、紫陽花さん」

「うん？」

わたしは………紫陽花さんに失望されたくないから、友達のままでいたい。

喉（のど）まで出かかったその言葉は、結局、口をついて出ることはなかった。それでよかったのかもしれない。

彼女の言葉を否定して、紫陽花さんを傷つけずに済んだのだから。

「……ありがとう」

「うん、どういたしまして」

気のないお礼の言葉に対して、通学路に咲く花みたいに微笑む、可憐な紫陽花さん。

わたしはやっぱり、紫陽花さんのことが、好きだ。

紫陽花さんの想いを知ってからは、『わー好きー！』とか『推（お）しー！』とか前みたいなことを無責任に言い放つことはできなくなったけど……。優しくて思いやり深い紫陽花さんのことを、好きでいるのなんて当たり前だ。

でも。

真唯のことだって好きだし、紗月さんのことだって好き。もちろん、香穂ちゃんも。香穂ちゃんも……？　まあ、うん、香穂ちゃんも。

そこにどんな違いがあるのか、わたしにはわからない。

わからないのに、真唯か紫陽花さんか、どちらかを選んで、そして——どちらかを傷つけなければならないなんて。

きっと、誰も悪くないはずなのに、どうしてこんなことになっちゃったんだろう。

「れなちゃん……」

わたしがなにも言えずにうつむいていると、また、紫陽花さんを心配させてしまう。だからやっぱりムリして明るく振る舞うしかない。ああ、なんて、悪循環……。

その後、やっぱりわたしのテンションは不安定で、だけど紫陽花さんは気づかないフリをして接してくれていた。紫陽花さんに負担をかけていることが、本当に情けなかった……。

放課後になって、帰り支度を整えているわたしたちのもとへやってきたのは、なんと男子生徒だった！　だ、男子だ！　いや、共学でなに言ってんだって話だけども……。

「おす、瀬名、甘織」

「ちょっといいか？」

やってきたのは、イケメンの清水くんと藤村くんだった。男子語だ……！

「うん、どうしたのー？」

外国語を通訳する話者みたいに、紫陽花さんがお返事をしてくださる。たぶんさりげなく、わたしをかばってくれているんだ。助かりすぎる……。

「いやあ、実は……なんか、こういうの言いづらいな」

「だな……」

「なになに」

男の子たちは顔を見合わせる。

「どこから話すべきか……。そうだな、俺と清水はもともとジュニアサッカーやってて、そこに海堂って男がいたんだ。恐るべきフィジカルを誇るディフェンダーだった。俺とやつはライバル同士だったが、ある日のスキー合宿で一緒に遭難してしまい生死の境を」

「他校の男子が、瀬名を紹介してくれって言っててさ」

「えーそうなんだ?」

紫陽花さんが口元に手を当てる。わたしは遭難の後の話が気になった……。

「俺たちと一緒にインスタ撮ったのあったじゃん? それで気になったんだって。今度、一緒に遊びに行くとかどうかな」

「んー」

基本こういうとき、おうちの用事がない限り、紫陽花さんは断らない。わたしも一緒に誘われているのかもしれない、という可能性は頭から締め出した。

ちなみに、紫陽花さんが他校の男子と出歩くことに対して嫉妬するかどうかというと、そんなのはまったくない。当然だ。紫陽花さんは地球の奇跡が生んだ宝だし、逆にわたしのそばにいるほうが紫陽花さんの損失になると思うから。

顎先に指を当てた紫陽花さんは、しかし、両手でごめんねのポーズをした。

「今ちょっと、そういう気分にはなれないかなあ」

珍しい。

断られた男の子たちは、派手に残念がるわけでもなく「ん、そうか」とうなずく。

「じゃ、ま、適当に断っとく。悪いな、急に言って」

「ううん、こっちこそごめんね」

「気にすんな、海堂はフィジカルだけじゃなくて、メンタルも強い」

ふたりはそう言って去っていった。海堂くんはどうやら優秀な選手らしい。

手を振った紫陽花さんは、ふぅ、と息をつく。

「断っちゃった」

「う、うん」

もしかしたらって思ってびくびくするわたしに、紫陽花さんが笑う。

「あ、これはれなちゃんのためとかじゃないよ。私も今、いろいろとやりたいことがあって。あのね、やらなくてもいいかなーって思ってたことを最近、ちょっとずつやろうかなって思ってるところなの」

「そ、そうなんだ」

「うん、そうなの」

ニコニコと語る紫陽花さんはかわいかったけど、わたしの目には眩（まぶ）しすぎる。

自分との格の違いを、なんだか、まざまざと見せつけられたような気分になった。

だからわたしは、どうしても、その、ちょっとだけつらくなってしまって。

「あ」

そのとき、教室から出ていく女の子の後ろ姿が見えた。

リュックを背負って、立ち上がる。

「ごめん、紫陽花さん、わたし行くね。また明日ね」

「あ、うん。またね、れなちゃん」

挨拶もそこそこに教室を出た。廊下を小走りして、先に出ていった女子に追いつく。

クインテットの中で、わたしが今、唯一なんにも気負わずに話ができるその美少女は、いそいそと横に並んできたわたしをちらりと見て、小首を傾げた。

「なにか用？　甘織」

「あ、いや……一緒に帰ろうかな、って」

「別にいいけど」

そう言って紗月さんは、つまらなさそうな顔で正面に向き直った。

紗月さんに言われた言葉だ。思えば、人に嫌われたくないわたしにとって、一緒にいていちばん居心地がよかったのは紗月さんだったのかもしれない。

『あなたのことなんて、最初からもともと好きでもなんでもないから』

万人に平等に冷たい紗月さんは、ある意味では万人に優しい紫陽花さんの裏表だ。

冷たくされることがわかっているんだから、余計な期待もせずに済む。いつまでも変わらず、友達のままでいられる。

わたしのことなんて取るに足らない雑草かなにかだと思ってそうな表情が、なんだか妙に落ち着く……。

「瀬名はいいの？」

「うぐ」

ぜんぜん落ち着かなかった。ヘッドショットを食らったようなダメージが入る。

「ど、どこまで知っているんですか、紗月さんは……」

「大したことは知らないわよ。興味もないし。ただ、あなたが全方位に不義理を働いているどうしようもない人間だというのは、なんとなくわかるわ」

「ただ毎日を懸命に生きているだけなんですけどね……？」

「仕方ないわ。存在しているだけで周囲に迷惑をかけるクズは、どこにでもいるから」

「いるんですかそんなやつが!?　許せねえなあ！」

憤慨（ふんがい）するわたしに、とにかく冷たい視線が突き刺さる。痛い。

校門を出て、駅までの道のりを歩く。わたしは肩を落とした。

「あの……実際、わたしってどうすればいいと思いますか……？」

「知らないけれど……でも、そうね」

心からどうでもよさそうな顔をされた。ただ、それだけでとどまらないのが紗月さん。さすがわたしの友達……。

「やりたいようにしたらいいんじゃないの。どっちみち、誰を選んだところで、あるいは誰も選ばなかったとしても、選ばれなかった人は悲しい想いをするのだから」

「……ぐう」

紗月さんが口にしたのは、わたしも考えていたことだけども……だけど、紗月さんの口からこうまでハッキリと言われると、それがこの世の真実であるように感じてしまう……。

「知らないけれどね。私は、あなたと瀬名の間にどういうやり取りがあったのか、わからないし。……まったく、どいつもこいつも。私はカスタマーサポートサービスじゃないのよ」

紗月さんの目が据わってきた。こわい。

「でも、そうですよね……。ぜんぶわたしが、中途半端だったので……」

「そうね。けれど、あなたが最初から真唯を選んでいたら、瀬名は想いを口に出すこともできなかったでしょうから。誰かにとっての正解は、誰かにとっての不幸せよ。三人での勝負の結果、あなたが勝利して、私と真唯が敗北したようにね」

「あ、あれは、勝たなかったらわたしが今頃大変なことになってたんですよ!?」

「私が勝っていたら、今頃あなたが苦悩することもなかったわね」

「えっ!?」

さらりと告げられた台詞に、ドキッとしてしまう。

紗月さんが勝利していた場合、わたしは紗月さんとお付き合いした上に、将来は結婚することになっていた。

朝は紗月さんのモーニングコールで起こされたり、テスト前には勉強をみっちり教えてもらったり、夜は一緒にお風呂に入って、えっちな感じに体を洗われてしまったりするんだろう……とんでもない話だ……。

確かに、真唯か紫陽花さんか、という選択肢に悩むことはなかっただろうけど……。

「それはそれで、別の苦悩が待っていたと思います……」

「そうね、そういうことだわ」

紗月さんが上品に髪を払う。

「人生とは、決断すること。神様じゃないんだから、未来なんてわからない。そうして選んだ道を、どうにかこうにか進むしかないの。後悔するとわかっていてもね」

含蓄（がんちく）ある言葉の響きに、背負っていたリュックがさらに重くなった気がした。

「……紗月さんは、大人ですね……」

「別に、私だってあなたと同じよ。後悔しながら生きてきたもの。真唯と同じ学校に行ったらぜったいに後悔するとわかっていたのに、行かないことを選べなかったように……」

その目に怨念が宿ってきたので、わたしはこの話を深掘りすることはやめようと決断した。

まずは最初の一歩だ。

「人間関係って複雑ですよね……」

紗月さんは鞄から筆記用具を取り出した。

「そうね。あなたの置かれている今の状況を、図で書いてみましょうか」

「図で!?」

親友になりたい
恋人になりたい
友達
めんどくさいやつ
信仰対象
恋人になりたい
ケンカ中
仕事を手伝ってほしい
愛してる
ボクを直して
フォーくん

歩きながら器用にメモを書く紗月さんが、怪訝そうに眉をひそめる。

「なに、このフォーくんって」

「わたしの心の支えです。今は壊れているんですけど……」

「そう……」

紗月さんは深く追及してこなかった。紗月さんなりの優しさかもしれない。

「あ、これ紗月さん間違ってますよ。紗月さんからわたしへの感情は『お互いのことをとても大切に想い合っている大親友』じゃないですか」

「あなたその厚顔無恥っぷりをどうして他の人には発揮できないのか、とても理解に苦しむのだけれど」

紗月さんがぱたりと手帳を閉じる。

「私は今すぐあなたに答えを出せとは言わないし、そもそもあなたが答えを出すか出さないかどうでもいいのだけれど……でも、すぐに答えが出ないのなら、少しぐらい回り道をしてもいいんじゃないのかしら」

「回り道」

「サバイバーモードで最後まで生き残るためには、まず武器を揃える必要があるでしょう？遠回りしているように思えても、それが最短のルートということもあるわ」

「紗月さんがわたしにわかるようにゲームでたとえ話をしてくれている……！　すごい、今すごく友情を感じました！　嬉しい！　確かにそうですね！　わたし今よりレベルアップしたい！　いつかあらゆる困難に立ち向かえるように！　紗月さんを守れるように！」

「私よりもっと他に守るべきものがあるでしょう。社会規範とか道徳とか」

紗月さんに励ましてもらって、わたしはちょっと元気になった。

でも回り道か。なにをすればいいんだろう。山に行って滝行（たきぎょう）するわけにもいかないし。女子力を上げるために、新しいメイクに挑戦するか……？　わたしが、か。

「というわけで、話を聞いてあげたんだから」

「へ？」

紗月さんが指差した先、駅前で待ち構えている女の子。

香穂ちゃんだった。

「おーい！」

ちょっ、え!?

「じゃああとはよろしくね、香穂」

「任された！　よし、いこっかれなちん！」

「どういうこと!?　紗月さん、わたしを売ったんですか!?　紗月さん、わたしたちは将来を誓い合った永遠の友達で！　永遠の！　紗月さんー!?」

紗月さんが振り向きもせず歩き去ってゆく。わたしは香穂ちゃんに腕を掴まれ、駅に引きずり込まれていった。紗月さんのばかー！

香穂ちゃんはわたしの横を、ニッコニコしながら歩いている。

「こんな強引な手段を……」

「お話聞いてくれて、ありがと、れなちん！」

「いえ……わたしもちょうど、お金がほしかったもので……」

それもこれもぜんぶ、フォーくんが壊れてしまったから……！

壊れたフォーくんはどうやら修理に出すしかなさそうだった。お昼休みに調べたら、部品交換で済むのか、あるいは基板を取り換えなきゃいけないかで、だいぶ料金が変わってくるみたい。少なくとも、わたしのお小遣いでは足りそうにない……。

だからほしい、お金がほしい……うう……。

まさかとは思うけど、わたしの寝てる間にフォーくんぶっ壊したの香穂ちゃんだったりしないよね……!?　念力かなにかでさ……！

「ていうか、香穂ちゃんと紗月さんってなんなの。なんであんな美人局みたいな真似してくるの……。ふたりはどういう関係なの……？」

「えー、気になるぅ？　でもあたしとサーちゃんの仲だからなあ」

口元に手のひらを当てて、にっひっひという ジト目を向けてくる香穂ちゃん。そのもったいぶる仕草に、カチンときた。

「き、気になりますねえ……」

だって紗月さんは、わたしの大切な友達だし……！　そりゃ、香穂ちゃんも多少は紗月さんと仲いいのかもしれないけどさ……！

「しょうがないにゃあ。だったら特別に教えちゃおっかにゃあ？」

香穂ちゃんが語り出す。

「サーちゃんには、あたしのバイトを手伝ってもらってたんだ。最初はダメ元で声かけてみたんだけどね。でもお金を稼ぎたいって言うから、お互いウィンウィンだったってわけ」

なるほど、あくまでもふたりはビジネスの関係ってわけね。心配するほどのことはなかった。わたしと紗月さんは一緒にお風呂に入ってキスした仲だもの。いや不可抗力ですけど！

しかし、そのバイトって、これからわたしが手伝わされるやつか。

「怪しいバイトだと思ってたけど、紗月さんがやってたんだったら、まあ、安心か……」

「ああ見えてサーちゃんって、意外と押しに弱いところあるからね」

「それは……そうかも……？」

紗月さんはなんだかんだ面倒見がいい。助けを求めたら、応えてくれそうな信頼感がある。

「香穂ちゃんは、そのあたりを、つけ込んだのか……」

「言い方ひどくない!?　誠心誠意お願いしただけだよ！　その過程で百回は断られたけど」

「メンタル金剛石でできてんのか？」

なんか、香穂ちゃん相手だと、言葉が乱暴になっちゃうな……。一度ケンカしてタガが外れちゃったのかもしれない。

てか、紗月さんが百回断るような案件なんじゃん……なぜわたしは一度でOKしたのか。

「サーちゃんはめちゃくちゃ美人だからねえ。顔もいいし、頭もいいし、スタイルがよくて顔がいい。ほんとまじで神。あたしの推し！」

「そ、それは完璧に同感だけど……香穂ちゃんの推しは、真唯じゃなかったの」

「フフン、れなちんに取られそうになっているから推し変(へん)したわけじゃないよ。前からだよ」

ケンカの原因になっていた話題をさらっと口に出されて、わたしはじゃっかん緊張してしまう。けど、香穂ちゃんはもう先日の話なんか忘れているような顔で、ハイネックの黒シャツを指で引っ張った。

「ちゃんと着てるじゃん。サーちゃんの、メンカラー」

「だから黒なの!?　えっ、それこじつけでしょ!?」

「あたしああいうパリッとした美人、大好きなんだ。ていうか全人類好きだと思う」

両手を組み合わせた香穂ちゃんに、わたしは思わずうなずく。

「まあ、美しいよね……」

感嘆のため息。わたしたちはまるで玄人(くろうと)同士みたいに、うなずき合った。なんか、クラスの長谷川さんと平野さんみたいなやり取りだった。

……こういう話をしてると、昔に戻ったみたいだ。塾で推しキャラ談義をしてたみたいに。

わたしがそう思っていたタイミングで、香穂ちゃんが、にかっと笑った。

「ね、塾でもれなちんとこんな風に、トークしてたよね」

「えっ？　あ、う、うん……」

急に懐かしい思い出があふれてきて、わたしは妙に照れた。

わたしから見た香穂ちゃんは眩しくて、すごくかわいい女の子になっちゃって、並んでいると緊張する瞬間もあるけど……。でも、今までよりずっと肩の力が抜けて、自然に笑える。

お互いをさらけ出してケンカしたのだって、もしかしたらよかったのかもしれない。これでわたしのほうは隠し事がなくなったわけだし。

人生はなんにだって意味がある……。マイナスをプラスに捉えることがうまくなってきたな、わたしは……。マイナスだらけの人生の処世術……。

そう考えると、精神がフラットになってきた……気がする。香穂ちゃんに問いかける。

「それであの、どちらに向かっているんですか?」

「ん、あたしんちー」

「香穂ちゃんのおうちかあ……」

これで真唯グループ全員のお宅を制覇してしまったな。最初に真唯。それから紗月さんと紫陽花さんちに伺って、最後に香穂ちゃんちだ。

「ま、女の子のお宅訪問に緊張しているのはわかりますけどね、ままま、硬くならずにね」

「いやむしろ緊張してないんだけど……」

「なんでだよ！　緊張してよ！　あ、じゃあきょう親が遅くなっちゃってぇ」

「親御さんと顔を合わせずに済む……助かる……」

「虎を百頭放し飼いにしてる！」

「それ緊張とかじゃないだろ!?　死地じゃん！」

そんなことを言い合っているうちに、香穂ちゃんちに到着した。

うちと同じぐらいの一軒家。庭が広くて、まず目についたのは大きな犬小屋だった。

「香穂ちゃんち、犬飼ってるんだ？」

「うんー。最近はまだまだ暑いから、家の中にいるよ。冬も寒くてかわいそうだから、家の中で飼ってる。パパが再婚してから、新お母さんにべったりだから、モケコはあたしに構ってくれる唯一の家族なんだ」

「重い……」

我が家は犬も猫も飼ったことがないので、よそ様のペット事情はなにもわからない。飼ったことあるペットと言ったらせいぜいポケットモンスターぐらいだ。ペットではない。

「あの、えと、お邪魔します」

「どうぞどうぞー」

玄関には靴が乱雑に置かれている。香穂ちゃんの口から兄弟や姉妹の話は聞いたことがないけど、どうやらひとりっ子というわけでもなさそうだ。再婚相手のご家族だろうか。

「こっちこっち」

香穂ちゃんに手招きをされ、ワンちゃんスリッパを履いて二階へとあがる。ひとのおうちの匂いがする。

廊下を渡って、香穂ちゃんの部屋に通された。

部屋の隅っこに、ミシンが置いてあるのが印象的。使えるんだ香穂ちゃん。よく見れば部屋のあちこち、カラーボックスの中に布だったり、棚に裁縫道具が突っ込まれていたりする。

　これはこれで、かなり女の子の部屋って感じだ。

　香穂ちゃんがすすすと横にやってきて、ぱちぱちと上目遣いに見つめてくる。おっきな瞳はまるで猫みたい。

「どう？　ふたりっきりだヨ？　ドキドキする？」

　いやその仕草は正直グッときてしまうというか、かわいいけれども！

「なんでわたしを執拗(しつよう)にドキドキさせようとしてくるの!?」

「そのほうが精神的優位に立てそうだなーって」

「思ったよりちゃんとした理由だった!?　しかも黒い！」

　香穂ちゃんは「てへぺろ」と笑う。動きがいちいちかわいいのが腹立つ。それが全部サマになっているっていうか、ほんと、どこでそんな技術身に着けたの？　精神と時の部屋でかわいさを磨いてきたのか？

　しかしそこで、香穂ちゃんは急にスマホを取り出して。

「あっ、ごめん。ちょっと既読返信してもいい？　あんまり溜め込むと、返すの大変でさ。もう999件溜まってりゃ」

「一日で!?　多くない!?」

　それであんまり溜め込んでないの？　わたしだったら10件溜まってるだけで、チェックするの大変だな、返信だるいなって思うのに……。

「うりゃりゃりゃりゃ、ってやっちゃうね」

両手の指が格ゲープレイヤーみたいな速度で動いている。文章は読まずに横目で見やると、それはわたしのキーボードのタイピングよりもはるかに速かった。

「はい終わり」

「早すぎでしょ!?」

スマホをベッドにポイする香穂ちゃん。人生のスピードがわたしとは違いすぎる。きっと積んでるエンジンが違うんだろうな……香穂ちゃんはスポーツカー、わたしはチョロQ……。

「んー、まあ」

香穂ちゃんはちょっと考えるそぶりを見せた後に、ちっちっちっと指を振った。

「ちょーっと適当な返信もやむナシ！　今は、れなちんだけの香穂ちゃんだからねっ」

あざとい……。

「そ、そんな風にやたらめったらカワイさ振りまいたって、精神的な優位に立てると思ったら、大間違いだからね！」

「ははーん？」

わたしがそう叫ぶと、香穂ちゃんがじりじり距離を詰めてくる。

ちょ、ちょっと！

しかもそのまま香穂ちゃんは、ぴたりとわたしの胸に耳を押し当ててきた。

近い！　髪の毛の匂いする！　いい匂い！

「な、なに!?　急に!?」

「れなちん……さては」

ジト目の笑顔に、顔を覗き込まれる。

「ドキドキしてますにゃあ？　キミぃ」

「してないし！　したことないし！　はー!?　生きている者はすべからく心臓動いているんだよ知らなかったのー!?」

しかし香穂ちゃんはニタニタしたまま、わたしを真正面から見つめている。

たまらず目を逸らす。いやこれは別にドキドキしたわけではなく、わたしは人と目を合わせることができないコミュ障っていうだけで……。悲しい言い訳だなあ！

「確かに、れなちんってば、マイマイとアーちゃんに告白されて悩んでいるって、それさぁ……つまり、れなちんって女の子のことが好き、ってことだよねー？」

「──違うんだよ！」

何度も何度も何度も、わたしは否定してきた！

「わたしは別に女の子が好きってわけじゃないんだよ！　なんで誰も信じてくれないんだ！」

「現に今、ドキドキしてんじゃん」

「香穂ちゃんだって真唯に迫られたらドキドキするんだろ!?」

「そりゃわたしは、マイマイのこと好きだし。かわいい女の子好きだから、だから」

香穂ちゃんがわたしの頰をつっつく。

「れなちんのことも、大好きにゃ♡」

「ひっ」

八重歯（やえば）の覗く小悪魔スマイルを浴びて、わたしは思わず後ずさりをした。

香穂ちゃんはますます嬉しそうだ。

「にゃるほどぉ……れなちん相手にはお金とか、泣き落としとかしないで、最初っから色仕掛けしていればよかった、と……」

「わたしは自分で自分が情けないよ！」

なんでわたしはこんな人間になってしまったんだ……。

すべての元凶は真唯だ。けど、ここまでのべつまくなしだと、もはや最初からわたしに素養があったとしか思えない。

わたしが顔のいい子を見てドキドキすることの根底には、陽キャへの憧（あこが）れがある。陽キャがこんなわたしに構ってくれるなんて、の精神だ。だったら、わたしが自他ともに認める陽キャになれたら、この体質も改善されるんだろうか。してくれないと困る！

「真唯や紗月さん、紫陽花さんはともかく……まさか、昔から知っている香穂ちゃんにさえドキドキしてしまうなんて……悔しい、悔しいよう……！」

もしかしたらあのとき香穂ちゃんにビンタできなかったのも、そのかわいいお顔を傷つけたくなかったからなのかもしれない。10：0でわたしの負けじゃん……。

　けらけらと香穂ちゃんが笑っている。人の気持ちを弄（もてあそ）ぶ悪魔ぁ……。

「見てろよ……ぜったいにいつか復讐してやるからな……」

「でもあたしはれなちんと違って浮気性じゃないから、かわいい子相手だからって、誰彼構わず発情したりしないしぃ」

「このやろぉー！　わたしのこと大好きだって言ったくせにー！　この悪女ー！」

「悪女……いい響きだにゃあ」

　香穂ちゃんがうっとりと微笑む。今に見てろ、今に見てろよぉ……。

「ま、ここでずっとイチャイチャしててもいいんだけど」

「用がないなら帰るからね、わたし！」

「ってれなちんが言い出す頃合いだから、お仕事の話をしよね」

　香穂ちゃんが部屋を出た。手招きされて、一緒に隣の部屋へ向かう。

「こっちの部屋を見せるほうが、手っ取り早いかなーって」

　ドアには、何枚かプレートがかかっていた。そこにはこう書いてある。


『禁忌の間』『☠』『デス＆ヘル』『ぜったいに入るべからず』


　わたしは叫んだ。

「過剰だよ！」

これを見せられて、なにがどう手っ取り早いのか！

「今、封印を破るよ！」

ちっちゃい鍵を取り出した香穂ちゃんが、ドアノブに差し込む。

「五億年封じ込めていた悪魔を、解き放つ時がきたのじゃ……」

「カンブリア紀になにを閉じ込めたの……古生物界の頂点、アノマロカリスか……？」

香穂ちゃんが永遠にボケるから、わたしもいつまでもツッコミを入れてしまう。

くそう、これも計算のうちか!?　そんなにわたしはわかりやすいか!?　わたしを手玉に取るのはそんなに楽しいのかよぉ！

心の中で吠えていると、香穂ちゃんと目が合った。にやりと笑われる。

うっ。紗月さんとは違う意味で、この子には一生勝てないんじゃないかと感じてしまう。

諦めるなよれな子！　小学生の時点では、同じスタートラインに立ってたじゃないか！

「それじゃあ、オープンザドア！」

香穂ちゃんが仰々しくドアを開く。その中には――。

光り輝く宝物庫、というものはもちろん出てこず、中にはたくさんのハンガーラックと、そしていっぱいの衣装が吊るされていた。

衣装部屋だ。ぜんぶがぜんぶ香穂ちゃんのものってわけじゃないんだろうけど、すごい。こんなにお洋服もってるなんて、まるでモデルかアイドルみたいだ。

「あたしの愛しの衣装ちゃんたちです！」

「って、これ」

いや、違う。ただの服じゃない。

おっきなリボンがついているワンピースタイプの服や、特徴的な色遣いをしたゴシックロリータな上下。あるいは芦ケ谷高校ではない学校の制服一式。ちょっと変わったデザインのメイド服に猫耳パーカー、ずらりと並んだ色とりどりのウィッグの数々。

これは……コスプレ衣装だ！

「ふっふっふ、どう？　すごいでしょ？」

「す、すごい……え、お手製!?　すごすぎ！」

中には、剣や銃、部分的な鎧（よろい）なども綺麗に飾られていた。まるでコスチュームの専門店に足を踏み入れたみたい。

「ハッ！」

と、それらを眺めている最中（さなか）、五億年には満たないけれど封印されていた記憶の扉が開いてゆく。ゴゴゴゴゴゴ……。

「はにゃ？」

香穂ちゃんを、震えながら指差す。

「なぎぽ@JKレイヤー！」

「あらま」

ほっぺたに手を当てて、香穂ちゃんが相好（そうごう）を崩す。

「バレちゃってた？　えー、面と向かって言われると、恥ずかしいものだにゃあ。うちの学校で気づいた人、れなちんがハ・ジ・メ・テだよ」

鎖骨（さこつ）の辺りを人差し指でくりくりされる。それは『ひゃあ！』ってなるんでやめて。

夏休み旅行の際、わたしは偶然、紗月さんのツーショットのコスプレ画像を発見した。その画像がアップされていたアカウントが『なぎぽ@ＪＫレイヤー』だったのだ。

もちろんメイクや加工で印象はかなり変わってたけど、でも面影はすごくあったし。なにより『こやなぎかほ』で『なぎぽ』なんて、決定的すぎる。

友達がコスプレイヤーだったなんて、メチャメチャ衝撃的だったはずなんだけど……。なのに今まですっかり忘れていたのは？　わたしの容量ストレージが残り０キロバイトになっていたからですね！

衣装部屋には本棚もあって、そこにはアニメのブルーレイや漫画本なども並んでいた。そのうちの一冊を手にして、香穂ちゃんは胸に抱く。

「絵を描けるわけでも、文章を書けるわけでもないあたしが、作品への愛を表現するための手段。それがコスプレだったんだ。以降すっかりコスプレにハマっちゃって」

「へえー……」

「今はね、もちろんあたしが好きだからやっているんだけど、それだけじゃなくて、コスプレして少しでも作品の布教ができたりするといいなって思ったりもするんだよ。そんなこんなでやめられなくなっちゃって、今ではホラ、この通り」

部屋を見せびらかすように両手を広げる香穂ちゃん。鼻の下をこする。

「ふっ、思えば遠くまできちまったもんだ」

「……なんか、すごいね、香穂ちゃん」

わたしはゲーム好きだけど、それで別に大会に出たいとか思ったことはないし、このゲームの面白さをみんなにわかってもらいたい！　という気持ちもまったくない。

いや、ゲームが売れたら続編が出やすくなったりするだろうし、人口が多い方が結局面白いから、本来はやったほうがいいことなんだろうけど……。たぶん、わたしにはムリ。

だから、自分で考えて自分で行動してる香穂ちゃんはすごいと思う。

「よせやい、照れるぜ照れるぜ」

「初めて香穂ちゃんを尊敬したよ」

「って今まで他にもなんかあったデショーが」

べし、と叩かれる。

にしても、自分がコスプレやってますってカミングアウトするのは、だいぶ勇気がいりそうだ。わたしなんて『ゲームが趣味です』って人に言うだけでもびくびくしてるのに。

まあ、わたしが真唯と紫陽花さんのことを告白したから、そのお返し……ということなんだろうか。わたしが考えている間、香穂ちゃんはハンガーラックを漁（あさ）っていた。

「んーんー、どっちにしよーかなー。や、でも断然こっちかな。うん、うん」

引き出したるは、一着のお洋服。うさぎ耳をつけた、バニーメイドさん。

ちょっと前に流行(はや)って、今でも根強い人気があるアニメの衣装だ。タイムラインでしょっちゅう見かけるから、すぐにわかった。自分で作ったのかな、すごい。

「え、もしかしてコスプレ見せてくれるの？」

さすがにワクワクしちゃう。

顔はかわいい香穂ちゃんが、かわいい衣装を着たら、どれほどかわいくなってしまうのか。こわくなってきたな。

しかし、香穂ちゃんは首を横に振った。

「んーん」

それから、にやりと笑う。

「これはね――れなちんの衣装なんだよ」

「へ？」

「え!?」

わたしは下着姿に剝(む)かれていた。

「いや、あの、これは」

香穂ちゃんのお部屋である。ブラとパンツを晒(さら)したわたしは、なんとか香穂ちゃんの視線から逃れようと、両手で体のラインを隠しているのだけど。

香穂ちゃんはぐるぐるとわたしの周りを回って、全身を舐(な)め回すように眺めている。

「は——……おっぱいでっか」

ため息交じりの無遠慮な感想に、わたしの顔が一気に熱くなる。

「なんなの!?　どゆこと!?」

「ぬっふっふっふ……」

香穂ちゃんが縄のようなものを手にして、わたしの前でぱしぱし鳴らす。

「そ、それで、わたしをどうするつもりなんですか……！」

「さーて、れなちんはどうしてほしいかにゃあ？」

後ずさりするわたしを容赦なく、香穂ちゃんが追い詰めてくる。

「や、やめて……それだけはぜったい、許して、近づかないで……」

「いいではないか、いいではないか……くふふふ」

「いやあああ！」

香穂ちゃんの手が、わたしの腰に絡みついてきて——。

そして数秒後、わたしはウェストサイズを採寸されていた。

「ううううう……これだけはぜったいいやって言ったのに……」

「ほほう、なるほど、これはなかなか」

「うううううううう………」

巻き尺を手にした香穂ちゃんが漏(も)らした言葉に、わたしは泣き濡れた。自分より細くてかわいいクラスメイトにボディを測られるとか、どんな罰だよ！

打ちひしがれている間に、ヒップとバストも採寸された。個人情報がぁ。

「なにゆえこのような仕打ちを……」

「決まってるでしょ。サイズ測って、衣装を手直ししないと。そのおっぱいじゃあたしの衣装破けちゃうじゃん、おっぱいで」

「そんなにおっぱいおっぱい言わないでもらえないかなあ！」

両手でブラを隠す。

普段は『なんか見せてしまってスミマセン……』ぐらいのテンションなんだけど、ことさら強調されると恥ずかしくなってくる。こちとら思春期の少女なんだぞ。

「ていうか、衣装直しって……」

「うん、着るんだよ、れなちんが。このきゃわいい衣装を」

「ですよね……」

いや、薄々気づいてはいたよ。紗月ムーンさんがなぎぽちゃんとのツーショット画像をあげていたことからも。

さつ……ムーンさんが自分からノリノリでコスプレするとは思えない。ぜんぜん知らない人のはずなのに、なぜかそう確信している。コスプレにどれぐらい興味ありますか？　って聞いたら、『そうね、セロハンテープぐらいかしら……』って答えそうなのがムーンさんだ。

だから、ム月さんはお金のためにコスプレをしていたのだ。そして今回は用事があったので、わたしにそのお役目が回ってきた。

楽して三万円なんて稼げるわけないから。それぐらいのことは、覚悟していたさ……。大丈夫、レジに立って見知らぬ人と会話を強制させられるよりは億倍マシ。

「ていうか、わたしが選出された理由って、ひょっとして胸……？」

だったら、紫陽花さんでもよかったのでは……いや、紫陽花さんに露出の高い衣装を着せるような真似はさせられないけどさ！

すると香穂ちゃんはさっきよりちょっとだけ真面目に首を横に振る。

「違う違う。れなちんの雰囲気が、あたしの想定するキャラにぴったりだったからだよ」

「キャラに？」

「うん。やっぱりほら、例えばええと長い黒髪を伸ばしたクールな長身の女の子には、小悪魔っぽいあざとかわいい女の子が似合わなかったりするでしょ？」

やたら具体的に特定のクラスメイトを指すような仮定に、まあ、そうかな？　とわたしはうなずいた。

「ま、もちろんおっぱいはあるにこしたことはないけどね。二次元キャラって基本的におっきいし、胸があったほうが映えるってか」

わたしは自然と香穂ちゃんの胸元を見てしまった。ひらたい。

香穂ちゃんがすかさずジト目を作る。

「れなちんのドスケベぇ」

「わたしはめちゃくちゃ言われてるのに!?」

くっそう、わたしを攻撃できる瞬間をぜったいに見逃さないじゃん、こいつ……！

「ま、胸なんて作れば済む話だけどね。ヌーブラつけたり、布巻いたり、シリコン使ったり。盛ったり潰したり自由自在。おっぱいなんて、コスプレ界じゃいちばんの小物よ」

「さいですか……」

「私生活じゃ羨ましいですけどね！　いいなあ巨乳！　この、このぉ！」

「ひやぁ！」

香穂ちゃんにがばっと胸を揉みしだかれる。くすぐったさで思わず女の子みたいな声が出てしまった。女の子ですけども！　すごい恥ずかしい！

「もう、いい加減にしろよこいつ！」

わたしはやられた仕返しに、香穂ちゃんの胸に手を。

「きゃあ～、れなちんこわぁい～」

胸を押さえて、その場に女の子座りでしなを作る香穂ちゃんに、手を。手を……。

「くう…………」

引っ込める……。

仕方ないじゃん……。わたしは女子界隈のボディタッチに縁遠かった女……。紫陽花さんに肩ポンされただけで顔を赤くするのに、人の胸を冗談でも揉めるわけがない……。

香穂ちゃんが口元に手を当てて、ささやいてくる。

「え～？　なにもしないのかにゃ～？」

「きょ、きょうは日が悪いからな……」

「……ふふふっ、れなちんの度胸ナシ♡　ざこ♡　ざ〜こ♡」

こ、こいつ……いつかぜったいわからせてやるぅ……！

わたしをひとしきりなじって気が済んだ香穂ちゃんは、よいしょと立ち上がる。

「はい、じゃあ改めて……バンザイしてくださーい」

今度はさらに細かく、体のあちこちを測られる。二の腕とか、ふとももとか……。細い体の香穂ちゃんに事細かに……。くう。

しばらくして、制服を着直したわたしは、香穂ちゃんの部屋にちょこんと座る。いやはや、つらい時間だった……。

わたしのプライバシーを書き込んだメモを片手に、香穂ちゃんはふんふんとうなずく。

「やっぱり、直し箇所が多いにゃあ。ま、これぐらいなら一週間もあればいけるかな？」

着込んだ夏服の分厚さに安心してしまう。服っていいね……。身を守る鎧だわ。

「で、一週間後に、その衣装を着ればいいんですね……」

「うん、そう。一週間後と、あと二週間後に。計二回。それがそなたに与えられた使命じゃ」

わたしはちょっと考え込んだ。

「……それで、三万円？」

「そうだよーダケダヨー」

香穂ちゃんは目を逸らして口笛を吹いた。

「ぜったい嘘じゃん!?　もう嘘って自白してるじゃんそのリアクション！」

香穂ちゃんが静かに首を横に振る。小さな女の子を諭すみたいな口調で。

「あのね、れなちん、よく聞いて。これは嘘じゃあないよ。あたしはれなちんにあえて大事なことを言ってないだけってやつだよ」

「じゃあ言えよぉ！」

わたしの勢いを止めるみたいに、顔の前に人差し指を掲げてくる。

「れなちんにやってもらうことは、非常にシンプルです。いっぱいメイクして、衣装を着るだけだよ。あたしと一緒にね」

「香穂ちゃんと、一緒に？」

にっこりと、ちっちゃくて細い美少女が笑う。

「そ、衣装併せの撮影！」

「…………………は？」

そして一週間後、わたしは都内外れの撮影スタジオに連れてこられていた。

だが、それすらもまだ騙されていることに、わたしは気づかなかった。

これから二度の撮影会が開かれて――まさか、大勢の前で衣装を着ることになるとは。

第二章　初めてのコスプレはやばいムリ！

『芦ケ谷(あしがや)ってスマホほとんどＯＫなの、まじでラッキーだよね』

『……え？』

洗面台で手を洗っている最中、隣に立つ女の子が独り言にしてはだいぶ大きな声をあげた。

周囲に人はおらず、女子トイレは完全な密室である。

彼女――小柳(こやなぎ)香穂(かほ)は鏡を見ながら、リップを塗り直していた。

明るい髪を片方でくくった、背の低い女の子だ。頭が小さくてスタイルがいいからか、見た目以上の小柄に見える。すらりと伸びた背筋は、とてもきれいなＳ字を描いていた。

高校に入学して三日目のことだった。

『友達の高校なんて、スマホ持ち込み申請出さないといけないらしくてさ、しかも担任だけじゃなくて校長の許可も必要！　なのに学校行ったらすぐ専用のロッカーに預けて、放課後まで取り出せないいんだってよ。ありえなくない？』

そこで、女の子がこっちを見た。

大きな瞳は、光を反射する猫のそれみたいに、ピカピカ輝いている。口元からは愛くるしい八重歯（やえば）が覗（のぞ）いていた。

初めて間近で見たときの印象は、人に可愛がられるために進化したイエネコみたいな女の子だなあ――だった。

『あの、えと』

教室では必死に陽キャのフリをがんばっていながら、突然話しかけられて準備不足のコミュ障を露呈させたわたしは、左右に視線を揺らす。

『わたしは、あんまり学校では使わないかな、スマホ』

『そうじゃないんだよねえ』

ちっちっちっ、と女の子が指を振る。

意見を否定されるのはわたしにとっていちばんダメージを食らう瞬間で、そのたびに、もう二度と口を開かずに生きていこう……と決意してしまうのだけど（当時はね！　今はまだマシです！）なぜか彼女に対してはそう思わなかった。

『ここで使えないと困る！　ってタイミングってあるじゃん？　なんかグループ登録するときとかさ。例えばあれだよ。別にあたしたちだって一日中、水を飲んでるわけじゃないけど、飲水禁止なんて食らったらたまったものじゃないしょ？』

ハキハキとした声で、わたしの言葉に10を返してくる女の子。

『まあ、確かに……』

『つまりはそういうこと。0か1かっていうのはね、1が100になるよりも、違うの。もうぜーんぜん違う。というわけでね、あたしは芦ケ谷でよかったなあって心から思うわけすよ。電波監獄に収容された友達には悪いけどね！』

『電波監獄って』

トイレから出たあとも、彼女はわたしについてきた。歩きながら、A組に戻る。なんで一緒に!?　とは思ったけど、でも彼女がA組なのはわたしも知ってたし。

なにより、一度も話したことがない相手に、こんなにも会話を続けることができる彼女の能力に、わたしはずっと押されっぱなしだった。

クラスに戻って、わたしが真唯や紫陽花さんとのグループに合流してからも、彼女は当然のように居座って、グループのお喋りをいつも以上に明るく楽しいものにしてくれた。

今思い出せば。

香穂ちゃんはわたしのことをわかっていて、それなのになんにも反応をしないわたしに探りを入れていたんだと思う。

……すぐに思い出せなくて、ごめん。でも、香穂ちゃんはそれだけ別人みたいに、かわいい女の子になっていたから。

そしてこれは、もうひとつの思い出。

『ね、甘織さん。今週の、もう読んだ？』

夏休みの塾。隣同士に座って、授業が始まるまで漫画雑誌を開いて、とても楽しそうにお喋りをしていた無邪気な頃を思い出す。

『うん！　ぜったい皆口さんと語りたいって思ってたんだ！』

『あのね、あのね、実はね……うん、あたしもおんなじ気持ちだよ、ふふふっ』

わたしよりちょっぴり背が高くて、メガネをかけていて、その奥の目がキラキラと輝いていて、とっても眩しかった。

『わたし、この子好きだなあ……。なんかこの漫画って主人公より、ヒロインのほうがかっこよくない？』

『甘織さんって、こういう女の子がいいんだ。そうなんだねえ～』

『ええっ、ヘンかなあ？』

『あ、ううん、ぜんぜんヘンじゃないと思うよ！　あたしもわかるっていうか……こういうヒロインになってみたい、って思うし……』

今と昔。ふたつの思い出がいったりきたりして、わたしの心はかき乱される。

それはまるで、陰キャと陽キャ、どちらの態度を表に出して話していいのかわからないわたし自身のようで。

でもね。

本当は、本当はね、香穂ちゃん。

香穂ちゃんが真唯のことを好きだったって知ってたのに、わたしが真唯に告白されていることがあまりにも申し訳なくって、ぜんぜん素直になれないけどさ。

口では香穂ちゃんに悪態ついたり、バイトのことだって嫌がっている風に言っちゃっているけど、でも、本当はね。

また香穂ちゃんとあの頃みたいにふたりで、新しい何かができるって、本当は——わたし、すっごく嬉しいんだよ。

…………なんて、きれいごとで終わらせてくれないのが、今現在の油断ならない香穂ちゃんなのだけども……。

＊＊＊

そこは都心から少し離れた撮影スタジオだった。

どうやらもともとは小規模な結婚式場らしく、しかしこの昨今、フォトジェニックなスポットであることを利用して、個人用の撮影場所としても貸し出しているらしい。

土曜日。香穂ちゃんと連れ立ってやってきたわたしは「おおー」と声をあげた。

「すごいねえ、こんなところで写真撮るんだ」

「早朝の町で、ゲリラ的な撮影をすることもあるけど、なんだかんだスタジオがいちばん落ち着くからにゃあ」

「へえー、へえー」

思った以上に立派で綺麗な外観を見上げて、わたしは何度も感心した声をあげる。

「やるじゃん香穂ちゃん！　さっすが大人気コスプレイヤー！」

「ほほほ、そうお褒めなさるなさるな。もっと言っていいよ！」

「世界一のレイヤー様！　電子の妖精！　写真加工が上手！　あざとい！　短気！　すぐ石の話する！　瞬間湯沸かし器！」

「褒めるんだったらちゃんと最後まで褒めてよキミぃ！　まったく……なにはともあれ、きょうはよろしくね」

「う、うん……！」


コスプレ事情にまったく詳しくなかったわたしはこの一週間、香穂ちゃんが引くぐらい勉強した。

まず2クールのアニメを、平日二日を使って見終えた。基本はほのぼの日常系アニメなのに、でもしっかりと感動するところがあって、とても素敵なアニメだった。

次に、わたしがコスする予定の女の子の出ているシーンだけを、さらに何度も見返した。その子の決め台詞を繰り返し発声して、気持ちだけでもその子になり切ろうとした。

ちゃんと表情とポーズも、姿見の前でチェックした。このあたりは、陽キャになるための特訓と通ずるものがあったので、割とすんなり練習できた。ただあんまり頑張りすぎてしまったため、毎日筋肉痛に悩まされた。ポージングってけっこう負担かかるんだね……。

通学時間は、キャラの解釈を深めるために二次創作だって漁った。主にピクシブの小説を読んで、いろんな人の考察を読んで、内面までしっかり再現しようと努力を重ねた。

香穂ちゃんは割と引きながら『なんでそんな必死にやってくれているの……？』と気味悪がって聞いてきたけど。

わたしは『香穂ちゃんを見返したくて』とは言えず、適当に『神のお告げで』とかなんとか答えていた。

なんでこんなにがんばっているのかは、自分でもよくわからなかった。ただ、香穂ちゃんが『れなちんやるじゃん！』って心からわたしを認めてくれたら、なにかが変わるような気がしていたんだと思う。

真唯や紫陽花さんのことをほっぽりだしてなにやってんだわたししゃ……ってたまに現実に向き直って鬱になるときもあったけど。でも、約束した期限までは、まだ少し時間があったし。紗月さんだって、回り道が正解になることだってある、って言ってくれたわけだし。

だから、まずは頼まれたことに全力を尽くそうって思ったんだ。

ハッ、ひょっとして紗月さんのお言葉が神のお告げ……!?

というわけで、一週間はあっという間に過ぎていって、きょうこの日である。

「レイヤーさんってみんなすっごく細い人ばっかりなのに、力持ちなんだね……」

ちなみに、わたしも香穂ちゃんもキャリーカートを引いている。わたしのは、香穂ちゃんから借りたやつだ。衣装やメイク道具、小物も含めると、かなりの重量がある。

「体型に気を遣って（つか）いるから、筋肉質な人多いよー」

「香穂ちゃんも？」

「ふっふっふ、今度腕相撲で戦ってみるかい？」

「負けそう……」

腰に手を当てて自信ありげな顔をする香穂ちゃん。

香穂ちゃんは受付の人に声をかけて、予約していた旨（むね）を伝える。すると、控え室みたいなところに案内してもらった。大きな姿見のある清潔な小部屋だ。

ここで着替えとかメイクをするみたい。

ちなみにコスプレというのは、ひとりでやる他に、キャラ併せ（あわ）という文化があるらしい。

というのも、Aという作品があったときに、その主人公とライバルのキャラクターをそれぞれが演じることで、世界観の広がりの表現ができるとかなんとか。

その理屈はわたしもわかる。クラウドひとりでも絵になるけど、セフィロスが隣に並ぶと、もっともっといろんな構図ができるもんね。

というわけで、わたしは香穂ちゃんのやりたい子の、その隣に立つキャラを演じることになっていたのだ。

ただ、ひとつ気になることがあって。

「そういえば、きょうは撮影するんだよね？」

　衣装を広げていた香穂ちゃんが、ぴたりと止まった。

「ん、んん？　そーだケド？」

「誰が写真撮るの？　タイマー機能とか使うの？」

「あー、まー、んー。妖精さんかにゃあ」

　香穂ちゃんの目がお魚みたいに泳いだ。あの。

　その細い肩を必死な形相（ぎょうそう）で掴む。

「待って！　誰が撮るの!?　誰か来るの!?」

「誰か、っていうかー」

　香穂ちゃんは自分の頭をコツン☆　と小突いて、茶目っ気たっぷりに笑った。

「きょう、撮影会だから」

「さつ、えい、かい……？」

　わたしは一言一言を噛みしめる。

「それはつまり『会（かい）』ってことは、ふたりより多い人数が予想されるわけで」

「でもふたりしかいないのに座談会とか言ったりするじゃん！」

「そっか！　それは確かに！」

　わたしはたぶんぐるぐる目になって、うなずいた。肩を掴んで離さず、その顔をまじまじと覗き込む。

「で、実際は……？」

「きょうと来週、合わせて二回あって、いろんな人がすっごくたくさんいっぱい来るヨ☆」

「わたし急用を思い出すね！」

逃げ出そうとすると、香穂ちゃんに腰にタックルを食らった。

「うぐあ！」

「今さら、往生際が悪いぞ！　そんな楽して稼げると思ったら、大間違いだからね！」

「だって聞いてないもんわたし！　先に説明しなかった香穂ちゃんがぜんぶ悪い！」

「れなちんは適当にニコニコ笑ってればいいから！　他ぜんぶあたしがやるから！　ほらさっさと着替える！」

「ムーリー！　人前で撮られるとか、ぜったいムリー！」

と叫んで、じたばたしてみたものの……。

「あれだけたっぷり練習してきたんでしょ!?」

その言葉に、わたしはぴたりと止まってしまった。

ううっ……そうだ、わたしはこの一週間、がんばって、がんばって……。

苦悩の日々を思い出す。写真なんてメチャクチャ苦手なわたしが、一生懸命盛れる角度を考えて、自撮りを繰り返したことを……。

『おっ、この角度かわいくない？』って思って、ついつい友達に送りたくなってしまったけれど、誰に見せるのも恥ずかしすぎるので、ひたすらに溜め込んだことを……。

夜中、写真を撮るのがなんだか楽しくなってきて、夢中で撮って夜更かしをしちゃったことを。そしてその写真を翌朝に眺めて死にたくなったことを……。

それらすべての思い出が、わたしの手足に重しとなってのしかかってくる。

「わたしは香穂ちゃんとふたりだけでよかったのに……」

「あらま」

香穂ちゃんが口元に手を当てて、かわいらしく驚いた顔をする。

「れなちんがそんなにあたしのことを好き好き大好きだなんて、知らなかったにゃあ。だったらあたしのために☆　がんばって☆」

「ためにとかじゃないんだよなあ……！」

ただ、ここで逃げ出したら香穂ちゃんに一生馬鹿にされてしまうだろうっていうのは、わかる。それはさすがに悔しい……っ。

結局は、そこなのだった。恥よりも意地が勝ってしまうのだ……。

ううう……。

「しかし、わたしなんぞが写真に撮られるなんて、カメラさんに失礼っていうか……無礼千万っていうか……お高いレンズにヒビが入ってしまったらどうしよう……」

「うーん、行き過ぎた自虐はもはや犯罪的だにゃあ……」

香穂ちゃんが腕組みして、よくわからないことを言う。

「仕方ない、ここは褒めてつけあがらせる作戦にするか」

　ぜんぶ聞こえているんですが……。

「あのね、れなちん。言っとくけど、そなたは世間的に見てもじゅうぶんにかわいいです。きゃわたんな女子高生です」

「ええー……？」

「その本気で『嘘だあ』って思ってそうな顔が、また腹立つにゃあ」

　わたしが目指しているのはごくごく平均的な、量産型女子。

　それなのに、かわいいよって言ってもらっても、つけあがるどころか恐縮するばかり。

　でも、確かに妹の顔はかわいいから、その遺伝子を共有しているわたしの顔も、理論で言えばそれなりにかわいい、ということになるのか……？

　でもでも！　女の子のかわいさは髪型と表情と仕草と雰囲気とメイクが8割ぐらいだし！　陰キャオーラ漂わせている上に、根っこがかわいくないわたしは、決してかわいい女子ではないのでは！

　でもでもでも！　今のわたしは脱陰キャをがんばってきたわけだし……真唯や紫陽花さんにもかわいいって言ってもらえたし……。いや、あれはゆるキャラに『かわいい～』って言うようなやつと、同じ部類だろうけど……。

「あーもう！」

　思考の流砂（りゅうさ）にドハマリしていたわたしを、香穂ちゃんがずぼっと引き上げていく。香穂ちゃんは財布から五円玉を取り出し、それにささっと糸を巻いた。

「れなちん、こっちを見て」

「あの、はい……？」

すーっと深呼吸した香穂ちゃんが、真剣な目で五円玉を揺らす。

「アナタはだんだん自分がかわいく思えてくる……アナタはだんだん自分がもースッゴクかわいく思えてくる〜……」

「古典的にもほどがあるよぉ！」

見よう見まねの催眠術は、わたしになんの効力も与えてくれなかった。当たり前！


準備を完了して、待ち合わせ時間ぴったりにスタジオに出ると、受付に人影があった。きょうのカメラマンさんだ。

三人。みんな女の人だった。少しだけほっとする。いや嘘。ぜんぜん緊張してるわ。

「わー、みなさん来てくれてありがとうございますにゃあ！　ミハルさん、エマさん、パーマンさん！」

コスプレ衣装に着替えた香穂ちゃん——もとい、なぎぽちゃんが華やかな声をあげて両手を振る。その姿を見た女性三人は、黄色い声をあげた。

「きゃあ！　なぎぽちゃん、かわいい！　すごい、すごくかわいい！」

「新作衣装の初お披露目で、すっごく楽しみにしてました！　うわあ百億点！」

「ああああ可愛すぎてありがとうございます、生まれてくださってありがとうございます……

ああああ神……なぎぽさん好きです……」

すごいテンションだ……。

実際、今のなぎぽちゃんは本当にアニメの世界から出てきた妖精さんみたいな愛らしさがあった。普段の香穂ちゃんももちろんかわいいけど、それとはまったく質感が違う。

今回わたしたちが演じるのは『あにまめいど！』という人気アニメの、メイドさん。

優しい世界観で女の子同士の物語が展開されるこの作品は、動物のコスプレをしたメイドさんがたくさん登場するお仕事モノだ。

その衣装がとてつもなくかわいくて、世間では男女ともに大ヒットを遂げた。意外と熱くて泣けるストーリーも話題になってた。

香穂ちゃんは『あにまめいど！』に登場する主要キャラ四人のうち、甘え上手な貢がせ上手の猫耳メイドの子を。そしてわたしは、自分がいちばんかわいいと信じてるメンヘラ気味の小悪魔な兎耳メイドの子だ。

わたし自身のキャラからもっとも遠いところにいる子では……？　って思ったりもしたけど、ビジュアル的にはクインテットの中でわたしが似合う気がする……。

しかし、大丈夫だろうか……。わたしが着ることで、キャラを冒瀆してはいないだろうか……。お姉さん方に怒られないだろうか。

びくびくしていると、なぎぽちゃんがわたしを紹介してくれた。

「こっちの子が、今回の併せ！　あたしの友達の」

「れ……れいなコアラです、どうぞよろしくお願いします！」

適当に考えてきたハンドルネームを告げて、勢いよく頭を下げる。

するとお姉さんたちは先ほどのはしゃぎっぷりとは別人みたいに、『よろしくお願いします』と礼儀正しく頭を下げてくれた。社会人っぽいオーラに、思いっきり気圧されてしまう。

「よーしそれじゃ、スタジオ代がもったいないし、ちゃっちゃと始めますかー！」

なぎぽちゃんが元気よく拳を突き上げて、女性陣が控えめに「おー」とグーを掲げた。

事前に受けていた説明では、きょうの人はいつも支援してくれている太客らしい。お金払いがいいだけじゃなくて、マナーもよくて品もいいので、わたしのデビュー戦にはぴったりのお相手なのだとか。

いや、だからこそ失礼があったらいけないのでは……？

わたしはがちがちに緊張して、可動域の少ないフィギュアみたいになって立ち尽くす。

レンズの大きなカメラを担いだ女性ふたりはなぎぽちゃんを挟み込んで、きゃーきゃー言いながら楽しそうに撮影を始めていた。

もうひとりのお姉さんが、わたしに話しかけてくる。

「すごい、かわいいですね。私、リナぴょん推しなんですよ。リナぴょんが来るって聞いて、これはぜったい参加しなきゃって！」

リナぴょんとは、わたしが演じてる兎耳メイドのキャラ名だ。

「あ、いや、その……」

「れなコアラさん、リナぴょんの衣装ぴったりで、ほんとイメージ通りです。その衣装は手作りなんですか？」

はわわわわと口を震わせていると、なぎぽちゃんが遠くからレスキューしてくれた。

「その子の衣装も、あたしが作ったんだよー！　ね、れなコ！」

「は、はい」

「わー、そうなんですね。なぎぽちゃんってどのイベントにも新しい衣装もってくるから、バイタリティすごいですよね。だから私も追っかけるの楽しくて楽しくて」

ふふふ、と上品に笑うお姉さん。まるで女子アナウンサーみたいに清楚なお姿なのに、首から下げたバズーカ砲みたいなカメラが戦場帰りの雰囲気を醸し出していてこわかった。

「れなコアラさんは、もうアカウントあるんですか？」

「いえ、わたしは、まだそういうのなくて……」

「じゃあほんとのほんとに初心者なんですねー。感激だなあ。楽しい撮影会にしましょうね」

お姉さんはにっこりと笑ってカメラを構えた。わたしはメドゥーサに睨まれたみたいな笑顔を浮かべる。

「お、お手柔らかに、お願いします…………」

大丈夫大丈夫大丈夫大丈夫。

なんせ、家であれだけ練習してきたんだ。

自分で何百枚撮ったことか。自分で撮るのも、人に撮られるのも大した違いはない。大丈夫。

胸を張れ、れな子。いや、れなコアラ。そう、今のわたしはコスプレイヤーなんだから、キャラになり切るんだ。

リナぴょんはこういうときに、甘い微笑みを浮かべるんだ。

『かわいいわたしのこと、ちゃーんとフィルムに閉じ込めて、宝物にしてくださいね♪』

そう言って、男の子も女の子もみんなメロメロにしちゃうようなポーズを取るんだ。

今のわたしはリナぴょんなんだから……！

「え、えへへ……こ、こんな感じで、すか……」

しかしわたしのポーズは自信のかけらもなく、照れまくっているような代物。

お姉さんは優しくて「いいですねー、撮りますねー」って撮ってくれたけど………。

わたしの出来が最悪なのは、わたしがいちばんよくわかっていた。

いくら「あはは、緊張していますねー、もうちょっとリラックスしていいですよー」って和やかに言ってもらえても、ぜんぜんダメ。

わたしなんかが撮られているというそのシチュエーションで、もうおしまいだった。

撮ってくれるお姉さんが交代して、二人目になっても、三人目になっても、さらになぎぽちゃんとツーショットの撮影になっても、ぜんぶ、すべて、オールウェイズ最悪で。

わたしはいったんなぎぽちゃんに休憩を言い渡され、スタジオの隅っこの椅子で、ただひたすらに落ち込んでいた。

「初めての撮影は、やっぱり緊張しちゃいますよね」

「えっ？　あ、あの」

　お姉さんが温かなミルクティーのペットボトルを手渡してくれる。暦はまだ夏だけど、布面積の少ない衣装を着ていたから体は冷えていて、その心遣いがさすがだった。

「あ、ありがとうございます。あの、いいんですか、撮影は」

　わたしはせめてこれ以上空気を悪くしないように、愛想笑いを浮かべる。今はなぎぽちゃんがひとりで撮影会を続けている。囲んでいるお姉さん方も、本当に楽しそうだ。

「はい、私もちょっとカメラ支えるの疲れちゃって。隣で休んでもいいですか？」

「それは、もう、どうぞどうぞ……」

　こういうときリナぴょんなら、ちゃんとかわいく微笑んで『かわいいわたしを独り占めできるなんて、幸せ者だね』って言うんだろうな。

　今は、わたしに付き合わせて申し訳ない限りです……。

「最近はなぎぽさん、美人の子ばっかり連れてきていたから、きょうはふたりともかわいい系で『あにまめいど！』すっごく似合うなあって思ってたんです」

「美人の子って……それ、もしかして、ムーンさんですか？」

「あ、やっぱりお知り合いなんですね。そうそう、ムーンさん。あの子もコスプレは慣れてないみたいだったんですけど、なんだろう、存在感っていうのかな？　場がすっごく引き締まって、まるでプロみたいでした」

「はは……ムーンさんは、すごい人ですから……」

そりゃ紗月さんなら、わたしみたいに急に界隈に飛び込んだところで、あっという間に周りの目をかっさらっていくのだろう。

っていうか、真唯に付き合ってモデルの仕事をしたこともあるのかもしれない。あれだけの美人だし、需要はあっただろうし。

「すみません、きょうはわたしで……」

「あ、ううん、ぜんぜん。れなコアラさんには、れなコアラさんにしかできないコスがあるでしょう？　それが見れたから、よかったです」

あるのかな、そんなの……。ありとあらゆる人類の下位互換なのでは……。

いや、いかんいかん！　また空気を悪くする！　なにか話さないと！

「あ、あの、お姉さんは昔からなぎぽさんのファンなんですか？」

「おっ、古参ごころをくすぐるイイ質問ですねー。そうなんですよ。当時ＪＣレイヤーだったなぎぽさんに光るものを見つけて、それ以来ずっと追いかけているんですよー」

「やっぱりなぎぽさんって……その、すごいんですか？」

質問の意図を、お姉さんは少し測りかねているみたいだったけど。

「んー、そうですね、とってもすごいと思いますよ。いつもちゃんと衣装を自作して、メイクも日々研究しているのがわかりますし。カメラマンへの対応も丁寧で、ファンとの絡みも上手で……なにより、作品のことが本当に好きなんだなって伝わってくるんです」

「そっか……そうなんですね」

スタジオに立つなぎぽちゃんは、アイドルみたいに目立っていた。かつてわたしの隣にいたから余計に……ずいぶんと、差がついちゃったんだな、なんて思う。

そんなの当たり前だけどね。香穂ちゃんががんばっている間、わたしはなんにもやってこなかったんだから。

「ただ……」

と、お姉さんが同じようになぎぽちゃんを眺めながら、小さく口を開く。

「最近は、どこか思い詰めているみたいにも感じます。今回の撮影会だって、ギリギリまで併せの人を探してたみたいですし……。別に私たちは、昔みたいに、なぎぽさんのソロ撮影会でもよかったのに」

「……それって？」

「あ、いえ、私の勝手な思い込みですけどね！　あは、あははは！　ファインダーでじっとなぎぽさんを見つめていると、その奥のものまで見える気になっちゃっているだけで！　キモいですよね！　あははは……」

「…………」

もしそれが本当だとして。

香穂ちゃんがなにに悩んでいるのか、聞いたところでわたしには教えてくれないだろう。こんな、人前で写真を撮られることすら、まともにできないわたしには。

わたしはときどき間違う。自分以外の人はみんなまっとうに生きていて、ちゃんと毎日をがんばって、悩みなんてなにもないんだって。

でもそれは違う。紫陽花さんだって紗月さんだって、もちろん香穂ちゃんにだって悩みがあって、みんな苦しい想いをしながらも前に進んでいるんだ。たぶん、真唯も。

「あの、お姉さん……。今回は、すみませんでした。ぜんぜん上手にできなくて。でも……」

わたしは胸に手を当てて、お姉さんを見やる。

「次回はちゃんと、あの、次があるかどうかはわかりませんが……その、撮ってもらえるようにがんばりますから……わたし、がんばりますから！」

お姉さんはちょっと驚いた顔でわたしを見て。

それから、微笑んでくれた。

「今の顔、それですよ。すごくよかったです。撮っておけばよかったな」

こうして、二時間の撮影会はあっという間に終わった。

なぎぽちゃんは最後までキラキラと輝いて、ずっとかわいかった。

＊＊＊

「ほんとうに、すみませんでした……」

「うーん」

撮影後、スタジオを撤収したわたしたちは、電車に乗って香穂ちゃんの部屋に帰ってきて、そして。

――わたしは香穂ちゃんに土下座していた。

「みんな初々しいれなコアラちゃんを見て、ほっこりツヤツヤしてたけど」

「でもそれは、たまたまあの方々がそういうお優しい方々だったというだけで、本来の撮影会という仕事内容は全うしておりませんので……」

「うーん、ヘンなところだけクソマジメ」

香穂ちゃんは椅子の上にあぐらをかいて座り、頬杖をつく。

「あたしもまさかここまでとは思ってなかったから、こっちの責任でもあるっていうか……これは、来週までになんとかしないといけないすねえ」

「はい……」

ごめんなさいムリですわたしにはムリです（※ムリだった！）と泣き言を吐くのは簡単だけど、お姉さんに宣言しちゃったしな……。ちゃんとがんばるって、あの場のノリで……。

「でも来週までって……わたし、人生で16年間ずっと人見知りなんですけど……」

それを七日間でどうこうできるはずがないよ……。記憶喪失にでもならない限り……。

カーペットの上に正座したまま、わたしは香穂ちゃんを仰ぎ見る。

「香穂ちゃんは、どうやって今の香穂ちゃんになったの？」

「あたしの場合は……」

苦笑いをされた。

「やっぱり最初はガチガチだったかも……。右も左もわからない状態で会場で着替えて、ドキドキしながら立ってて……何枚か写真を撮ってもらって、そんな感じだったかにゃあ」

「そうなんだ」

「知っている人は誰もいないし、心細かったし……。でもまあ、あたしは初めてお外でコスプレしたんだぞー！　って気持ちが燃え盛っていたから、そんな感じのテンションで乗り切った感じ。だから、オシゴトでやってるれなちんには当てはまらないんだよね」

「ぐぅ……」

わたしだってちゃんと、コスプレしてテンションはあがっていたはずなんだけど……それより、わたし自身の問題のほうが大きかったんだろうな……。

「でもなんとなく、れなちんにはどうすればいいのかわかった気がするよ」

「え、ほんとに？」

「効くかどうかわからないけどね。でも、やってみるだけやってみましょう」

わたしは何度もこくこくこくとうなずく。

今回みたいな無様な姿は見せたくない。香穂ちゃんに憐(あわ)れまれるのは悔しいし、なによりますます自分が嫌いになっていきそうなんだもん！

だから、勘違いでもいいから、わたしだってできるんだって、わたしに思わせたい！

「わかった！　わたしにできることだったら、なんでもするね！」

「おっと、なんでもとまで言うとはね……。だったらあたしも、全力でれなちんに魔法をかけてあげる！」

「ま、魔法……!?」

香穂ちゃんは、かわいいかわいい魔法使いさんだった……？

「あたしはどんな手でも使う女」

「こわい」

「大丈夫大丈夫」

そう言って、香穂ちゃんは親指と人差し指で、小さな隙間を作る。

「ちょーっとれなちんの脳を破壊してみるだけだから」

「こわいんだけど!?」

なんでもするとは言ったけど、なんでもするとは言ってない！　後遺症が残りそうなことは、ぜったいにNGですけど!?

香穂ちゃんはジト目でにやりと笑う。

「題して……れなちん、魔改造計画っ！」


その日の夜、香穂ちゃんから一個の音声ファイルが送られてきた。

添付したファイルには、いくつかの注意事項が貼られている。

『必ずヘッドフォンで聞くこと。寝る前に聞くこと。心を穏やかにして、部屋を暗くして、そのまま眠りに落ちたならベスト！』


なんだろうか、不穏な感じがする……。

けれど、大丈夫。高校入学以来もっとも自己評価が地に落ちている最中のゴミであるわたしにも、音声を聞くぐらいのことはできるので。

ご飯を食べてお風呂に入って、寝る準備も済ませたわたしは、ベッドに横たわりながらヘッドフォンを耳にセットした。

音声ファイルは二十分程度。果たして、なにが流れてくるのか……。

ドキドキしながら、再生する。

突如として――甘々なささやき声が、聞こえてきた。


『れーなちん♡』


思わず停止を押して、身を起こす。

え、なに。

今の……なに？

　心臓がバクバクしている。とろけるほどかわいらしい女の子の声を浴びて、衝撃が凄まじい。ただ名前を呼ばれただけなのに、こんなに動揺してしまうものか、人って。

　えと……確か、香穂ちゃんの声だったような……？

　わたしは生唾を飲み込む。覚悟してから、ゆっくりともう一度再生を押した。

『いいんだよ、れなちん♡　れなちんは、すっごくかわいいんだから♡』

『なにを着ても似合っちゃう♡　世界でいちばんかわいいよ♡　みんなれなちんを見るだけで、ドキドキしちゃう♡』

『あたしもれなちんのこと、だーいすき♡　ううん、あたしだけじゃないよ♡　男の子も女の子も、みーんなれなちんの虜だよ♡』

『ね、れな子♡　とってもかわいいれな子♡　ほおら、体から力を抜いて♡　みんながれな子のことを大好き♡　すっごく好き♡　愛してる♡　れな子はみんなの大好きな人気者だよ♡　ね、ほら息を吸って、はいて、吸って、はいて……上手に深呼吸できて、えらいね♡　かわいいよれな子♡　いい子、いい子♡　あたしもれな子のこと、だぁいすき♡』

　そんな音声が、延々と続いていく。

　わたしは暗い部屋、ベッドに仰向けになってヘッドフォンをつけたまま、ドキドキしておかしな汗を垂れ流した。

催眠音声だ！　これ！

翌々日の月曜日。教室で、わたしは登校してきた香穂ちゃんをすぐさま捕まえた。

「ちょっと香穂ちゃん、あれなに!?」

「ン？　音声ファイルだけど、ちゃんと聞いてくれた？」

「聞いたよ……言いつけ通り、寝る前に」

「そっかぁ、**れなちん偉いねぇ♡**」

「うっ！」

わたしは耳を押さえながらのけぞった。

なんだ、今の……。耳から脳にかけて、ぴりぴりと電流が走ったような感覚が……。

香穂ちゃんはニヤニヤと『効いてる効いてる♡』って悪い顔をしている。

「な、なんなの、もう……。てか、どうやって作ったのあれ」

「ぱぱっと収録して、ちょこっと音声加工したぐらいだよ。あたし、動画配信とかしようかなーって思ってた時期もあって、中途半端に機材も揃えてたから」

「なんでもできるじゃん、香穂ちゃん……」

ぽんぽんと香穂ちゃんがわたしの肩を叩く。

「とゆーわけで、登校と下校、それに寝る前にちゃんと毎日聞いてね」

「思いついたら、新作もちゃんと送ったげるから、ね」

香穂ちゃんがいったいなにを考えているのかわからないけど、あんな音声を毎日聞いたところで別に、なにが変わるってこともないと思うんだけど……。

だいたい、音声ファイルに褒められただけで自己肯定感が高まるわけないじゃん。そんなやついたら、さすがに単純すぎるでしょ……。脳破壊とか大げさな……。

まあ、香穂ちゃんのアイデアだから、付き合うけどさ……。普段聞いてる音楽を、香穂ちゃんのささやきボイスに変更するだけだし。

わたしが微妙な顔をしていたからか、香穂ちゃんが親指を立てて笑う。

「いーからいーから、あたしを信じて！　そうじゃなきゃ、効果なくなっちゃうよ？　ほら、復唱してみて。あたしの言うことはぜんぶ真実。香穂さんは神様です、って」

「さすがにそこまで妄信するのはムリだけど!?」

こうしてわたしの日常は、あっという間に香穂ちゃんに侵食されてしまったのだった。

＊＊＊

そして、火曜、水曜、木曜と過ぎてゆき……。

「ファイルも増えたなあ……」

「ノルマ増えてる！」

夜中。いつものようにベッドに横になったわたしが、スマホに接続したブルートゥースの無線イヤフォンを耳にはめ込んで、ラインナップを眺める。

れなちんスーパーアイドル編は、アイドルになったわたしがファンである香穂ちゃんから熱烈に応援されるというストーリーだ。効用は、自己肯定感が高まる。

コスプレイヤーれなちん編は、コスプレ始めて一ヶ月目の香穂ちゃんが、伝説のコスプレイヤーであるわたしのことをひたすら褒めまくるストーリーである。効用は、自己肯定感が高まる。香穂ちゃん、創作の腕もかなりあるのでは？　って思う。

れなちんペット甘やかし編は問題作だ。ペットのわたしを、飼い主である香穂ちゃんがひたすらあやしてくれる。ただ生きているだけでひたすら褒められるし愛されるので、ひたすら自己肯定感が高まる。このへんから香穂ちゃんの暴走が見え隠れする。

極めつけが、**メンヘラDV彼氏れなちんと何度傷つけられてもれなちんのことが好きで好きでたまらないからお願い別れないでとすがりついてくる女編。**

説明の必要はないと思うけど、これがなぜか自己肯定感が高まる。どんなに自分がクズでも見捨てずにいてくれる相手がいるからかもしれない。

これプラス、通常版こと**大好きだよれなちん編**を一週間ローテーションで、暇(ひま)さえあれば聞き続けた結果——。

特に……？

わたしは、なんにも変わらなかった。

「おやすみなさーい」

誰もいない空間にひとりつぶやく。ヘッドフォンからはもはや聞きなれた香穂ちゃんの媚薬みたいな声が流し込まれる。脳へと、とろりとろりと注がれるその蜜も、なんてことはなく、いつも通り。

いや、だってそりゃそうでしょ……。こちとら筋金入りのコンプレックス人間だよ。もしかしたら、普通の子ならコロッと香穂ちゃんの作戦に引っかかっちゃうのかもしれないけど……香穂ちゃんはちょっとわたしの陰キャっぷりを見誤ってますね。

まあ、それも仕方ないけどさ。わたしが自分のことをずっと陽キャだって見栄張っているわけだし。なんか急に悪い気がしてきたな、ごめんね香穂ちゃん。

だったらせめて、最後まで香穂ちゃんに付き合うからね……。

はあ……こんなボイスを聞いているだけでほんとに、自己肯定感がマックスの、スーパーれな子に大変身できたらいいのになあ……。

＊＊＊

翌朝の金曜日。起床したわたしは、あくびを嚙み殺しながら洗面所に向かう。

のたのたと髪を整えていると、妹がやってきた。わたしより遅く起きたくせに、いっつもわたしより先に準備を終えて出ていく要領のいい妹だ。

「お姉ちゃん、まだかかるー？」

「んー、もうちょいー。この跳ねてるのがめんどくて」

朝、洗面所は大混雑だ。遥奈が、はーやれやれ、とため息をついて歯ブラシを取る。

「毎朝毎朝、時間かけるよねー。そんな大して変わらないのに」

「まあねー。どっちみちかわいいのにね、わたし」

「そうそう……………え!?」

頑固な寝癖を退治して、わたしは前髪をヘアピンで止める。ま、こんなところかな。

妹が歯ブラシを咥えたまま、蘇った死人を見たような顔でこっちを見つめていた。

「え、なに？」

「いや…………別に…………？」

「？　ヘンな妹」

わたしは朝ごはんを食べて、いってきまーす、と言って家を出た。

晩夏も徐々にその色を秋へと衣替えしてゆく季節。きょうはお天気なのに涼しくて、過ごしやすい一日になりそうだった。


校門前で偶然、紗月さんと遭遇した。美人はどこでも目立つから、見つけやすくて助かるね。

片手をあげて挨拶をする。

「あ、紗月さんだ。わーい、おはようー」

「おはよう。……あなた、風邪でもひいてる?」

小走りしてその隣に追いつくと、おもむろにツッコミを入れられた。まったく心当たりがないので、目を丸くして聞き返す。

「え? なんで?」

「いえ、別に。やけに軽妙だから、熱に浮かされているのかなって思っただけよ」

「ヘンな紗月さん。でもそういうところも紗月さんっぽくて好きだよ、わたし」

口元に手を当てて笑うと、紗月さんは不快そうに眉根を寄せた。なぜ。

「なんか……なに? どうしたの甘織。お祓いでもしてきた? いつも周囲に漂わせている、どんよりとした黒い雲はどこにやったの」

紗月さんらしからぬ要領を得ない発言に、わたしは首を傾げる。

「よくわかんないけど……てかさ、きょうはすっごくいい天気だね。なんだか特別ないいことが起きそう。朝から大切な友達の紗月さんにも会えたもんね」

「気持ち悪いわね……」

嫌悪感をあらわにした紗月さんに、叫ぶ。

「なにがですか!?」

下駄箱で上履きに履き替えて、教室へ向かう。紗月さんは頭痛に苛まれているかのように、側頭部を押さえていた。心配になっちゃうな……。

「紗月さん、具合悪いの……?」

「そうね、いや、そうではないのだけれど……いえ、いいわ。あなたになにがあったのかとか、特に知りたくもないし。私は平穏な暮らしを続けることができれば、満足なの」

「う、うん、平和がいちばんだよね。ストレスたまっちゃうと肌荒れするって言うし、そしたらいつもかわいいわたしだって、ちょこっとだけかわいくなくなっちゃうもんね」

額にチョップをされた。

「なにするの!?」

「つい反射的に……」

あの紗月さんが自分の手を見て、驚いた顔をしていた。わたし、よっぽどひどいことを言ったのか？　別にふつうのことだと思うんだけど。

「ねえ、あなたきょうからそのキャラで売っていくの？　本当に？　周りの迷惑も考えてほしいわ。起きて見る悪夢みたいな人格は、勘弁してもらいたいのだけれど」

「いつものわたしですけど!?」

頰を膨らませる。わたしはそのままの勢いで、紗月さんの腕に抱きついた。

「ひどくないですか!?　わたしはこんなに紗月さんのこと、大好きなのにー！」

「あ、こら、あなたね――」

わたしたちが仲睦まじくじゃれ合っていると、後ろからドサッという音がした。

振り返る。

紫陽花さんだ。リュックをずり落とした紫陽花さんが、震える手でこちらを指差している。

「な、なんで腕組んでるの〜……？」

「おはよう紫陽花さんっ」

「えっ、きゃっ」

わたしは紗月さんから腕を離して、今度は紫陽花さんの手を握る。

「きょうも朝からとっても素敵だね、紫陽花さん」

「お、おはよ……えっ、ええ〜……？」

みるみるうちに紫陽花さんの顔が赤く染まってゆく。すっごくかわいい。

「どうしたの、れなちゃん……朝から。そんな」

「え？　でも紫陽花さんだって、いつもふつうにボディタッチしてくるよね？」

「それは、そうかもだけど〜……？」

リュックを背負い直した紫陽花さんが、助けを求めるみたいに紗月さんを見やる。紗月さんは冷たく肩をすくめた。

「知らないわよ。朝から大量に飲酒してきたんじゃないの」

「だ、だめだよれなちゃん！　お酒は成人してからだよ!?」

もちろんお酒なんて飲んでないのに。わたしは首を傾げてから、ふふっと笑った。

「ヘンなふたり」

「あなたよ」「れなちゃんでしょ〜！」

「まさかここまでうまくいくとは……自分の才能がコワい」

　お昼休み。ご飯を食べ終えたわたしと香穂ちゃんは、中庭のベンチに並んで座っていた。香穂ちゃんが誤って人を殺めてしまった改造人間みたいに、手のひらを見下ろしている。

「えと……なにが？」

「もちろん、れなちんの自己肯定感を高める作戦だよ」

「別に、いつもと変わらないけどなあ」

「いいんだよ、れなちん。脳を破壊された子はみんなそう言うんだから」

「そんな実例を何件も知ってるの、ふつうにこわいんだけど……」

　ほら、ヘンなところにはちゃんと突っ込むし、日常会話もばっちりだ。わたしは断じて脳が壊れてなどいない。

「ちなみにれなちんは自分のことを、どれぐらいかわいいと思ってる？」

「ええー……？」

　改まって口に出すのは、さすがに恥ずかしいんだけど……。っていうかなんか、角が立ちそうだし……。

「まあ、ふつうにかわいいと思うけど……」

「ふつうね、ふつう。控えめな表現だね。よし、じゃあ質問の方向性を変えようじゃないか。自分はクラスで何番目ぐらいだと思う？」

「さらに角が立ちそうな聞き方を！」

香穂ちゃんがウンウンとうなずく。

「……なるほど、まだ理性は働いている、か。ま、でもそれぐらいのほうが扱いやすいだろうしね。ハッピーキュートモンスターを生み出したいわけじゃないし」

「いったいなんのこと……」

「ううん、こっちの話。それでね、明日の予定なんだけど」

出た。撮影会第二弾……。

前回の失敗が脳裏に蘇る。わたしは自信なさげにうつむいた。

「今度こそ、香穂ちゃんの力になれたらいいんだけど……。でも、わたしこの一週間、前と同じようなことしかしてないし……。香穂ちゃんの音声は毎日聞いているけど、そんなのなにもしてないも同然だし……」

「大丈夫だよ！」

すると香穂ちゃんは力強く拳を握りしめる。

「だってれなちん、こんなに**かわいい**んだもん！」

かわいいんだもん！　かわいいんだもん、かわいいんだもん……。

耳の奥で反響してゆく言葉。なぜか頭をガツンと殴られたような衝撃が走る。

うっ、脳が……。確かに、確かにわたしはかわいい……？

目の前の香穂ちゃんとは別に、いやらしい顔をした香穂ちゃんが『**そうだよ、れなちんはとーってもかわいいんだよ♡**』とささやきかけてくる。

尖（とが）った八重歯の香穂ちゃんは、まるで吸血した相手を虜（とりこ）にするセクシーなロリータヴァンパイアのようだった。

「みんな最高に幸せに決まってるよ。だってこんなかわいい女の子のコスプレ写真が撮れるんだもの。ほら、冷静になって考えてみて？　メリットしかないでしょ？」

「確かに……なんてったってわたしはかわいいから……？」

ちょっとずつ前向きな気持ちになってきた。

かわいいわたしと触れ合えるのなら、幸せに決まってる。しかもただでさえかわいいわたしが、かわいいコスプレをしちゃうのだ。そんなのかわいすぎる。

「……あれ？　でも、そうしたら前回はどうして失敗したんだっけ……？　わたしのかわいさは永久不滅のはずなのに……？」

「まあまあ、細かいことは気にしなくてもいいじゃん。れなちんはかわいいんだから」

「わたし、かわいい……？　いや、しかし、わたしは十把一絡（じっぱひとから）げの量産系女子を目指して……あれ……？　わたしは、ほんとは、かわいくない……？」

視界がぐるぐる回ってきた。

香穂ちゃんが口元に手のひらを添えて、ささやきかけてくる。

「考え込む必要なんて一個もないんだよ、**かわいいよれなちん、あらあら、かわいいワンちゃんでちゅね……ほーらよしよしよしよしよし**」

香穂ちゃんに頭や顎（あご）をわしゃわしゃとされる。

「うーん、かわいい、かわいいよぉ、れなちん世界一かわいい〜」

「くーん……ハッ」

　頭を香穂ちゃんの胸にこすりつけようとしているうちに、目が覚めた。あと一歩で、人間の尊厳を投げ捨ててしまうところだった気がする。

　でも、そうだ。なにを悩んでいたんだろう、わたしは。生きているだけでかわいいんだから、撮影会なんて開いたらみんな喜ぶに決まっている。これは慈善事業なのだ。

　香穂ちゃんが「うーん、やっぱり即席じゃ効き目も弱いにゃあ……。いや、むしろ効いてることが奇跡的っていうか。ま、明日だけもてばいいっか」と謎の言葉をつぶやいた。

　それからにっこりと笑い。

「あたしはれなちんの顔とぼでぃ目当てで誘ったんだから、それさえクリアーしていればオールオッケー！　コスプレイヤーとしての矜持とか、ポーズの完成度とか、表情の魅力とかちっとも求めてないから！」

「なるほど……顔とぼでぃ、それなら自信ある……かも！」

「だしょだしょ！」

　なんだかひどいことを言われているような気がするけど、でも違うんだ。だって香穂ちゃんはわたしの優しいご主人様だからそんなことするはずないし。いつだってわたしのことを甘やかしてかわいがってくれるからわたしは香穂ちゃんのことが大好きなんだワン！

「それじゃ、明日はがんばろうね！　れなちんのかわいさを世界に知らしめるために！」

「おー！」

わたしはぐっと拳を突き上げた。

頭の中に靄がかかっているような気がするけど、幸せなのでオッケーです！


かくして、甘織れな子は見事、小柳香穂の誘導通り、催眠状態――というか、一種の洗脳モードというか――に陥ったのだった。

＊＊＊　＊＊＊

翌日土曜日。第二回目の撮影会である。

甘織れな子が神妙な顔で控え室にやってくる。トイレから戻ってきたれな子は、そのままぐったりとテーブルにもたれかかった。

耳にはしっかりとイヤフォンが挿さっている。香穂のプレゼントした催眠音声を聞きながら、ここまで来たのだろう。

鏡の前でメイクをしていた小柳香穂は振り返り、ぼそっとつぶやいてみる。

「れなちん、アスリートが試合前に集中力を高めるために音楽を聞く、的なことしとる」

その声は届かない。

にしても、と香穂は先週のことを思い出す。

れな子があそこまで人見知りしてしまうとは、さすがの香穂も予想外だった。昔のことはよく覚えているけれど、れな子は誰とでもお喋りをするタイプだったし、塾の先生にだってかわいがられていた。

どちらかというと……。

（人見知りをしていたのは、あたしだったはずなんだけどなあ……）

香穂の友達はそれこそ、当時はれな子しかいなかった。そもそも他に作りたいとも思っていなかったし。

（ま、今でもオタク友達はいないんだけどネ）

趣味をさらけ出すのはこわいものだ。自分はなまじ高校でうまくやれているから、なおさら。

紗月に打ち明けるのだって、かなり緊張した。

（サーちゃんぐらい他人に興味なさそうな子でも、かなりギリだったよなあ）

今思い返しても、紗月は稀有な存在だった。口ではいろいろ言いながらも、撮影に入ったらしっかりと仕事をやり遂げてくれた。あれこそまさしくプロフェッショナル。

（まあ、懲りずに何度もきわどい衣装を着てもらおうとしては、しょっちゅう文庫本で頭ひっぱたかれたんだけどサ）

決して煩悩のせいではない。ただ、紗月は香穂がやりたくてもできないキャラが格別に似合ったから、羨ましくて。それだけだ。

紗月だけではない。どうせやれば紫陽花だって真唯だって、それにれな子だってうまくできるに決まってる。クインテットのみんなにはそういうところがある——。

(って思っていたんだけどにゃあ)

いまだテーブルへばりついたスライムみたいになっているれな子を見て、うなる。

甘織れな子。印象はあの頃のままに、かわいらしく、美人になった女の子。

(……甘織、さん)

彼女がここにいるということに。

ほんの少しだけ、感傷に浸(ひた)りそうになる。

(や…………今は、大事な本番前だし。撮影会の成功のことだけ考えなきゃ！)

香穂はすすすとれな子のもとへと向かう。

「そろそろ本番が近づいてきましたが、調子はいかがですかにゃ〜?」

肩を揺らすと、れな子が錆(さ)びついた鉄扉のようにのろのろと起き上がった。

「香穂ちゃん、ごめんね……」

「ええと?」

これはダメそう。

やっぱり催眠音声なんて、ムリにもほどがあったのだ。後半はただ収録するのが楽しくて送りつけちゃっただけだし。

れな子はしょんぼりと肩を落とす。

「きょうは香穂ちゃんが開いた撮影会なのに……わたしがあまりにもかわいすぎるからって、カメラマンさんを独り占めしちゃうかもしれない……」

「あ、そっち!?」

　ばっちりキマっていた。

「申し訳なくて、申し訳なくて……。ねえ、香穂ちゃん、かわいすぎることって、罪だよね。こんなだったら、やっぱりわたしは参加しないほうがいいんじゃないかな。香穂ちゃんとそれでまた気まずくなっちゃったりするのも、いやだよ……」

　自分がかわいすぎることに本気で悩んでいるれな子は、両手で顔を覆った。

「こんな思いをするなら、花や木に生まれたかった……。どうしてわたしは、あまりにもかわいらしく咲き誇ってしまったのか。これじゃあ、世界すべての人がわたしのことを好きになっちゃう……。香穂ちゃんだって、きっと多くの人に愛されたかっただろうに！」

「自己肯定感が高すぎて卑屈って、もうよくわかんないにゃ、これ……」

　根っこの部分は間違いなくれな子なのだが、そこに『自分はメチャクチャかわいい』という情報が追加された結果、かなり重大な矛盾が発生してしまっているようにも見える。これ長引いたらマジで脳壊れるんじゃね？　って思った。

「それじゃあれなちん、そろそろ衣装に着替えてメイクするよ」

「ただでさえかわいいわたしが、さらにかわいく!?」

　消極的な抵抗をするれな子をふん捕まえて、コスプレ衣装を着せてゆく。

コスプレ素人のれな子が正しいラインの着こなしをするのは難しいので、お手伝いだ。

着終わったら、次は輪郭の修整だ。カバンからリフトアップテープを取り出す。これはコスプレイヤー愛用のテープで、なんと顔面に貼り付けて肉を引っ張ったりすることによって、フェイスラインをあげたり、ツリ目などを人為的に作り出す技。

れな子の頭にヘアーネットをかぶせてから、テープでぐいっと肉を引っ張り、美少女アニメキャラクターにも遜色のない小顔を作り出してゆく。

「いた、いたた、香穂ちゃんちょっとこれ、強くない!?」

「粘着力がスゴイのを選んでるからねー。ほらほられなちん、ガマンガマン、かわいい子にはガマンをさせよって言うデショー」

「た、たしかに……！」

れな子は唇をむんっと閉じて、スーパー耐え忍ぶモードに入った。すごい。かわいいって言えば、なんでもやってくれるのかもしれない。もっと露出度あげればよかったか。

お肌に塗る用のノリで前髪を顔に貼り付けたりして髪型を整える。一通りれな子の顔面を工事したので、とりあえず残りメイクの微調整をお任せして、今度は自分の番にうつる。

最後にれな子のメイクも手直しして、完成だ。

そこには、可憐なふたりのメイドが誕生していた。

「はわぁぁぁ……」

鏡を覗き込んだれな子が、胸を押さえてその場に崩れ落ちる。

「れなちん、どしたの!?」

「ごめん、香穂ちゃん……ちょっと、鏡の中のわたしが、かわいすぎて、冷静を保てなくなった……は？　ガチ恋しちゃうんだが……？　この気持ちが恋……？」

「あ、そう……」

香穂は知らなかったが、真唯や紫陽花相手にも頑として認めようとしなかったれな子が、初めて恋の感情を知ったのがまさか自分相手とは……。これはあまりにも大きな悲劇だった。

それはともかく——れな子はかぶった兎耳をぽよぽよと揺らしながら、首を横に振る。

「ねえ、香穂ちゃん……大丈夫かな、これ。かわいすぎて、捕まったり、しないかなあ……」

「しないと思うヨ」

適当に言うと、れな子は頬を赤く染めながら、荒い息をつく。

「でも、でもでも……」

「ほら、だってマイマイとかアーちゃんとか、あんなにかわいいのに無罪放免デショ」

「それは、まあ……でも」

鏡を覗き込んだれな子が、ぐっと言葉に詰まる。

「ふたりには申し訳ないけど、さすがにわたしのほうがかわいいっていうか……いや、トータルね、トータル！　そりゃ負けてるところもあるけど、トータル勝っちゃってるっていうか！　しょうがないじゃん、かわいく生まれちゃったんだから！」

「あ、ハイ」

照れ隠しのように睨(にら)まれて、香穂はなにも言えなかった。生まれて初めての催眠術でここまで人の尊厳を踏みにじることができる自分の才能が恐ろしい。

「こんなのみんな、わたしに恋しちゃう……。きょう来たカメラマンさんの中には芸能事務所との繋がりがある人もいて、そのままスカウトされたわたしはスーパーアイドルになっちゃって、すごくかわいい恋人ができてメンヘラDV彼氏と化すんだ……」

香穂が送った催眠音声の内容が、混線していた。

「ううう、無理だよ香穂ちゃん、これ以上人に好意を向けられて、それを拒絶しなきゃいけないなんて、わたしにはつらいよ……。神様はどうしてわたしをこんなにもかわいく作っちゃったんですか!? わたしが前世でなにをしたんですか!」

さすがの香穂も、顔面をグーでブン殴って望みの顔にしてやろうか、と思った。どう考えても催眠が効きすぎている。よろしくない。

でも、ま。

「撮影会終わりまでもてばいいっか! よし、いこうれなちん! その美貌を世界に知らしめるために!」

手を引っ張る。すると、「だめ!」とれな子に振り払われた。

まだゴネるつもりか、と見やれば、しかしれな子の様子はどこか違っていて。

「や、あの、だから……」

恥ずかしそうに上目遣いで、こちらをちらちらと窺(うかが)う。

「ほら、わたしってかわいいでしょ……？　だから、手なんて握られたら、香穂ちゃんがわたしのことを好きになっちゃうから……そういうの、気をつけなきゃ、だめだよ……？　もう、香穂ちゃんってば……」

「ほーん」

香穂はジト目でぼそりと言った。

「やるじゃん、それはかわいいじゃん、れなちん」

れな子が顔を真っ赤にして叫ぶ。

「だから、だめだってばっ！」

この日の撮影会は、先週のものと違って人も多かったし、さらに時間も長かった。

男の人もけっこういたので、どれだけ甘織れな子が緊張してしまうか、それは香穂にとっても読めないところだったのだけど……。

しかしれな子は「かわいいね」「かわいい！」ともてはやされることに、すぐ快感を覚えたようで、ノリノリでポーズを取っていた。

「いやあ、れなコアラさん、かわいいねえ。完成度高くて、リナぴょんそのもの！」

「えへへ……そ、そうですかぁ？　まあ、それほどでも、ありますけどっ」

「ああ、そのポーズもかわいい！　目線こっちにちょうだい！」

「はぁーい、かわいいわたしのスマイルですよー！」

「かわいいー！　そのセリフ、本物のリナぴょんみたいだー！」

……なんか幸せそうなので、まあ、いいんじゃないだろうか。カメラマンさんたちもみんな、喜んでくれているし。

やっぱり何事も大事なのは自信なのだなあ、と思う。

でも『それじゃあ一枚脱いでみようか、そのほうがかわいいし』って言われたら、最終的に全裸になるまで脱ぎそうな危うさもある。

さすがに個別アフターに誘われるようなことはないと思うが、しょうがないにゃあ、と香穂はれな子のもとへ駆けつける。こちらが頼み込んで参加してもらったのだ。守ってあげないと。

「よっしゃ、コアラちん！　次は絡み撮影しよっか！」

「なんですかそれ？」

「こーゆーやつだよー」

香穂が勢いよく腕に抱きつくと、れな子は「ひゃっ!?」と顔を真っ赤にした。

おおー、とどよめきが巻き起こり、一斉にフラッシュが焚かれる。

「だ、大胆すぎじゃないですか……!?」

「アニメでも、よくこんな感じだったじゃん？」

「それは、そう、でしたけど……うう……だめですよお、香穂ちゃん……さっきも言ったじゃないですかー……」

香穂だけにか細い声が届く。リアクションがだんだん面白くなってきて、胸などを押し付けていると、だ。

「あんまりくっつくと……」

「困っちゃうー？」

「香穂ちゃんが、わたしのことを好きになっちゃうので……」

「…………」

「あれっ!?　さらに密着してきた!?　なんで、なんでですか!?　えっ、わたしのことを好き、好きなんですか!?　だめですって！　あー困りますお客様ー！」

そのアホみたいな反応も、周囲には大ウケだったのだけど、それはそれで微妙にムカついた香穂であった。

その後、顔と顔を近づけるポーズや、正面からぎゅっと両手を握るポーズ。抱きついたり、抱きつかれたり、まんま抱き合ったり。

女の子同士のボディタッチが多いアニメだったけど、実際に再現するとけっこうきわどい接触もあったりで（ほっぺにキスをしちゃったり）れな子は終始、顔を赤らめていた。

そしてそのたびに、れな子の妄言が隣から聞こえてくる。

「好きに、好きになっちゃう……香穂ちゃんが、わたしのことを好きになっちゃう……。ああ、だめっ……香穂ちゃん、わたしのことを好きになっちゃ、だめだから、だめだからね、好きになっちゃ……ああっ、好きに、今まさに好きになられてるぅ……」

ずっとずっと、耳元にそんなことを繰り返しささやかれてしまって。

れな子じゃなくても、こんなのを四六時中聞かされたら、確かに頭がどうにかなっちゃうかもしれない、と。

あくまでもキャラクターになりきってポーズを決めながら、香穂は思っていた。

＊＊＊　＊＊＊

終わった。

真っ白に燃え尽きた感じのあるわたしは、ぐったりと椅子にもたれかかっていた。

第一部と第二部に分かれた撮影会が終わったのは、もう夕方も過ぎた頃。わたしたちはスタジオの控え室に戻ってきた。

先週とはうって変わってハードだったこの一日を乗り越えられたのは……られたのは、いったいなにが理由だろう……？　まったくわからない。

「今思えば、なんでわたしあんなに大胆になれたんだろうか……」

ぽけーっと遠くを見つめながら、つぶやく。

「自分がさもかわいいキャラクターであるかのように笑顔を振りまいたり、ポージングしちゃったり……」

信じられない。別の人格がインストールされていたのか？

控え室にいた香穂ちゃんが、メイクのためのテープをぺりぺり剥がしつつ、わたしに言う。

「それがコスプレの醍醐味ってやつだね。別の自分に変身することができるんだヨ」

「なるほど……それで、わたしがあんな、あんな……」

記憶の引き出しがガラッと開く。

中に詰め込まれていたのは……目を背けたくなるような、邪悪色の記憶だった。

「あんな!?」

思わず飛び上がって叫んでしまう。

「えっ、ちょっとまって香穂ちゃん、わたしなに言ってた!?　すごいこと言いまくってなかった!?　わたしがあんなことを!?　リナぴょんでも言わないようなことを！」

「マイマイやアーちゃんよりさすがにかわいいヨ♡」

「あああ！」

頭を押さえて絶叫する。顔面に爪が食い込んで痛い。

「コロして……！　香穂ちゃん、お願い、わたしをコロして！　今ここでわたしの人生の命脈を断ち切って！」

「生きていればいいこともあるヨ」

「次からどんな顔でふたりに会えばいいんだよぉおおおおおおおおおお！」

椅子になど座っていられず、床を転げ回ろうとしたら「衣装を脱いでから！」とマジレスで怒られた。ひん……。

衣装を脱いで、肌着姿になったわたしは、椅子の上に体育座りする。ウィッグとヘアーネットを取り外され、クセのついた髪がしんなりとわたしの肩に落ちてゆく。

うう……。

「これがコスプレの解放感……違った自分になれてしまうというコスプレの魔力……こわいよ、コスプレ、こわいよぉ……」

香穂ちゃんが衣装をぎゅっぎゅとキャリーバッグにしまい込みながら、聞いてくる。

「……こわかっただけ？」

わたしはちらりと顔をあげて、唇を尖（とが）らせる。

「そりゃ、まあ……きもちよくは、ありましたけど……」

「ん……」

香穂ちゃんがわたしの顔に貼ったテープをぺりぺりと剝がす。

こんな風に、目の形を変えたり、はては体型まで変えたりするコスプレ術は、本当にすごい。手慣れた香穂ちゃんの手腕は、シンデレラを舞踏会に送った魔法使いさんみたいだった。

「まあ、ウン、そう言ってもらえて……なんだろ、ええと」

ここからでは、香穂ちゃんの顔は見えない。

「ちょっと嬉しい……かにゃ」

おどけた風に言う香穂ちゃん。

……いや、そりゃね。わたしだってひとりじゃ楽しめなかったと思うから。香穂ちゃんと一緒だったから、なんか懐かしくって、楽しかったんだよ。

って、口に出して言うのは、なんか恥ずかしいから言わないけど……。

「あー、あの、もしよかったら、れなちん」

「うん？」

「また今度あたしと……や、ウン……別に、なんでもないデスよ？　コスプレ楽しんでくれてよかったにゃー！」

なんだかもごもご言いかけた香穂ちゃんに、わたしはぐったりとうめく。

「しかし香穂ちゃんさん……この世に楽しい百パーセントのものはなく、どれもこれもツラさとしんどさが混じり合ってできているのですよ……。だからわたしが楽しいと言っても、果たしてそれがどのぐらいの配分で楽しいかはまた別の問題で――あ痛い！」

べりっと勢いよくテープを剝がされて、わたしは恨みがましく香穂ちゃんを見上げる。

香穂ちゃんは笑いながら肩をすくめた。

「ほーんとれなちんって、めんどくさい考え方をしているにゃあ。もっと単純ハッピー！　って感じで生きられたらいいのに。あ、もうずっとコスプレしてるってのは？　『えへへ、きょうもわたしかわいいでしょ♡』みたいな」

「やーめーてー！」

頭を振る。

「わたしだって日頃から自己肯定感を高めて生きていきたいって思いますけど！　でもそれはどっちかというと、外見についてじゃなくて、もっといろいろがんばったことによる思い出とか、自分への自信とか、そういうのでやっていきたいです……！」

わたしは膝を抱えながら、ぽつりと。

「それにわたし……そんな、大してかわいくありませんから……」

香穂ちゃんはぴたりと止まって、わたしを見る。

大きく、ため息をつかれた。

「なんですか!?」

「なんでもないヨ。さっきのれなちんと、今のれなちん、ほんとはどっちがマシだったのかなって、改めて思っただけだヨ」

やってきた香穂ちゃんに、むにむにと胸を揉まれた。ひゃあ！

「もー！　すぐ触るー！」

「ねえねえ、見て見て、れなちん」

胸をかばうわたしに、香穂ちゃんがジャーンと見せびらかしてきたのは、大量の千円札だった。扇のように広げられたお札を見て、わたしの目がドルマークに変わる。

「わあ、お金！」

「本日の参加費でーす！　しかもお振り込みの方もいるから、実際はこの倍以上！　で、れなちんの取り分は、言っておいた通り、三万円ね」

カラーコピーじゃない、本物のお金を手渡される。

いや、そりゃ割がいいんだろうなとは思っていたけど、現物を前にするとなおさら思う。あ
あ、すごい、お金だ……お金だぁ……！

「ちょっとの労働で、こんなにもらっていいんですか、なぎぽちゃんさん……！」

「まあ正直、奮発しすぎちゃったなって思ったりもするけどー、女に二言はないのだ！　今回、
予約が多く入ったのだって、れなちんがいてくれたからっていうのもあるしね」

「そ、そうなんですか？」

「うんー。前にサーちゃんと一緒にやってから、ぐぐっと人が増えたんだよね。だから、ひと
りでやるよりやっぱりふたりのがいいんだにゃーて」

「そりゃまあ、紗月さんなら……」

香穂ちゃんはもちろんかわいいけど、隣に紗月さんが立っていたら、香穂ちゃんのかわいさ
だって、紗月さんの美人さだって引き立つだろう。

「ね、ね、サーちゃんのコスプレ写真、ちょっと見てみる？」

「えっ、見たい！　殴られない範囲で見せて！」

「黙ってりゃわかんないってー！」

悪ガキみたいなふたりが、顔を突き合わせてスマホを覗き込む。

そこに映っている紗月さんは、そりゃもうまじで激やば。前に見た魔法少女のコスプレだ。

これこそ本物の美しさって感じ。

「ナマで見たら、心臓が張り裂けちゃいそう……」

「あたしね、この格好のサーちゃんに夕暮れの公園に立ってもらいたかったんだよね。だけど、スタジオ外は恥ずかしいから嫌だって断られちゃってさ……」

「うわあ、究極に似合いそう」

夕暮れの公園に立ちすくむ、魔法少女ムーンさん。そこに、帰り道の小さな女の子が通りがかったりするんですよ。ムーンさんを見て、本物の魔法少女だと思い込む女の子。そこにムーンさんが幻想的な微笑みで唇に指を当てて『ナイショよ』って。

そんな体験した女の子は、もう一生ムーンさんに囚(とら)われて生きていくしかないじゃないですか……！　罪作りな女……！

「ま、そんな感じでね。あたしのほうはぶっちゃけ、あんまり稼ぎすぎるつもりはないっていうか、スタジオ代と衣装代と小道具代と諸々(もろもろ)を稼げれば、じゅうぶんすぎるほどだからね。っちゅーわけで、もってけドロボー！」

「ひゅう！」

三万円げっとだー！

「いやー、しかし赤字にならなくて、よかったよかったチャンだー……」

コスプレを純粋に楽しんでいる香穂ちゃんには悪いけれど、わたしはあくまでもお金目的に参加したクズなので、テンションがあがっちゃう。

いそいそと千円札の束をお財布にしまい込む。これで、フォーくんがわたしのもとに帰ってくるんだぁ……。

なんか、すっごく緊張もしたけど……終わってみたら、楽しかったな。

「意外とわたし、アルバイトとかできちゃうんじゃないか……？」

「お、早速、自己肯定感高まってんね」

「ほんとだ！」

新しいことに挑戦して、それをがんばって乗り越える。乗り越え……乗り越えたか？　今回。頭ヘンになっちゃってただけでは？

いいや乗り越えたんだ！　だって香穂ちゃんはちゃんとお金くれたもん！

こんなわたしだって、やれるんだぞ、って気持ちになれた。勘違いでも錯覚でもなんでもいい。わたしがそう思えたことがいちばん大切なんだから。その気持ちが、一歩を踏み出す勇気になるんだから。

「うん、うん……。わたしも、ちゃんと前に進むんだ……」

「……」

ひとりつぶやいて、ふと顔をあげる。

香穂ちゃんが片付けの手を止めて、黙ったままわたしを見つめていた。目が合う。

「……香穂ちゃん？」

「え？　あ……ウン。そうだね、今回はよくがんばったね！　れなちん、お疲れサマンサ！」

「うんっ」

今はとにかく乗り越えた充足感で、胸がいっぱいだ。

わたしも手伝って、片付けは完了した。パンパンになったキャリーバッグをドアに立てかけて、コスプレイヤーなぎぽさんはすっかりいつもの美少女、香穂ちゃん。

その美少女が、天に向かって拳を突き上げる。

「うおしゃー！」

「えっ、なに⁉」

「きょうも楽しかったなー！　あたしやっぱりコスプレが大好きだなー！　って叫び！」

ニッコニコで振り返ってくるので、わたしもその笑顔に1ミリでも貢献できたのかと思うと、ちょっと嬉しくなる。

「ね、れなちん、打ち上げとかいっちゃう？　やっちゃう？　あたしのオゴりでさ！」

「ええっ、いいんですかぁ⁉」

雇用主の思いがけないお誘いに、わたしは尻尾を振る。

クラスメイトと打ち上げ。

そう、あれは中学時代の文化祭。すでにハブになっていたわたしは、クラスの大半が打ち上げに向かうのを見送り、帰路についた。

どうせ誘われるわけがなかったし、誘われたいとも思わなかった。てかご飯を食べるだけなのに友達とかいらないじゃん、邪魔でしょ、静かに食べるのに。意味わからん。そんなことを内心毒づきながら。

その日、わたしは家族と外食に出かけた挙げ句、クラスメイトが打ち上げをしていたファミレスに入って、ものすごく居心地の悪い気持ちを味わったのだけど……。いや、別に羨ましいとかぜんぜん思わなかったし！　わたしは一生ひとりで生きていくし！

中学時代のれな子が、そうだよ、と会話に交ざってきた。

『打ち上げってサムいよねー。あれって結局オレたちがんばっちゃった感出すためだけのものでしょ。別になにかを成し遂げたわけじゃないのにお互い褒めあってさ。きーもちわる』

黙れ！　わたしは陰湿で陰鬱なれな子をゲシゲシと踏み潰す。もう二度と出てくるなよ。どうか成仏してくれ。

怨霊を追い払ったわたしは、揉み手して卑屈な笑みを浮かべながら、美少女コスプレイヤーにすり寄る。

「どこへなりとでも、お供しますぅ！」

香穂ちゃんが「へっへっへ」とせせら笑う。

わたしの夢を叶えてくれる女の子は、札束で自分を扇ぎながら、言った。

「そんじゃ――きらめく世界へ、連れてってやんよー！」

＊＊＊

そこはまさしくきらめく世界――ピカピカの空間だった。

広々とした部屋に、豪華なソファー。でっかいテレビ。あちこちにある間接照明はエレガントにムードたっぷりで、天蓋付きのベッドの存在感がゴージャスさを演出していた。

キャリーバッグを片手に、わたしは立ち尽くす。

「わ、わー……」

「どうよ、れなちん。こんなとこ来るの、初めてでしょ」

香穂ちゃんはドヤ顔で、フフンと得意げに人差し指を立てていた。

それはとっておきのウマいラーメン屋を紹介してやるぜ、みたいな笑顔なんだけど。

「あのさ、ここ……ラブホってやつでは……?」

だってお風呂場がガラス張りになっていたり、雰囲気がすごいピンク色な感じだし、どう見ても普通のホテルって感じじゃない。

入り口では、パネルをタッチして部屋を選ばされたし、途中誰とも会わない造りになっているのだって、いかにもだ……。

「チガウヨ。だってラブホテルって未成年は入れないし。だからここはラブホの届け出をしていない、ただの普通のホテルだヨ。てかれなちん、ひょっとして来たことが」

「ないけど！　見るじゃん！　マンガとか小説とかで、ラブホ！」

「見るかなあ」

別にそういういかがわしい本じゃないよ!?　フツーのちょっと過激な少女漫画だよ！

まあいいや、と香穂ちゃんは靴を脱いでスリッパに履き替えて、部屋にあがる。

コンビニで買い込んできたお菓子やら飲み物やらの入ったレジ袋をガラステーブルに置いた香穂ちゃんが、「きゃっほー」とベッドに飛び込む。

「あたし一度、ラブホ女子会やってみたかったんだー」

「ラブホって言ったぞぉ！」

「えー？」

寝転んで頬杖をついた香穂ちゃんが、あのからかうようなジト目でわたしを見やる。

「ま、どうしても嫌なら別に帰ってもいいけどね、れなちん。あたしはここでひとり楽しく打ち上げしちゃうからにゃー」

「くっ……」

もし一緒に入ったのが真唯だったら、さすがにわたしはムリムリって言ったかもしれない。しかし、相手は香穂ちゃん……すなわち、わたしの友達……。

友達とふたりで、ちょっと大人びたラブホ女子会なんて、そんなの……。

ぜったい楽しいに決まってる！

「みんなにはナイショだからね!?　香穂ちゃんとラブホ女子会やったってことはさぁ！」

「あたしたちだけ楽しいことして、羨ましがられちゃうもんねー　……いや待てよ、これを告げ口すれば、れなちんはマイマイからもアーちゃんからもそっぽを向かれる……？」

「そんなことをしたら、わたしだって香穂ちゃんの昔の写真バラまいてやるぅ！」

睨(にら)み合う。心底、不毛な牽制(けんせい)合戦であった。

ふっ、と香穂ちゃんが顔を逸らす。

「なかなかやるよーになったじゃないか、れなちん……。あたしの負けだよ。だから今夜は、気にせず楽しくパーリィーナイトしようぜ！」

「う、うん……うん？　うん」

なんか今の、どっちに転んでもラブホ女子会を楽しむ流れじゃなかったか……？　いや、まあいいか……楽しそうなことには、変わりないし……。

「ほらほら、こっちゃおいで、こっちゃおいで」

香穂ちゃんに手招きされて、わたしも靴を脱いでから、おっきなベッドに倒れ込んだ。わー、ふかふかだー。

こんなビッグサイズの立派なベッド、初めてだなー……。いや、初めてじゃあないな。真唯のベッドはこれより大きかった。

うっ、ヘンなことを思い出しそうになる。頭を振って追い出す。

「よし、打ち上げしよ、香穂ちゃん！」

「しようっていうか、今しているこれが、その打ち上げなんじゃないの？」

「違うよ！　こんなぬるっと始まるんじゃなくて、しっかりと『さあ今この瞬間からが打ち上げだ！』っていう、切り替えの儀式をしなきゃ！」

「れなちんって、たまに妙なこだわり見せるよね……」

まったく自覚がなかったわたしは、胸を押さえる。

「え？　そ、そんなことはないと……思うんだけど。ごくごくフツーの、平均値であり中央値な量産系女子だし……」

「ウケる」

ウケられた……!?　大真面目なのに……。

ベッドを降りた香穂ちゃんが、食器棚からグラスをふたつ持ってきて、テーブルに並べる。とくとくとくとジュースを注いでいった。わたしと香穂ちゃんのグラスに泡が弾ける。

「ま、だったら打ち上げの儀式っつったら、やっぱこれっしょ」

「！　はい！」

手招きされて、わたしはまるで忠犬みたいに香穂ちゃんの前に滑り込んだ。グラスを渡されて、掲げる。

『カンパイー！』

やばい。もうすでに楽しくなってきてる。

「打ち上げ……これが、打ち上げ……！」

「れなちんって実は娯楽のない山奥のお屋敷とかで育てられてきたの？」

お菓子の袋を開く。

わたしが片側だけ空けたポテトチップスの袋を、香穂ちゃんがなんにも言わずにその裏側の繋ぎ目に沿って全開にした。いわゆるパーティー開けってやつだ。ぎくっとする。

わたしが女子会慣れしてないのがバレてしまった……!? ポテトチップスを誰かとシェアしたことなんてないから……。またからかわれてしまう!

でもどうしよう。どれぐらいのペースで食べ進めればいいのかわからない。ある程度食べたら、香穂ちゃんにも残しておかないと……? いや、香穂ちゃんがひとくち食べるごとに、わたしも食べればいいんだ。餅つきの要領だ。

よし、ぺったん、ぺったん、ぺったん……。集中力が必要すぎる!

ソファーに寝っ転がった香穂ちゃんが口を開く。

「れなちんってさ」

「えっ!? はっ、はい!」

めっちゃ人の食べるところ見てくるからキモいよね、って言われたら、もうここから先、お菓子を抱えて食べるだけの腹ペコな子になってしまう……。

香穂ちゃんは何気ない口調で、尋ねてきた。

「人の悪口って言わないよね」

「え……そ、そうですか?」

「こーゆー女子会って、嫌いな人トークで盛り上がるのとか、定番じゃない? でも、れなちんの口から聞いたことないなーって」

「あ、それは、その」

わたしは身震いした。

そういえば聞いたことがある。人間の結束がいちばん高まるのは、同じ敵に立ち向かうときだと。つまり、わたしが香穂ちゃんと再会するまでの長い月日の間を埋めて、これ以上仲良くなるためには、嫌いな人の話題で盛り上がらなきゃいけないってこと……!?

突如として発生した高難易度ミッションを前に、わたしは生唾を飲み込んだ。

「そ、そうだね……ええと、でも、あれかな！　隣のクラスになんか背の高い女の人いるじゃん。あの人と廊下ですれ違うと、やたら睨まれたりして、こわいなーって……」

これ、悪口か？　ただわたしが怯えているってだけの話のような。

「ああ、高飛車さんねー。あの子、クインテットを敵視しているからにゃあ」

すごいあだ名だ。って、ぼけっとしている場合じゃない。ここから猛烈な悪口トークを展開させないと……。

「って、違う違う。別に悪口を言えって言っているわけじゃなくて」

「えっ？」

香穂ちゃんがポテチをぽりぽりかじりながら、笑う。

「珍しいなーって思ってさ。ほら、あたしって今はいろんなグループ渡り歩いているでしょ。だから、女子同士の会話ってかなり収集してるワケよ」

「はあ」

そういうものかな。でも、わたしは自分が特別だなんて思ったことはない。

「うちのグループの子は、誰も言わなくないかな？」

「サーちゃんは言うじゃん」

「あれ、悪口かなあ……？」

まっとうなことしか言わないから、紗月さんに批難された人は、むしろされた側に問題がある気がする……。

「紗月さんは悪口っていうか、口が悪いって感じ……」

「それは確かに！」

香穂ちゃんがやたら笑ってくれた。気分がよくなる。

「真唯はなんかそういうこと言うの、時間の無駄だと思ってそうだし。紫陽花さんが言うのは想像つかないし」

「アーちゃんが『アイツ最近ちょーしのってるよねー。ね、シメちゃおっか？』とか言ってきたら、メチャクチャこわそう」

「！」

ポッキーを咥えたわたしの目が輝く。

「そ、そうだよね！　紫陽花さんってなんか、たまにそういう闇を勝手に見ちゃうよね!?」

「見ちゃう見ちゃう。だってあんないい子が現実的にいるわけないし。カレシ99人ぐらいいてもおかしくない」

「だよね〜〜〜！　わかる〜〜〜！」

わたしは初めて紫陽花さんのイメージを他人と共有できて、嬉しくなってしまった。紫陰花さんを幻視してたのは、わたしだけじゃなかったんだ！

「てか、あたしも言うし」

悪口の話だ。香穂ちゃんは軽く舌を出す。

「だから、れなちんは珍しいタイプだにゃあ、って」

うーん……。わたしが人の悪口を言わないのは、誰になにを言ったところで、ブーメランとして返ってくるからであって……。

自分勝手な振る舞いをされたときには、でもわたしなんて中学時代はもっと自分のことしか考えてこなかったから、より多くの人に嫌な思いをさせただろうな……って思うし。

気分の悪くなるようなイジられ方をされても、所詮(しょせん)わたしは甘織れな子なので、まあそりゃ分相応の扱いだよね……て思うし。

「いや、優しいからとかではないし……。どっちかっていうと、自分がコンプレックスばっかりあるから、人に対してなんにも言えない、みたいな」

「コンプレックス？　れなちんに？」

「えっ？」

その『あるの？』みたいな顔に、わたしは呆然とする。

「……逆に、もってないように見える？」

「んー……五分五分？」

「まみれですけども！」

ラブホテルという非日常の空間にいるからか、そんな恥ずかしいことまで叫んでしまう。

「紫陽花さんみたいに清く正しくありたいし、紗月さんみたいに自分をもって強く生きていきたいし、香穂ちゃんみたいに明るく元気になりたいし、真唯みたいに……いや、真唯はいいとして……そういうの、日夜思ってる！」

「ふーん……」

香穂ちゃんはコーラをごくりと飲んだ。

「ま、それもわかる」

「香穂ちゃんが!?」

「そんなに驚いちゃう？　どーゆー目であたしを見てるのか知んないけど。あたしはいーっつも周りの人を羨ましいなー、妬ましいなーって思ってるよ」

羨ましいはともかくとして、妬ましいはあんまり考えたことがない感情だった。わたし程度が人を妬むと、中学生時代のわたしがシュバババと現れて『調子に乗るなよ』と釘を刺してくるもので。

香穂ちゃんがふっと笑って、冷めた目をテーブルの端っこに向ける。その眼差しには、香穂ちゃんの本当の心が漏れ出ているような気がした。

しかし、普段あんな駄々っ子幼女ムーブをしているような子が、コンプレックス……。人はわからないものだ……。

いや、それは香穂ちゃんから見たわたしも、そう見えているのか……？

いやいやいや。大人気コスプレイヤーの香穂ちゃんがわたしを羨むはずがない。

ちょっと滞った空気を吹き飛ばすみたいに、香穂ちゃんが口を開く。

「あと少し身長があれば、もうちょっとできるキャラも多かったのに……！　厚底も限界あるし、あたしが男装するなら15センチ履かないといけないんだからね！　せめてれなちんぐらいの身長があればなー！」

「そ、それはすみません……！　分けてあげることはできませんので……」

「むきー」

香穂ちゃんが体当たりをしてきた。わたしは「わっ！」と驚いてカーペットに倒れた。

「ふふふっ、みたいな？」

「あ、へへへ……」

ふたりもつれて倒れ込む。香穂ちゃんの顔が近くにある。

そのはつらつとした笑顔は、わたしの知る誰とも違って、誰とも比べられないほどに魅力的だった。

「あ、あのね……」

「ン？」

「わたしは……ちょっと深刻な話題に片足を突っ込んでも、すぐこうやって軌道修正できる香穂ちゃんのパワーを、羨ましいと思う、よ」

「む」

たどたどしく語る。

「だけどね、別に、妬んだりはしない、かな。だって香穂ちゃんは、ちゃんと人間関係生きていて、今の香穂ちゃんがあるんだから。コスプレイヤーとして、大人の人相手に撮影会なんて開いちゃったりさ。すごいよ、わたしにはできないもん。だから、その」

わたしは香穂ちゃんのことを、眩しいって思うの、って。

そう続けようとしたところで、香穂ちゃんに手のひらで口を塞がれた。

「むぐー!?」

「なんだぁ？　れなちん、ラブホ来たからって、あたしを口説いてんのかぁ？」

ブンブンブンと首を横に振る。違います！

「ちょっとドキッとしちゃったじゃんか……悔しい、れなちんなんかに！　悔しいっ！」

「なんかにってなにさぁ!?」

ニヤァと香穂ちゃんが口の端を吊り上げた。

「ね、ね、面白いこと思いついたから、ちょっとれなちんからかって遊んでもいい？」

「許可出すと思ってんの!?」

ソファーに座り直したわたしの後ろにやってきた香穂ちゃんが、抱き着くみたいにして背中から体重をかけてくる。

体が小さいからか、香穂ちゃんは体温が高めな気がする。そんな香穂ちゃんの柔らかさを感じながらも、わたしは平然と……平然と！　言い張る。

「は、はあ？　べ、別にこれぐらいじゃなんとも思いませんけど」

こいつ、わたしがよっぽどの女好きだと思っているフシあるからな……。まったく。

「すりすり、うりうり」

「なんとも思いませーん。ていうかちょいくすぐったい」

いつまでも香穂ちゃんに手玉に取られるわたしじゃありませんよ。ラブホで後ろから抱き着かれているからって、あーなんともないなんともない！

「ちぇ、もうあたしのミリョクじゃ、れなちんをドギマギさせることはできないのか、しょんぼり……。それじゃテレビでもつけるかな……」

「フフン」

完全勝利の味に酔いしれていると、香穂ちゃんはわたしの顔の横でリモコンを操作した。

ぱっとテレビがつく。嬌声が突き刺さった。

『――――』

…………は!?

ワンテンポ遅れて、振り返る。

「なにこれちょっと、え!?　ちょっ、えっ!?」

「あははははははははは」

香穂ちゃんは爆笑していた。

テレビには、その、めちゃくちゃモロに、堂々と男女の濡れ場が流れていた！　なんで!?

「か、かほちゃん、これは……！」

「いやー、モザイク濃いなー」

「知らないけど！」

全力で顔を背ける わたし。部屋中に、あんあんあんあんあんあん、という女性の声が響き渡っている。気まずいったらありゃしないんだけど！

「いや、ほらせっかくのラブホだし、タダで見れるんだし、見ないと損かなあって」

「さっきわたしをからかうためって言ってたよね!?」

「あ、ほられなちん、あの女優さんの顔、なんとなくクインテットのあの子に似てない？」

「えっ!?!?」

思わず画面をまじまじと見てしまった。女優さんのきれいな顔がアップになって……いや、いやいやいやいやいや。

「誰にもぜんぜん似てないじゃん！」

「あはははは！　で、誰に似てることを期待したかにゃ～？」

「もう、消してってば！」

香穂ちゃんは笑いながらリモコンを操作して、チャンネルを変えてくれた。

「お、こっちでもAVやってる。ナンパモノだって、れなちん」

「見ないよ!?」

くっそう、香穂ちゃんめ……こんなのでわたしを負かしたつもりか……っ。

さっきはあんなにいい雰囲気で友情を感じられたのに……！

悔しい。わたしも香穂ちゃんにマウントを取りたい。

「そういえば期末テストの成績なんですけどー！」

「あ、うん。れなちんがんばってたってサーちゃんから聞いてたよ。えらいね、とってもえらいでちゅねー。ちなみにあたしは学年で九位でした」

遥か天上人だった。

「なんで!?　塾でも同じBクラスに通ってたじゃん!?」

「女子高生が趣味でコスプレしているってことを、親に認めてもらうためには、それなりに苦労するってことだネ」

「意味わからん……。なぜ、わたしだけが……？」

顔を手で覆う。真唯も紗月さんも紫陽花さんも香穂ちゃんも、みんなみんな学力がいい。みんな違ってみんないい。わたしだけが悪い。悪落ちしてしまいそうだった。

なにか、ないのか……？　香穂ちゃんの弱点は……。どこかに、なにか……。

思い悩んでいると、香穂ちゃんが「お風呂にお湯ためてくるね」と言って、バスルームに向かった。浴室から顔だけ出して、にやりと笑ってくる。

「で、一緒に入るかい、れなちん」

「入りません！」

「え、なんで？　友達同士でお風呂入るのは、フツーでしょ？　れなちん、まさかあたしがあんまりかわいいからって意識しているのぉ？　ええー？」

「ぐぬぬぬぬ……」

ああ言えばこう言う！　口が達者ですねえ！

「わかったよ！　入るよ、入ればいいんでしょ！　別にさっと体洗って出るだけですけどね！　なーんともないからね！」

「背中流してあげるネ、れなちん☆」

「どうぞご勝手に!?」

考えてみれば、わたしは相手が友達だろうがなんだろうが、かわいい女の子の裸にはドキドキしてしまうので（※緊張という意味で）戦う前から負けているようなものだった。

いいんだ……人生には、負けるとわかっていても、挑まなきゃいけないときはある……それが今かはわからないけど……。

というわけでさっさと下着姿になったわたしは、バスタオルを抱きながら香穂ちゃんに「そろそろお風呂たまるよー」と声をかけた。率先してイニシアティブ取っていこ。

「おっけー。今いくー」

香穂ちゃんがバッグからメガネケースを取り出して、洗面所に置く。

そういえば、皆口（みなぐち）さんはメガネだったっけ。あの頃の内気だった皆口さんの面影（おもかげ）は、今の香穂ちゃんには影も形もないけれど……。

「香穂ちゃん、いつからコンタクトレンズにしたの？」

「中学入る前ぐらいからかなー。慣れちゃえばこっちのほうがゼンゼン楽だし、それに」

お風呂に入るために、香穂ちゃんが使い捨てのコンタクトレンズを外す。

そして、固まった。

「うん？　香穂ちゃん？」

「まずい……」

お腹でも痛くなったのかと尋ねてみれば、実際香穂ちゃんは青い顔をしていて。

「えっ、どうかした⁉」

香穂ちゃんは重々しくつぶやいた。

「陽キャのコスプレ、脱いじゃった……」

……。

「うん？？？」

え、なに？　どゆこと？

すると香穂ちゃんは、途端に声を上ずらせる。

「お、オッケー、甘織さん……じゃなくて、その、れなちんとお風呂、お風呂ね……お風呂⁉　いやいいいケド！　別にヨユーで入っちゃうけどねー！」

「ええと、うん」

どうしたんだろうと思って、なんとなく見つめていると、香穂ちゃんはカメラを向けられた甘織れな子みたいにカチコチだった。

「あの……およーふく脱ぐので、あっち向いててほしーにゃー、って……。緊張するので」

「えっ？　う、うん、わかった」

香穂ちゃんはどうせ恥じらいもなくスポーンと脱いじゃうだろうと思っていたので、そのリアクションは予想外だった。ハッ、これは新手のからかい方……？

「じゃあわたし、先に入ってるけど」

「はーい……」

消え入りそうな声がした。

そっと覗いた香穂ちゃんの横顔は緊張漬けで、余裕のかけらもない。これはいったい。

シャワーで体を洗い流してから、お湯に浸かる。ラブホテルのお風呂は浴槽が特殊な形をしていた。円形だ。広々としていて、じゅうぶんに足も伸ばせる。

「きもちいー」

温かなお湯が体に染み込んできて、疲れた神経をほぐしてくれる。

しかし香穂ちゃんはなかなかやってこない。どうしたんだろうと思っていると、そのタイミングで香穂ちゃんが入ってきた。バスタオルで体を隠した香穂ちゃん。肌はじゃっかん赤らんでいて、羞恥が全身に行き渡っているみたいだった。

「あ、あのサ、れなちん……。あたしあんまり汗かいてないから、ざっとシャワーだけでいいかなあ、なーんて」

「あ、そうなんだ」

「う、ウン。じゃ、そゆことで……」

やけにしおらしい態度の香穂ちゃん。

うなずきかけたわたしは、待てよと止まる。名探偵甘織れな子（誰）が、急にささやきかけてきた。それは半分ぐらい、冗談交じりの推理だったんだけども。

「あの、香穂ちゃんってさっき『陽キャのコスプレ』とか言ってたよね。それってひょっとして、わたしのときと一緒？」

「……う、うん、まあ」

香穂ちゃんがびくっと震えて、体をさらに縮こまらせた。

「つまり、ワトソンくん。君はコンタクトをつけている自分に暗示をかけて、それで社交性を高めていたっていうわけかい？」

「う、うん……。え、ワトソンくん、って……？」

おどおどした香穂ちゃんの瞳が、わたしの記憶の中にある皆口さんのものとダブる。

「えっ、ほんとに？　じゃあ今までわたしがお喋(しゃべ)りしてた香穂ちゃんは、常時スーパー香穂ちゃんで、この香穂ちゃんこそが真の香穂ちゃんなの？」

「ま、まぁ……そうとも言える、かにゃあ……。で、でも、隠してたわけじゃなくて、別に、い、言う必要とか、なかっただけで……その……」

香穂ちゃんは、もにょもにょとつぶやく。

どおりで暗示なんて手段をすぐ試そうとしたわけだ。自分でやって成功してたんだもんな。性格もぜんぜん変わってるし……。

そっかそっか、香穂ちゃんは、ちゃんと内気で恥ずかしがり屋の皆口香穂さんだったんだね。なるほど、納得。大人しくてかわいい友達に久しぶりに会えて嬉しいよわたしは。

つまり、チャンスじゃないか？　わたしの目が光る。

今までさんざんからかわれてきたことの仕返しをするべきではないか？　ここで。

今が唯一、甘織れな子が小柳香穂を打倒する機会じゃないか!?

よし、口元に手を当てて笑う。いつも香穂ちゃんがやってるみたいに。

「あれあれ、香穂ちゃんひょっとして、一緒にお風呂入るの恥ずかしいのー？」

香穂ちゃんはまるでわたしみたいに、目に見えてうろたえた。真っ赤な顔がこっちを向く。

「えっ!?　い、いや、そーゆーわけじゃないけどネ!?」

「だったら一緒に入ろーよ、香穂ちゃん。ほら、おいでおいで」

「……ま、まあ、れなちんが？　あたしとどーしても入りたいっていうんだったら？　入らないこともないけどネ……。あ、でもその前に、体洗うね……」

そう言って、香穂ちゃんがちょこちょこと内股歩きでシャワーの前までやってくる。

「香穂ちゃん」

「な、なにかな!?」

再び、びっくりして振り返ってくる香穂ちゃん。ここまで大きくリアクションされると、面白い……。ちょっとだけ香穂ちゃんの気分がわかってしまった。

「いや、バスタオル巻いたままだよ。濡らしちゃったら、体拭けなくなっちゃうよ」

「そ、そうだね……ええ、そうだと思いますので、取るべきだね……」

おそるおそる巻いていたバスタオルを脱ぐ香穂ちゃんは、まるで新婚初夜を迎えたお嬢様みたいだった。なんか、妙に色っぽくありません……？

香穂ちゃんがボディーソープをハンドタオルにつけたところで、わたしは身を起こした。

「おおっと、そうだった。香穂ちゃん、背中流してあげるって言ったよねー！」

「そ、そうだったっけー!?」

わたしの裸体が視界に入って、香穂ちゃんが「みゃっ」と顔を背けた。見られているのに、不思議とそこまで恥ずかしくない。これが攻め込んでいる側の気分……！

「うぅぅ〜……どぉしてあたしは、あんな、調子に乗ったことを……お風呂入るんだったら、コンタクト外すってわかってたのにぃ〜……」

「へへへ、ほら、座って座ってー！」

わたしは香穂ちゃんを椅子に座らせて、背中側に回り込む。タオルを受け取ってから、両手をわきわきとする。さあ、仕返しの時間だ！

「お客さん、ずいぶんと恥ずかしそうですねえ」

「それは、だって……あたし、れなちんみたいにナイスバディじゃないし……恥ずかしいに決まっているよ……」

「いや、わたしも別に、胸がそこそこ育っているだけだし……」

正面には大きな姿見があって、そこには香穂ちゃんの真っ赤な顔がばっちりと映っている。髪をほどいてうつむいた香穂ちゃんはまさしく美少女で、思わずドキッとしてしまった。

「それに、香穂ちゃんは、その、じゅうぶんかわいいと思うよ」

「うう……あ、アリガト……。でも、あんまり褒めなくていーから……」

さらに小さくなる香穂ちゃん。普段とのギャップが、やばい。そのせいで、余計に何倍もかわいらしく見えてしまう。

なんだろうこの気分……。香穂ちゃんにもっとちょっかいを出して、かわいい顔を引き出したくなるっていうか、恥ずかしがるところをもっと見たくなるっていうか……。

それは嫌がる猫をわしわししたくなる気持ちに、似ているのかもしれない。

「あたしはほんとは、かわいいじゃなくて、美人になりたいんだけどにゃあ……」

「そうなんだ？」

「ひゃっ!?」

つるつるの背中にそっとタオルを当てると、香穂ちゃんがびくんと背筋を跳ねさせた。思わずわたしも赤面してしまう。

「香穂ちゃん、ちょっとオーバーじゃない……？」

「ご、ごめん！　なんかくすぐったくて……」

なにも悪くないのに、香穂ちゃんが謝ってくる。イケナイことをしている気分になってきますね……ふふふふ、わたしがザコじゃないってこと、いっぱいわからせてやる……。

背中からおしりへ。肩や二の腕部分などを、洗う。可憐な美少女のその柔肌が傷つかないように丁寧に、優しく。

「う、にゃ…………ん、ふぅ……」

たまにこぼれる香穂ちゃんの吐息まじりの声が、先ほど見たテレビの嬌声も相まって、どんどんとわたしの不埒な気持ちを呼び覚ましてくる。

「れなちん……くしゅいよ……にゃ、ぁ……」

うっ、香穂ちゃんのかわいいお声が、耳に……っ。

いや、これ……あんまり長いことやっていると、わたしもおかしくなっちゃいそうだな！　かわいいかわいい女の子の背中を合法的に洗う行為は楽しいけど、これ以上攻め込むのはちょっとムリかな！　ここらへんにしておこう！

わたしは自分のへたれをさらす前に、撤退することにした。まあ、もうじゅうぶん、普段の借りは返したってことで。ふぅ……ドキドキした……。

「は、はいはい、後ろ終わったよ」

それで満足したので、洗い流してしまおうと思ったら。

「う……はぁい……」

香穂ちゃんが、当たり前のように、しずしずとこっちを向いてきた。

は…………!?

一瞬、フリーズする。

固く目をつむっている香穂ちゃんは、ぷるぷると震えていて、今この瞬間もとんでもない恥辱に耐えているというのがわかる。小さなおててを握り込んでいた。

え、なに……？　わたしに、前も洗えと……？

今の香穂ちゃんは全身隙だらけ。小ぶりなおっぱいも、細くてきゅっとくびれた腰も、ぷにぷにのふとももも、ぎゅっと丸まった足の指も、なにからなにまでお皿の上に載せられて、はいどうぞと差し出されているような光景。誰もここまで無防備になれとは言っていない。

さすがにやりすぎなのではないでしょうか！　さすがに！

これがまたとないチャンスっていうのもわかるけど！　ここで香穂ちゃんをやり込めることができたら、もう一生の上下関係を叩き込むことができるのかもしれないけれど……。すなわちわたしが上、香穂ちゃんが下……！

やっちまうか……。

わたしはおっかなびっくりと、手を伸ばしてゆく。

固く閉じた白いふとももに、そっとタオルを当てる。

「っ……にゃっ……」

「…………」

唇から漏れた切なげな声に、わたしの頭がぼわっと燃え上がった。

学校の人気者であり、コスプレイヤーなぎぽちゃんの、誰も知らない姿……。眉根を寄せて、羞恥心に染まった香穂ちゃんが、わたしの一挙一動に体をびくびくと震わせている。

これはなんというか……。

なんというか、危ないですね！

だめだ。わたしの度胸はここまでだ。これ以上踏み込んだら、きっとそのうち香穂ちゃんの淫夢まで見るようになってしまう。今も相当やばい。ドーパミンの過剰分泌を感じる。

わたしは香穂ちゃんの手のひらに、タオルを押しつけ、握らせた。

「はい、おしまい！」

すると香穂ちゃんは恐る恐る目を開いた。まるで熱に浮かされたみたいな顔で、わたしを上目遣いに見つめて、小さく尋ねてくる。

「あ、えと……もう、いいの……？」

えっ⁉

なにその『いいの？』って！　もっとしてほしいってこと⁉　おいおい、おねだりしてくるじゃん、生意気なメスネコちゃんよぉ！

わたしは攻めているはずなのに、いつしか攻められていた⁉

くっ、まるでザコみたいにうろたえるんじゃない、甘織れな子！　今はわたしが上なんだ！

ここは余裕たっぷりに『ま、トクベツに、ね？』ぐらいの態度を示すんだ！

「う、うん。香穂ちゃんのお肌すべすべで、楽しかったよ」

ぱちっと慣れないウィンク。香穂ちゃんは「あっ……うぅぅぅぅ」となる。しばらくして、我に返ったみたいで、むんずとタオルを奪い取ってきた。

「れなちんめ……いつかみてろよぅ～……」

そんな弱々しい香穂ちゃんの声に、わたしは堂々と勝利宣言をする。

「ふ、ふふーん、いつだって相手、してあげるし♡　ま、ざこざこ♡のかわい～♡香穂ちゃんじゃ、いつまで経ってもわたしには勝てないと思うけど、ね！」

「れなちんの、ばかぁ～……」

どうやら、最後まで『格』は保てたようだ。ふう、危ない危ない。

からかう側もそれなりに苦労があるんだな……。もしかしたら今までの真唯や紗月さんや紫陽花さんたちも……？　いや、それはないか！　わたしじゃあるまいし！


わたしと香穂ちゃんは、並んで湯船に浸かっていた。

ラブホのお風呂ってふたりで入っても足を伸ばせるから、だいぶ快適だ。スイッチを押すとジェットバスになったりして、気分がアガってきた。

さっきよりちょっとだけ香穂ちゃんの緊張も和らいだみたい。陰キャモードの香穂ちゃんは、口元までお風呂に浸かりながら、恨みがましい声でつぶやく。

「れなちん、さっきからずっと、なーんか慣れてる感じする……」

「えっ、そう？（喜）」

まあ、美少女と一緒にお風呂入るのは慣れているからね。こちとら経験豊富だから。ごめん嘘です。慣れてはいない。毎回命がけだわ。

「陽キャの圧だぁ……」

やっぱり香穂ちゃんの目は節穴かもしれない。あるいは、香穂ちゃんの陽キャ力が著しく下がったから、わたしのなけなしの陽キャ力でも香穂ちゃんを騙せているんだろう。

香穂ちゃんはお湯でぱしゃぱしゃと自分の顔を叩く。

「あたし、だめなんだよね……。コンタクト外すと、人とうまくコミュニケーション取れなくなっちゃって……。言いたいことがなかなか言えなくなっちゃったり、するんだ」

「そうなんだ」（わかる）

「コンビニで、お弁当にアイスとポテトチップス、それにペットボトルを買ったのに、袋くださいって言うタイミングなくて、一生懸命、抱えて帰ったりした……」

「なるほど、ね」（わかる）

中学時代のわたしが『ああ、そっちのタイプのコミュ障ね』としたり顔でうなずいた。

世のコミュ障は二種類いる。話せないタイプのコミュ障と、相手のことを一切気にせず喋り続けてしまうコミュ障だ。香穂ちゃんは前者で、わたしは後者だった。過去形！

「だけど面白いね、その陽キャのコスプレって発想」

「ん……やってるうちに、なんとなーくできるようになってきてね……。もともとキャラになり切るのは好きだったから、それで、かにゃ……。陽キャのコスプレって考えると、普段の自分じゃできないようなことも、大胆にできるんだ……」

「なるほど。それもちょっとわかるかも」

わたしだって『高校デビュー』っていうのは、なりたい理想の自分のコスプレみたいなものだったし。

普段の自分とは違う自分なんだ！　って自分に言い聞かせでもしないと、入学初日に真唯に話しかけたりできなかっただろうから。

「コスプレ好きなんだね、香穂ちゃんは」

「……うん、好き」

ぽつりと告げてきたその声は、着飾ったものがなにもないからこそ、本当に心からの言葉なんだろうなって思った。

「あたしが唯一、胸張って、他の誰にも負けないぐらい好きって言えるもの。だから、れなちんと一緒にできて、楽しかった。楽しかったんだよ」

「あ、うん……」

あまりにもまっすぐな好きの気持ちに、わたしは思わず顔をうつむかせた。

尋ねる。

「ね、香穂ちゃん……その『好き』って、どういう気持ち？」

「どういう気持ち、かあ……。んー……体がわーっとなって、思わず走り出したくなっちゃうような気持ち、かにゃあ……？」

「……そうなんだ」

すごいな、香穂ちゃんは。

わたしには同じぐらい好きなもの、あるんだろうか。

真唯や紫陽花さんはわたしのことを、きっと香穂ちゃんぐらいの熱量で好きって言ってくれたに違いない。嬉しいけど……やっぱり、こわい。

同じぐらいの想いを、わたしは返すことができるんだろうか。

わからない。返せないかもしれないけど……でも、わたしも返したい。

ちゃんと自信をもって、わたしの中でこれだって言える答えをもって、言い返したい。

「香穂ちゃんは」

問いかけようとして、言葉を区切った。

「うん」

わたしはどうすればいいと思う？　って、そんなことを甘えてつい聞いちゃいそうになって。

でもやっぱりよくないよなって思い直す。

これはちゃんとわたしが決着をつけないといけない問題だから。

「その……」

だけど、もちろん言いかけた言葉を途中で止めて、とっさに気の利いたことを言う能力なんてわたしにはないので、頭と体はまったく別の結果を示した。

すなわち、隣にいる香穂ちゃんを見つめながら、こんなことを言ったのだ。

「おっぱいの形、きれいだね」

「――」

香穂ちゃんが振り返ってきて、涙目で叫ぶ。

「れなちんのドスケベ！」

香穂ちゃんがさっさと浴室を出ていったので、わたしはのんびりと広いお風呂を堪能していた。頭の中には『ドスケベ』という声が反響して、つらかったけど……。

別にドスケベじゃないし、わたし……。だって仮にドスケベだったら、洗うときになにも躊躇せずに香穂ちゃんのおっぱい揉んでたじゃん……？　つまりわたしはドスケベじゃないでしょ。え、これ完璧な論理じゃない？　やっぱりわたしはドスケベじゃなかった！

そんなとき、悲鳴が聞こえた。

『ほにゃああああああああああああああああああああああああ！』

えっ、敵襲!?

ざばーんとお風呂からあがる。バスタオルで体を拭くのもそこそこに、香穂ちゃんのもとへと急ぐ。

するとメガネをかけた香穂ちゃんが、スマホを見ながら目を見開いていた。

「な、なになになに……？」

「あ、れなちん……って、れなちんどうして裸なの!?　おっぱい見せつけてるの!?」

「違うっての！　だってあんな叫ばれたら！」

顔を手で覆って、その指と指の間からばっちりこっちを覗いている香穂ちゃん。さすがに恥ずかしいので、わたしも浴室に引っ込む。バスローブを身につけてから戻ってきた。

香穂ちゃんの様子を窺う。とりあえず、急に撃たれたわけじゃなさそうなので、よかった。

でもその目は瞳孔が開いているみたいになってて、無事ではないな、と思った。

「ど、どうしたの？」

「あのね、あのね……やばいよ、あのねやばくて、あのね……」

ぜんぜん要領を得ない香穂ちゃんが、もうこれを見ろとばかりにスマホを突き出してきた。

「招待されたの……あたしが、幕張コスプレサミットに、招待された……」

「え!?」

だだだと近づいてスマホを覗き込む。それは運営らしき人からのダイレクトメールだった。

「今トレンドのコスプレイヤーを8組招待して、ショーを開くんだって……。毎年やっているけど、いっつもすごい有名な人ばっかり出ているんだ……それなのに、あたしが呼ばれるなんて……現実……？」

「えっ、すごい、すごいじゃん香穂ちゃん！　え、これってどれぐらいすごいの？」

「あたしのコスプレイヤー戦闘能力を１２０００プレだとして」

「うん、えっ？　うん」

突然、面白い単位が出てきちゃった。それ、フォロワー数じゃないの？　って思った。

「これは、上位５００人ぐらいに相当しまして……」

「ふんふん……。えっ!?　香穂ちゃんって日本で上から数えて５００番目ぐらいのコスプレイヤーなの!?　めちゃくちゃすごくない!?」

　すると香穂ちゃんは必死に首を横に振った。

「違うの！　有名な神レイヤーさんはだいたい上位３００名ぐらいで、そこから下はほとんど団子（だんご）状態なの！　だからあたしは別に、そんな、別に、別になの！」

　否定するときだけ大きな声を出せる香穂ちゃん。他人とは思えない。（わかる）

「幕張コスプレサミットは、それこそトップ１００ぐらいの人が招待されるような、日本でも有数のとんでもないイベントで………」

　そこで香穂ちゃんは、故障したみたいに停止した。心配になる。

「……だから、主催者側に、新人発掘みたいな意識があって、あたしがその枠に選ばれたんだと思うんだけど」

　最後まで話を聞いてもなお、わたしの感想は変わらず『香穂ちゃんすごい！』だった。

　だってわたしが普段、何気なく動画を見てるＦＰＳのプロゲーマーさんみたいに、イベントに招待されて出るってことでしょ？　完全にメディア側の人間じゃん……。

「やっぱり香穂ちゃんはさすが！　香穂ちゃんしか勝たん！」

　テンションあげるわたしとは裏腹に、香穂ちゃんの目がふらふら泳ぐ。

「断ろう……」

「待って!?　なんで!?」

すさまじい入力速度で『むりですごめんなさい』と返信しようとした香穂ちゃんの手首を掴んで、慌てて制止する。

「だってあたしなんかが参加したら、他の参加できなかった人に申し訳ないっていうか……」

「でも選ばれたのは香穂ちゃんじゃん!? 胸を張っていいでしょ!」

「あたしよりコスプレに真剣に向き合っている人は、まだまだいるのに……なのにあたしが出場しちゃったら……みんな気分悪くなる……」

その考え方、他人とは思えない。でも!

「違うよ! それだけ香穂ちゃんのやってきたことが、認められたんだよ!」

わたしが心から叫ぶと、香穂ちゃんはゆっくりと顔をあげた。

その不安げな瞳に、言い聞かせる。

「ずっと楽しんでコスプレしてきて、いろんな人を楽しませてきたから! だから、すごいことだよ! 香穂ちゃんはがんばってきたんだよ!」

ダイレクトメールにも書いてあった。なぎぽさんを招待した理由は、年齢層幅広く、大勢の支持者がいたからだって。

香穂ちゃんの撮影会に来ていたお姉さんだって、香穂ちゃんのことをずっと応援していたって言ってた。それだけ多くの人が香穂ちゃんを好きになったのだって、香穂ちゃんがひたむきに好きなことをがんばってきたからだ。

「だから、その、すぐに決断するのは、難しいかもだけど……」

わたし自身が勇気を出せていないのに、香穂ちゃんに勇気を出して前に飛び込めって言うのは、かなり虫のいい話だと思う。

でも、でも……本当はわたしだって、勇気を出したいから。

香穂ちゃんだって、きっと、おんなじはずだ。

だから……わたしは、香穂ちゃんの手を握って、その目を見つめる。

「やってみようよ、香穂ちゃん。わたしにできることなら、なんでも協力するから」

「れなちん……」

まだ香穂ちゃんの瞳は揺れていたけれど、でも。

香穂ちゃんはぎゅっとスマホを握りしめて、小さくうなずいた。

「ありがと、そう言ってくれて……これまで楽しいことばっかりじゃなくて、辞めたくなるようなときもいっぱいあったけど、でも、うん。まだちょっと考えてみるね……」

「うん！」

参加諾否の連絡は来週いっぱいまで。まだまだたっぷり悩むんだろうけど、でも、わたしは信じている。だって。

目を細めた笑顔からかすかに覗く光はきっと、香穂ちゃんがこれまでがんばってきた証なんだとわたしは思ったから。

わたしが髪を乾かし終わると、香穂ちゃんはすっかりベッドに横になっていた。

「香穂ちゃん、もう寝る？」

「うんー……ちょっと眠くなってきちゃったぁ……」

目をこすりながら、起き上がる。

洗面所でホテルの備品（？）の歯ブラシを使って、ふたり並んで歯磨き。香穂ちゃんはどこかぽわぽわしていて、普段の元気な香穂ちゃんに比べてかわいさがすごかった。

一日がんばってきて、最後にはあんなメールまで来て、体力もメンタルも使い果たしちゃったんだろう。撮影会なんてほとんど香穂ちゃんのワンマンショー！ って感じだったし。

「香穂ちゃん、もうちょっとでベッドだからね」

「うにゅ……」

手を引いて連れていく。香穂ちゃんはそのまま、ぽふんと大きなベッドに体を投げ出した。

お布団をかけてあげると、なんだか香穂ちゃんのお姉さんになったような気持ちになる。芦ケ谷みんなの妹は、ただ陽キャコスプレの結果というわけではなく、きっと香穂ちゃん自身の庇護(ひご)欲(よく)を駆り立てるような魅力が合わさったものなんだろうな。

そりゃそうだ。着替えたってまったく別の人間になれるわけじゃない。なれたらいいんだけど……そういうわけにもいかない。だから香穂ちゃんだって『美人になりたかった』って言ったりするんだ。

「れなちん～……」

「はーい」

わたしもベッドに上がり込む。ラブホテルのベッドはすごく大きいから、ひとつのベッドでふたりどころか、四人ぐらいは寝られそう。

でもあれ、これどうやって電気消すんだ……？　ベッドの上にあるボタンをぽちぽちといじる。音楽が流れたり、謎の間接照明がついたり消えたりする。

ようやく電気を消せて、さてわたしも横になったところで。

香穂ちゃんがこっちに倒れ込んできた。

わ。お腹の上に頭を乗せてきた香穂ちゃんが、喉をごろごろと鳴らす。体重も軽いし、本当に猫みたいだ。

「か、香穂ちゃん？」

お風呂上がりの香穂ちゃんの体はぽかぽかしていて、このまま抱きしめたらさぞかし気持ちいいだろうな、と思わされる。

「え、なに、なになに」

こうなると、陽キャとか陰キャとか関係なしに、ただただ目の前にとびきりかわいい女の子がいるという事実だけが現実だった……！

今の香穂ちゃんが『抱き枕がないと眠れなくて』って言ってきたら、どうしてしまおうか。わたしはぎゅっとされたまま眠れぬ夜を過ごすのか？

そこで香穂ちゃんが、夢を見ているような口調でつぶやいた。

「れなちんのおなか、ぷにぷにしてる……いい枕、寝心地よさそ……」

「そうですね!?　えっ、お褒めいただいてありがとうございます!?」

暗に太ってるって言われたか？　今。

香穂ちゃんはふふっと笑う。

「ちょっとぐらいぷにっとしているほうが、ウケいいみたいだよ」

でもわたしより明らかに細いみんなのほうがモテてますからね……と小さなお耳に叫びたくなったが、ちゃんと理性で我慢した。

実際わたしが、香穂ちゃんの好きな人に――モテてしまっているから、だ。

夢見るような声で、香穂ちゃんが尋ねてくる。

「ねえ……れなちんは、マイマイのこと、まだ好き？」

「それは」

もうずいぶん昔のことみたいだ。赤坂のホテルで、香穂ちゃんに言われたこと。『れなちんもさ、マイのこと好きなんでしょ!?』だなんて、ぜったい勘違いだったはずなんだけど。

あれから、いろんなことがあった。

いろんなことがあったから。

真唯の優しい笑顔を思い出す。

その指先の感触、香り。

キスの味を。

好きかどうかなんて聞かれたら、そんなの、答えはひとつしかない。

今までずっと見ないふりをして、意地を張って、ひた隠しにしてきた。

だけど、わたしも香穂ちゃんみたいに。

自分の『好き』の気持ちに、素直になりたい。

わたしはしばらく押し黙った後に、口を開く。


「……うん、たぶん、好き」


その言葉は、他の誰でもない。香穂ちゃんにだから、伝えられた気がする。

香穂ちゃんの笑う気配がする。

「そっかぁ」

お腹を枕にされて、心臓の音が聞こえないか心配だった。

好きかどうかなんて話をしたら、どうせ最初から好きだった。

親友がいいって言い張っていたのも、わたしは自分に自信がなかったから。人に嫌われたくないから、その先の、恋人になることなんてできなかっただけで。

「あたしも、負けないぞ」

胸が、ちくりと痛む。

わたしが誰かを選んだら、香穂ちゃんはわたしを恨んで、嫌うだろうか。

香穂ちゃんに嫌われるのは、いやだな……。

それならやっぱり、誰も選ばないほうがいい――なんて逃げてばかりの考えを、わたしは箱に押し込める。

人生、逃げるべき場面はいくらでもあるし、実際わたしはいろんなことから逃げ続けてきて、自分を守ってきた。

ただ、高校デビューすると決めたわたしが、本当にほしいものはなんなのか。

決して自分を裏切らない友達だったのか、クラスでみんなにちやほやしてもらえる立場だったのか、それとも輝かしい学園生活だったのか。

じゃなければ――。

「うん、香穂ちゃん」

そのさらさらの髪を撫でる。

「わたしも、がんばる」

「ん！」

元気よくうなずいた香穂ちゃんは、拳を突き上げた。わたしの鼻面(はなづら)をかすめる。こわ。

「……そろそろ、寝よっか、香穂ちゃん」

言ったところで、反応がない。

……香穂ちゃん？

首を傾ける。すると香穂ちゃんは。

わたしのお腹の上で、寝息を立てていた！

ちょっと香穂ちゃん!?　えっ、待って！　これじゃわたし動けないんだけど!?
きょうこのまま寝なきゃなの!?　香穂ちゃん、香穂ちゃんー！

しばらくして、香穂ちゃんはむにゃむにゃ言いながらトイレに立ったので、その隙にわたしはちゃんと寝ることができた。危なかった。まあ、肩が触れ合うぐらい隣に、かわいい女の子の無防備な寝顔があるという意味では、まだまだ危なかったんだけど……！

でも、うん。夏休み明けからずっと枯渇していたMPは、だいぶ回復できた気がする。

不思議なことにさ、学校サボって一日中ゴロゴロしているのは、体は楽になっても心はぜんぜん楽にならないんだよね。

それよりも、目標に向かってがんばったり、その目標をちゃんと達成してみてさ。終わった後に友達と打ち上げをしたり、バカ話をして笑ったりしたほうが、よっぽど気分が楽になるんだよね。どうしてかな。

ようやくね、今のわたしは落ち着いた気持ちになれたんだ。

ありがとうね、香穂ちゃん。

わたしもいい加減、もう逃げちゃいけないなって、ようやく思えてきたから、だから。

次はわたしががんばる番だね。

第三章　こんなステージ、わたしにはムリ！（※ムリじゃなかった）

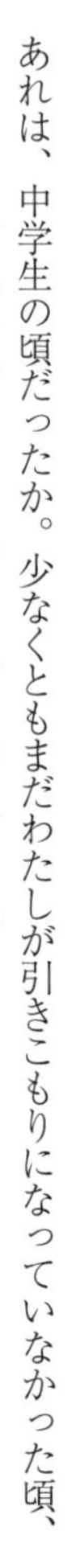

あれは、中学生の頃だったか。少なくともまだわたしが引きこもりになっていなかった頃、クラスの女子が『彼氏ができたんだー！』と騒いでいた。

感想は、ふーん、だった。

まったく別世界の出来事だな、としか思っていなかった。

だからきっと、初めて真唯に告白されたときにも、わたしは反射的に『付き合わない』という道を選んで、そのために理屈をこね回してたんだろう。

わたしの中で『付き合う』という行為は、『相手の人生を引き受けます』に同義で、あまりにも重い意味だった。

だって少年漫画の主人公たちは、ヒロインに一世一代の告白をして、それが叶えばもうクライマックスみたいな勢いだったし。実際に現実はその先も続いていくなんてこと、わたしは知らなかった。

人間は初恋でそのまま結婚したりせず、付き合ったり別れたりをしながら大人になっていって、そのうち本当に大好きな人と生涯を共にしたりするらしい、なんてことも知らなかった。

まあ、だったら、ひとり目とかは気楽に付き合っちゃってもいいのかな？　……とは、ならない。そんな簡単に考えを変えられるようだったら、もっと人生うまくやっているしね……。

その上だ。初めてわたしに告白してきた女はなんと、学校でもいちばんモテる太陽みたいなとんでもないやつで、恋人なんかになったら24時間コンプレックスを刺激されまくって、裸眼が潰れてしまうのは間違いなしだった。

わたしはスパダリに見初められる少女漫画の主人公になりたかったわけじゃない。ただ、日常系ほのぼの漫画みたいに、楽しい日々を送りたかっただけなんだ。

それでも、真唯と一緒にいるのは楽しかったし、手を繋いだらドキドキもした。キスはおろか、危うく体を重ねたりしそうになって、それでもわたしは友達と言い張った。

人間は百パーセント自分だけで構成されているわけじゃない。

いろんなものに影響されて、漫画とか、ゲームとか、テレビとか、あるいは家族とか、友達とか、ニュースとか、いろんなもので作られている。

気がついたときには、わたしの体の何パーセントかは、王塚真唯でできていた。

夜、ゲームをしている最中に届いたメッセージ。きれいな景色を背に映る王塚真唯の写真。何気ないことで電話をかけてくるその声。日向のような微笑み。

真唯は最初からすべての条件を示して、わたしに正解を教えてくれていた。

短距離走で、オリンピック選手と小学生を一緒に走らせることはない。だけどコミュニケーション能力は目に見えないから、お互いの実力にそれほどの開きがあったとしても、片方が片方に合わせている以上、わからないものだ。

わたしと真唯が仲良くなってゆく過程は、そんな感じだったと思う。

外見だけ取り繕って、ろくに話題も振れないわたしはまるでつかまり立ちを覚えたばかりの赤ん坊で、真唯はそんなわたしの手を、お母さんみたいに優しく引いてくれた。

わたしの心が成長するのを、辛抱強く待っていてくれた。

わたしの道を、ずっとずっと、照らしてくれていた。

今もこの気持ちが恋なのかどうかは、わからない。だけど。

そんな真唯に、わたしは。

いったいどんな、恩返しができるんだろう。

＊＊＊

「王塚さんー？」

「は、はい」

休み時間、廊下を歩いていたみちる先生に居場所を尋ねてみたところ。

「ええと、ごめんね、こっちでは見なかったかなー」

「そ、そうですか。わかりました、探してみます。ありがとうございました」

少し行ったところで、後ろから声をかけられた。

「あ、そうそう、甘織ー。あんまり屋上に行っちゃだめだよー。あそこ、フェンスが低くて危ないから、立ち入り禁止なんだからねー？」

みちる先生は軽やかに喋るからか、どんな注意も『うっせーな！』ってならず、すっと胸に入ってくるのがかなりすごい。先生をやるために生まれてきたのかもしれない。

「あっ、はい、わかってますスミマセン」

ぺこぺこと頭を下げる。まさかわたしが一度屋上から落ちたことあるなんて聞いたら、扉は厳重封鎖になっちゃうだろうな。そそくさと立ち去る。

香穂ちゃんとラブホに泊まってから、週明けの学校。わたしはちゃんと話をしようと思って、真唯の姿を探している最中だった。

みんなから引っ張りだこの真唯は、なかなかひとところにとどまらない。各所で目撃情報だけを残していくので、まるでやすやすと捕まえられない伝説上の生物みたいだ。

しかし、みちる先生のところで、目撃情報がぱったりと途切れていた。

だったら……と、わたしは最後の心当たりに向かう。

階段を昇る。鉄扉に鍵を差し込むこともなく、ドアノブを摑んだ。

ゆっくりと押し開く。

視界が開けて、光が差し込んでくる。

どんよりとした空模様の下に、彼女がいた。

いたんだけど……。

「真唯……？」

見つけた喜びよりも、その姿を目撃した瞬間の戸惑(とまど)いのほうが大きかった。

真唯が振り返ってくる。

「……君か」

「いま……」

言いかけて、口を閉じる。真唯はいつだって空に輝くたったひとつの太陽だから、そんなはずはないんだ。

まさか、真唯が今にも飛び降りそうなほど頼りなく見えた、だなんて。

「ううん、なんでもない。あの、わたし、ちょっと真唯に用事があって」

とりあえず微笑みながら、近づいていく。ふたりっきりが久しぶりなので、うまく表情を作れているかが心配だった。

真唯はぱっと顔を輝かせる。それはあまりにも普段通りの真唯だった。

「そうか、奇遇だね。実は私もだったんだ」

「あ、そうなんだ」

「うん、そうなんだよ」

真唯の前、向かい合う。

香穂ちゃんと違って、わたしが真唯を見上げる形。慣れた首の角度が、なんだか今は少しだけ懐(なつ)かしい。

「あの、どうぞ、お先に」

「ああ、うん。そうだね」

話すタイミングが難しい。前まで真唯と、どんな風に話していたかが、思い出せない。わたしは真唯の前で、どんな顔をしていたんだろうか。

「では、僭越ながら」

風に髪を揺らした真唯が、いかにも王塚真唯といった優しい微笑みを浮かべる。

「実は、今度の日曜日、久しぶりに休みがもらえそうでね。だから、ぜひ君を誘おうと思っていたんだ。一緒に、デートをしよう」

「で、デート！」

久々のストレートなお誘いは、かなりドーンと胸に響いた。これもＭＰが回復した影響だ。あらゆる外的刺激への感受性が正常に高まっているので、言ってしまえばわたしはピュアになっているのだ今……。

わたしの大げさなリアクションを見て、真唯がくすくすと笑っていた。

「そんなに驚いてくれると、こちらとしても勇気を出したかいがあるね」

「い、今のはたまたま当たりどころが悪かっただけなので……」

よくわからない言い訳をすると、真唯が肩をすくめた。

「といってもね、ふたりきりじゃない。紫陽花を含めて、三人でどうかな、という話なんだ」

瞬きを繰り返す。

「えっ……さ、三人で……!?」

「もちろん、君が嫌なら」

「ま、待って、待って待って」

どうどうと、両手で真唯の言葉を遮る。

会話の速さに押し流されるだけじゃなく、ちゃんと自分で考えるためのタイムを挟めるようになったのは、真唯と出会ってからのわたしの大きな成長と言っても過言ではない……はず。

三人で、って。

それはつまり……あの日の言葉の続きを待っている、ということ、だよね?

真唯は軽く空を仰ぎ見る。

「まあ、そう警戒しないでくれ。すぐに決断を迫ろうっていうわけじゃない。ただ、このまま時間が経過していくのを待つだけじゃあ、みんなつらい思いをしそうだからね。どうかな。あまり君の負担になるようなら、また今度の機会でもいいんだが」

わたしは、うなずいた。

「…………わかった」

期限はまだ残っているけれど……わたしが目を背けている時間だけ、ふたりがモヤモヤした想いを抱えているのなら。いや、真唯はどうかわかんないけど!

両手をぎゅっと握って、真唯に改めて大きくうなずく。

「楽しみにしているね!」

「ん……そうか。じゃあ、そうだね。せっかくだ、遊園地にでも行こう」

「遊園地！」

なんていかにもデートらしいデートなんだ。

友達三人で遊びに行く遊園地なんて、いかにも胸ときめくシチュエーションなんだけど、今回はそうじゃない。楽しいだけじゃなくて、胸が苦しくなるようなことだってあるだろう。

でも、逃げない。ちゃんとふたりに、向き合いたいから。

「あ、でも貸し切りなんてだめだよ!? 恐縮して胃が張り裂けるからね！」

「わかった。貸し切りにするかどうかは一応、紫陽花にも聞いてみることにしよう。意見が割れた場合は、多数決だね」

「満場一致を目指していこう！」

わたしは少し無理してはしゃぎながら、真唯とそんな風に笑う。

「そういえば、君の用事はなんだったんだい？」

「あ、ええと、うん」

頬をかく。目をそらして、曖昧(あいまい)に微笑みながら。

「せっかくだから、その、デートのときに、言おうっかな、って。その、うん」

「そうか、わかった。楽しみにしているよ」

ちゃんとお話しようと思ってやってきたんだけど、別に具体的なプランはなにもなかった。

今さらになって、恥ずかしくなる。もしかしたら、わたしはただ真唯の声が聞きたかっただけなのかもしれない、なんて……。頬が熱くなる。

「？」

ハナテと首を傾げる真唯をちらりと見て、また目をそらす。あーあー、だめだ。香穂ちゃんに言った自分の声がいつまでも心臓の奥に張り付いて、オルゴールみたいに鳴り続けている。

「なんでもない！」

そりゃ美人だって知ってたつもりだけど、真唯って、こんなに綺麗だったかな……。

もう、一度でも自分の気持ちを認めてしまった以上、今までみたいにはきっと、ムリなんだろうけど。でもきっと、それは、なんだってそうなんだ。

変わらないものなんてない。人も、関係も、気持ちも。

最初に真唯が、次に紫陽花さんが、勇気を出して関係性を変えることを願ったみたいに。

いよいよわたしの番が来た。

＊＊＊

紫陽花さんとも約束を取りつけて、三人のデートが決まった。

次の日曜日までの間、不思議と気持ちは落ち着いていた。

やると決めたから、なのかな。脳が開き直ってくれたのかもしれない。ただ粛々と判決を待つかのように、わたしのことを、そして真唯と紫陽花さんのことを考えていた。

だけども……。自分で認めるのも、かなり、なんというか、後ろ向きなんだけど。

高校デビュー以来ずっと波乱続きで、すんなりと物事がうまくいったことなんてほとんどなかった。そんなわたしの人生だ。

三人でのデート大成功！　万事うまくいった！　めでたしめでたし！　なんて結末には、なってくれないのである……。

だけどまさか、よりにもよって——真唯があんな行動を取るなんて、思わなかった。

当時のわたしは毎日、生きることに一生懸命で、他の人の気持ちなんてちっともわからないようなやつだったから。きっと、たくさんの人の想いを取りこぼしていったんだろうな。

できれば、この頃の真唯と、もっとちゃんとお話をしておけばよかった。わたしよりもずっと意地っ張りな真唯のことだ。話したって素直に教えてくれるとは思えないけどさ。

ねえ、真唯。

あなたはずっと、なにを考えていたの？

＊＊＊

日曜日。わたしは覚悟を決めて、電車に乗った。

緊張して朝の五時に目が覚めて、二度もシャワーを浴びてしまった。お洋服は一張羅。ちゃんと髪もメイクも、清潔に整えた。

楽しみなデートというよりは、どこか戦場に向かうような気分だった。香穂ちゃんからコスプレ用の模造刀でも借りてくればよかったかもしれない。

行楽地の駅で降りる。晴れた天気の下を歩くと、真唯の話していた『私は晴れてほしいと願ったときに晴れる女だ』という言葉が思い出された。

だったらきょうのレジャー日和（びより）な太陽も、真唯がそう願ったからなのかも、なんて。

待ち合わせよりも少し早くに、わたしは目的地に到着した。人ごみが苦手な真唯だ。もし囲まれでもしていたら、大変だろうから。

遊園地の入場ゲート近く。真唯と紫陽花さんの姿はまだなかった。

歩くカップルや家族連れの姿を見送って、ぼんやりとふたりを待つ。

「わたしが真唯や紫陽花さんと、三人で遊園地に遊びに来るなんて」

小声でつぶやく。音に乗せてみても、とても現実には思えなかった。

気がつけば、遠くまで来たもんだ……。高校デビューのあの日から……。

しみじみと腕を組んでいると、遠くから人影。

最初にやってきたのは、紫陽花さんだった。わたしの姿を見つけると、ぱたぱたと小走りで駆け寄ってくる。

「こんにちは、れなちゃん」

「お、おはようございます！」

紫陽花さんカワイイー！

やだ、冷静さを保てない……目がハートになっちゃう……。

胸がドキドキを通り越して、ズキズキしてきちゃった。心臓の主張が激しい。そんなに張り切らなくても、普段から感謝しているので、落ち着いて心臓くん……。

しかし紫陽花さんがわたしを「じー」と見つめてきているので、さっぱり落ち着かないのである！

「な、なんですか……？」

「んー。きょうはなにか言ってくれないかなー？　って思って、見てるの」

「なにか…………ほ、本日はいい天気ですね……？」

「そうだねー」

首を傾けて微笑みながらも、紫陽花さんは胸の前でペケマークを作った。

不正解だ！

目を回しながら名誉挽回を叫ぶ。

「や、休みの日も紫陽花さんに会えて嬉しいです！」

「ん～～。どういたしまして」

紫陽花さんが小さくスカートをつまんで頭を下げてきた。どうやら正解できた……？　いや、どうかな……。煮え切らない顔をしていた気がする。

告白されて以来、紫陽花さんの距離の詰め方がアグレッシブになっててこわい。

わたしの陽キャの仮面はシュークリームの皮ぐらい薄いので、すぐに中身が出てしまうのだ。あんまりキモいところを見せないようにしないと……。夏休みのときみたいに開口一番『ウワーカワイイー！』とか決して叫ばないように決して……。

「それで、真唯ちゃんは、まだかな？」

「う、うん。もしかしたら、もうリムジンで駐車場に来ているかもだけど」

「ああ、あのリムジン。真唯ちゃんって雨の日とか、たまに学校にもリムジンで来たりするよね。お嬢様ですごいよねえ」

言ってから「あ」と気づいた紫陽花さんは、バッグからスマホを取り出した。

「真唯ちゃんからだ。はい、もしもし」

ちょっと遅れるとか、そういう連絡かな。

短いやり取りの後で、紫陽花さんはスマホを耳から離した。困り顔をしている。

そうして、おもむろに衝撃の台詞を告げてきた。

「真唯ちゃん、急なお仕事が入ったからきょうは行けない、だって……」

「え……？」

ということは、えと、その？

口元に片手を当てた紫陽花さんが、恥ずかしそうに目を逸らしたまま、言う。

「ふたりで楽しんできてくれ、って……」

「えええええ……？」

待ってくれ真唯。それはなんか、その、急だな!?

紫陽花さんとふたりきり？　さすがにそれはなんの心構えもしていなかった。わたしは大いにうろたえた。

「いや、お仕事なら仕方ないのかもしれないけど、でも……」

「うん……どうする？」

紫陽花さんが不安そうに目で問いかけてくる。

そんなの、どうするって聞かれても……。『あ、じゃあわたし、真唯いないから帰りますね。また明日、学校で！』だなんて、言えるわけがないじゃん！

「ふ、ふたりで、楽しみましょうか……」

「でも」

しまった。緊張してボソボソとした声で言ったから、紫陽花さんがさらに心細そうな顔になってる！　違うんです！

「ふたりでウルトラ楽しみましょう！　行きましょう行きましょう！　いやー遊園地すっごく楽しみだったんだよなー！　しかも紫陽花さんとふたり！　わーいわーい！」

「わ」

強引に紫陽花さんの手を引いて、わたしは入場門のほうに向かう。

遅れて気づく。手……これ、紫陽花さんの手だ！　やわっこい！

「あっ、や、あの、これも違くて！」

振りほどく前に、紫陽花さんも緊張した様子で、わたしの手を握り返してくる。

「う、うん……わかった。きょうはよろしく、ね」

ひい。ぎゅっとされた。ぎゅっと。

手を繋ぐ距離というのは、お互いの手が繋がれているわけで。どんなに限界まで伸ばしてもせいぜい2メートル。それで歩くのは社会的に困難なため、この場合はほぼ密着で、30センチぐらいの距離となっていた。

つまり、紫陽花さんが近い。なんの香水を使っているのかわからないけど、とにかくいい匂いがする。なるほどね、ドキドキするじゃんね。

「せっかくだから、ふたりで、楽しんじゃおうね」

紫陽花さんが、学校を抜け出して海に行こうよと誘ってくるみたいに、微笑んだ。

果たしてきょう一日、わたしの心臓はもつのだろうか、こうご期待！　真唯め……。


まずはどこから行きましょうかと、入り口でもらったパンフレットを立ち止まって広げるわたしたち。

当然だけど紫陽花さんのお顔が近くにあるので、当然のようにわたしは息を止めていた。人間が息を止められるのは平均一分ちょっとぐらいらしい。そろそろ呼吸が苦しいね。

「れなちゃんって、ジェットコースターいける人？　……れなちゃん？」

「あっ、はい」

顔を離して呼吸する。人間は話すときに息を吐く必要があるので、呼吸を止めたままでは会話することができなかった。またひとつ成長してしまった。

そもそも遊園地自体、ほとんど来たことがないから、自分にジェットコースター適性があるのかどうか、よくわからないんだよね。

でも、やっぱりちょっとこわいな、絶叫マシン……。字面がもうこわい。わたしひとりだったり、家族と来ていたら、たぶん『わたしはいいや』って言っていたと思う。

「ええと、紫陽花さんは？」

「私は、ちょっと乗ってみたいかも」

パンフレットで口元を隠しながら、ふふふと笑う。

「家族で来ると、乗り物はチビたちに合わせちゃうから。いっつも乗るのは、メリーゴーラウンドとか、コーヒーカップとか。もう、高校生なのに、ちょっと恥ずかしくて」

子供向けのアトラクションに乗る紫陽花さんもきっとかわいいだろうけど、わたしは一も二もなくうなずいた。

「なるほど！　じゃあぜひ乗りましょう！」

「大丈夫？」

「ええ、ええ、もちろんです。わたし３Ｄ酔いとかもほとんどしない体質なんで！」

どれほど関係があるのかわからないけど、たぶん三半規管が致命的に脆いということもないはず。まあ、問題はわたしがビビリってことぐらいですね。

「そっか、じゃあええとね、ジェットコースターにもいろいろとあって」

紫陽花さんが楽しそうにパンフレットを指差す。

わたしは指先じゃなくて、ついついそのかわいらしい横顔を見つめてしまう。

学校にいるときはみんなの紫陽花さんだけど、休日のきょうは、わたしだけの紫陽花さんなんだよなあ……。

こんな国民的美少女みたいな子にわたしが告白されたのか？　本当に……？　催眠術をかけられてもいないのに、脳が破壊されてしまいそうになる。

「なぁに？」

わたしの視線に気づいた紫陽花さんが、小首を傾げる。

「あ、いや」

心理的なバリアーを張るみたいに両手をあげつつ、照れながら言う。

「紫陽花さん、きょうもかわいいな、って……」

「あ、それ」

紫陽花さんの顔が、ぽっと赤く染まる。顎を引いた上目遣いで、わたしを見つめる。

「やっと言ってくれた、かわいいって」

「うえっ!?」

あまりにもかわいすぎるリアクションを浴びて、うめき声まで飛び出てきた。

「いやいや……口に出している回数なんて、心に思っている数の百分の一ですよ……」

「……じゃあその百倍、心の中では思っているってこと？」

紫陽花さんの踏み込みが深すぎる。

「そ、そうかもしれませんねえ……」

「えー？」

すると紫陽花さんは不服そうに口を尖らせた。なんで！

「いや、百倍でも少ないよ！　だって紫陽花さんは毎秒毎瞬かわいいから。今このときもかわいいし！　かわいい！」

「だ、だったら～……」

紫陽花さんは言いづらそうに口を開く。ふたりきりでちょっといたずらっ子モードな紫陽花さんが言いづらいことなんて、それはもう致命の一撃じゃないか？

「思ったときは、ちゃんと言葉にしてほしいな～？　って」

ウルトラスーパー高難易度クエスト来ちゃったな。

いや、口に出すのは簡単なんだけどさ……。『砂糖は甘い』とか『夕日は赤い』みたいなものなので……。でも、連呼するわたし自身は相当お見苦しいと思うんだ。

しかし、それが紫陽花さんの頼みだというのなら……。今までさんざん不義理を働いているわたしに、断るすべはない。

わたしは心臓に手を当てて、深呼吸する。

「わかった。紫陽花さんかわいい」

「そんなに急にきちゃう!?」

「驚く紫陽花さんかわいい。紫陽花さんのツッコミもかわいい。そもそも声がかわいい」

「も、もういくよ、れなちゃん!」

「ああ、歩き出す紫陽花さんかわいい。コツコツっていう足音もかわいい。かわいいがかわいい着て歩いてる、かわいい。後ろ姿もかわいいなあ」

「もうわかったから! 私が悪かったから〜!」

紫陽花さんに叱られてもなお、わたしはしばらくかわいいかわいい言って、紫陽花さんからけっこう強めの「メッ!」を頂戴したのだった。怒る紫陽花さんもかわいいね。

人生初のジェットコースター。最初は軽めのものからいこう、というわけで。

わたしたちは、この遊園地にいくつかある絶叫マシンの中で、いちばんの初心者向けを選んだ。それは、ある程度の高さまで登った後に、落ちてくるというだけのマシンだ。ジェットコースターじゃなくて、フリーフォールって言うらしい。

しばらく並んで、ついに順番がやってきた。

椅子に座る。上からガッチャコンと降ってきたクッションみたいなもので、座席を固定された。身動きが取れない。

「な、なんか、すごいドキドキしてきたんだけど……」

「う、うん、私もはらはらしてきちゃった。楽しみだね」

紫陽花さんは、まるで弟さんたちみたいに、目をキラキラさせていた。

絶叫マシンが徐々に動き出し、あちこちからキャーキャーという声がする。ゆっくりと持ち上がってゆく。足がぶらぶらと浮いて、心細い。やめときゃよかったのでは……？　という心の声が聞こえてきた。

景色が開けてきた。すでにマンションより高い。これ高いのが苦手な人は、おしまいなんだろうな……。でもわたしは、まだ、まだギリで平気そうだ。わたしは長女だから我慢できたけど、次女（はるな）じゃ我慢できなかったな。

ついにマシンが最高地点まで到達した。

そこから一気に。

重力に引かれて。

落ちてく。

——浮遊感。

「ひっ——」

「きゃーーーーーー」

紫陽花さんが気持ちよさそうに叫ぶ隣で、わたしは安全バーに全力でしがみついていた。内臓が押し上げられる。目が回る。

巨人の手でシェイクされたような気分で、上下にいったりきたり。悲鳴を運搬する業務用エレベーターは、やがていちばん下までいって……そして、止まってくれた。

安全バーがあがる。おぼつかない足取りで地上を踏みしめる。バッグを回収して、紫陽花さんと通路へ出た。

紫陽花さんは乱れた髪を直しながら、興奮した面持ちでわたしに笑いかけてきた。

「すごかった！　楽しかったね、れなちゃん！」

「た、たた、た……」

「れ、れなちゃん？　や、やっぱり、こわかった？　ちょっと休憩する……？」

わたしはぎゅっと手を握りしめた。

「──楽しかった！」

「わ、れなちゃんの目がぴかーって光ってる感じ！」

「うん！　すっごく楽しかった！　きもちよかった！」

人生初のスリリングな体験に、わたしは夢中になっていた。

なんか、すごい、すごいことを味わった……！　みんな、みんなこんなことをわたしに黙ってやっていたなんて……！　ずるい！

と、そこで既視感を覚えた。

あれは、初めて真唯とお外でデートをしたとき。わたしが選んだデートコースで、真唯をVRスタジオに連れていった。そこで真唯は楽しそうに笑っていた。

ずきり、と胸が痛む。

「れなちゃん？」

ハッと目を覚ましたような気分で、辺りを見回す。ここは遊園地で、今は紫陽花さんと一緒だ。それなのに、他の人のことを考えていたなんて。

「ご、ごめん、なにか言った？」

「ううん、次はどこ行こうかなって」

「そ、そうだね。とりあえず全部の絶叫マシンを制覇してみたいかな！」

「れなちゃんノリノリだねー。あ、でも」

紫陽花さんは少し考えた後で、ふっと力を抜いて笑った。

「いっこは残しておきたいかな……。次に、真唯ちゃんと来たときのために」

「あ……」

わたしだけじゃなかった。紫陽花さんも、真唯のことを考えてくれていた。

紫陽花さんの微笑みを見て、後ろめたかった気持ちが、すーっと消えてゆく。そっか。ちゃんと口に出せばよかったんだ。やっぱり紫陽花さんは優しくて、すごい。

「うんっ」

わたしは笑いながら、大きくうなずいた。

「真唯が絶叫マシンこわがったらどうしようね」

「あはは、意外とそういうのあるかも〜。そうしたら、真唯ちゃんと三人でメリーゴーラウンド乗ろうよ」

「えーなにそれかわいいー。スマホで動画撮影しておきたいな」

わたしと紫陽花さんは笑い合いながら、次の絶叫マシンに向かうのだった。

絶叫マシンに並んで乗って、ちょっと休憩にカフェでお茶をして、それからまた絶叫マシンを回って。それを繰り返していると、辺りは夕焼けに染まっていた。

すっかり園内のマップも覚えたわたしたちは、のんびりとベンチに座って、小休憩中。

「きょうは遊んだねー」

「遊んじゃったねぇ～」

隣同士、心地よい疲労感を覚えながら、笑い合う。

最初はどうなることかと思ったけれど、紫陽花さんとふたりのお休みの日は、楽しかった。

もちろん紫陽花さんの人間力が高いからっていうのはある。

でも、同じぐらい、遊園地ってところはすごい。園内を歩いていれば話題もできるし、乗り物の感想を言いながら次に並べば、時間はあっという間に過ぎていった。

デートスポットとして、遊園地が定番だと言われている理由がよくわかる一日だった。

なんか、めちゃくちゃ普通に楽しんじゃったな……。

「あと乗れてひとつぐらいかなあ。ね、紫陽花さんって他になにか乗りたいものある？」

「あ、じゃあ、ええと」

紫陽花さんは上げかけた手を引っ込めて、視線を揺らす。

「なになに、なんでも言って言って。きょうはわたしばっかりリクエストしちゃったし、最後は紫陽花さんの行きたいとこに行こうよ！」

「絶叫マシンは、私も乗りたかったんだから、そこは条件一緒だよ〜。うん、でもありがとね、れなちゃん」

「いえいえ！」

「ほんとは、まだちょっと早いかな、って思ったんだけど。……でもね、せっかくだから、一緒に乗ってみたいなって思って」

その声に、ほのかな艶やかさが混じる。

紫陽花さんが指したのは、パンフレットではなく、どどんとそびえる建造物。今も時計の秒針のようにゆっくりとゴンドラを回す、観覧車だった。

紫陽花さんの頬の紅が、濃くなった。

「あのね……観覧車、いつか好きな人と、一緒に乗ってみたいな、って思ってたの」

向けられた強烈な好意が、風みたいにわたしの髪を揺らした気がした。

わたしは急な向かい風に息苦しさを覚える。

「あ、えと……」

今までのわたしなら、ここでただ流されてうなずくだけだったと思う。

まだ自分のことは好きになれないけれど……。でも、紫陽花さんにちゃんと好きになってもらえたわたしとして、わたしのことを、認めてあげたいから。その気持ちだけは、ずっともっているから。

まずは、紫陽花さんのことを、ちゃんと受け止めるんだ。

「……うん」

うなずいて、わたしは紫陽花さんに手を伸ばした。

「いこ」

紫陽花さんの浮かべた表情は、笑みではなく。

「うん……れなちゃん」

自分の抱えた荷物の重さに戸惑う、小さな女の子のような顔をしていた。

ふたりきりのゴンドラが、ゆっくりと上昇を始める。

紫陽花さんは正面ではなく、わたしの隣に腰を掛けていた。

フリーフォールとはまるで違う、外界と断ち切られた箱の中で、わたしたちはふたりきり。

たとえばこの十分間は、わたしが本当に逃げ出したいと思うようなことが起きても、ゴンドラから飛び降りない限り、外に出ることはできない。

家族と一緒に乗る観覧車とはぜんぜん違う。これがデートの観覧車……！

「……あのね、れなちゃん」

「はっ、はい」

隣に座る紫陽花さんが、恥ずかしそうに声を出す。

「私、今ね……きんちょう、してるの」

「そ、そうなんですか……わたしもです……」

まあ、わたしは紫陽花さんと一緒にいるときは基本緊張しているので、なんの参考にもならないんだけど……。

紫陽花さんはぽつりぽつりと告げてくる。

「だから、その……ちょっと、ヘンなことして、れなちゃんをびっくりさせちゃうかもしれなくて。びっくりさせちゃったら、ごめんね」

「そ、そうですか……でも大丈夫ですよ！　わたしは、びっくりするの、慣れているんで！」

自己採点で、百点満点中、二点ぐらいのフォローを口走る。

紫陽花さんはなにも反応してくれなくて、どうやら本当にかなり緊張しているみたいだ。

どうしよう。このパターンはほとんど経験がないから、打つ手がない。

「だ、大丈夫？　れな子お姉ちゃんする？　よーしよし、って……」

五歳児の紫陽花さんを甘やかすように声をあげると、紫陽花さんはちょっと不服そうな顔をしていた。ひぃ！

「もぉ……今は、そういうのじゃないの」

「ごめんなさい！」

からかわれたと思ったのかもしれない。でも、おむずかりの紫陽花さんも大いにかわいいですね……！　火に油を注ぎそうなので、発言するのは避けた。

紫陽花さんがわたしの手のひらに、そっと手を乗せてくる。

うわっ……。

柔らかな感触にくすぐられて、全身の神経が触られたところに集中してしまう。

「ね、れなちゃん……」

「はい、あの」

「……好き」

「………う、うん……」

その言葉の破壊力に、軽く意識が吹き飛ばされそうになる。

「れなちゃんのこと、好きだよ……きょうは一日、ありがとうね」

「ううん……こちら、こそ」

「楽しかった」

「うん、わたしも」

そこで紫陽花さんが、ようやく笑った。

緊張に満ちた雰囲気が、ぱっと弾けて消えてゆく。

紫陽花さんが大きなため息。

「はぁ………好きって言うのも、勇気がいるね。れなちゃんはすごいや……」

「そ、そうですか?」

「あんなに普段から、私に好き好きって言ってくれてるんだもん」

「いやあ……。それもかわいいと一緒で、ぜんぶ本心なので……」

あと、たぶん……わたしのは、相手からの反応をまったく考えていない、押し付けがましい感情のプレゼントみたいなもので、紫陽花さんの言う『好き』とは、違う意味だったから。

……今はどうか、わかんないけど。

体がカッと熱くなる。ああもう、隣に紫陽花さんがいるのに、汗臭くなるのとか、ぜったい嫌なのに。生理現象をどうにかする術は、わたしにはない……。

紫陽花さんは、あはっと笑った。

「でも、こんな風に、観覧車でも隣に座っちゃったり、ふたりきりでデートしたなんて、学校のみんなにはナイショにしなきゃだね」

「そ、そうだね」

紫陽花さんが唇に人差し指を当てた。

「ナイショ、って。ね、ほら、れなちゃんも」

「うん」

わたしは紫陽花さんを真似て、笑う。

「ナイショ――」

唇に指を当てたところで。

紫陽花さんが目を閉じて、顔を近づけてきた。

「え――」

眼前にいっぱいに映った、紫陽花さんの顔。

それは、わたしの唇に。

——ではなく、間に挟まれた人差し指に。

口づけをした。

「あはっ……」

紫陽花さんが身を引く。その髪が、ふわり舞う。

花咲くように笑った紫陽花さんは、目を細めて、真っ赤な顔を隠すみたいに頬を押さえる。

「……きんちょうしたぁ」

ドキドキもズキズキも通り越した。

もう、心臓の音しか、聞こえてこない。

「あ……紫陽花さん……」

わたしはいまだに人差し指を唇にくっつけたまま。

「うん、あのね」

紫陽花さんが、はにかんだ。

「私とれなちゃんはまだ、付き合ってないから、だからキスはだめ。でもね、したかったの……。したかったから、指越しに、しちゃった」

いつか見た、紫陽花さんの投げキッスは、とってもかわいくて。

そんな紫陽花さんの唇に誰が触れることになるのかなんて、あまりにも想像の距離が遠すぎて、考えたことすらなかったのに。

わたしの人差し指に当たった唇の感触は、びっくりしすぎて、もう思い出せないけど。

今の紫陽花さんの照れきった表情は、きっといつまでも、忘れることはないだろう——って、わたしは思ったんだ。

わたしたちを乗せたゴンドラが、地上に降りてくる。

ふたりだけのナイショの時間は、こうして終わりを告げた。

「それじゃあ、ばいばい、れなちゃん」

夜の電車に揺られて、紫陽花さんが先に降りてゆく。

「うん……帰り気をつけてね、紫陽花さん」

「それはれなちゃんもだよ。とってもかわいい女の子なんだから」

「そ、そうかな？　そうですね」

芝居がかった仕草で指を突きつけてきた紫陽花さんに、わたしは間抜けな笑みを返す。

「それじゃあ、その……おやすみなさい」

「はぁい、おやすみなさい」

ドアが閉まってゆく。その一瞬、紫陽花さんがなんだか寂しそうな顔をして笑った。

「次は、真唯ちゃんも一緒に、ね」

それがどんな意味かわからず。

「うん……真唯も一緒に」

オウム返しみたいに言うしかできなくて、でも代わりに強く手を振った。

紫陽花さんは電車が遠ざかるまでホームに立って、わたしを見送ってくれていた。

ひとりになって。知らず知らず、ため息が漏れた。

一日中紫陽花さんのかわいさを浴びて、なかなか現実に戻ってこれそうにない。

……楽しかった。

それは、本当にその通りだ。

まあ、最後の指越しのキスに関しては、心臓が破裂しそうになっちゃったけど。

「……はぁ……」

でも、それでも。

わたしは、決めたんだ。

真唯とどうなりたいか、そして、紫陽花さんとどうなりたいのか。

あと必要なのは、勇気だけ。

この結論をわたし自身が信じて、そうして、ふたりに訴えかけるだけだ。

胃が、燃えた石を飲み込んだみたいに、痛む。

見つめる先にあるのは、真唯と紫陽花さんという光。だけど振り返れば、そこにはわたしの抱えた一面の闇が広がっている。

闇は、やりたくない言い訳を、雄弁に語る。

なにも選びたくない。ずっとなあなあにしていたい。ぬるま湯の中に浸かっていたい。先送りにして耳を塞ぎたい。逃げ出したい。なにもかもなかったことにしたい。部屋に閉じこもっていたい。責任を取りたくない。楽しいことだけ、選んで遊んでいたい。

喚き散らす己の甘えた言葉を、ぜんぶ飲み込んで。

わたしは電車の窓ガラスから、外を見た。

空に輝くお月様は、きょうも綺麗だった。

遠い日に憧れた理想の自分に、わたしはあの日より少しだけでも、近づけているんだろうか。

わからない。そもそも理想の自分ってどんな顔をしているんだろう。光の輪郭に覆われて、そのシルエットしか見えないのに。

でも、時間は止まらない。観覧車が回るように、秒針は常に進み続けている。

「次に、真唯と紫陽花さんが学校に来たら、そのときは、ちゃんと……ちゃんと……」

言えるんだろうか、今のわたしに。だめだ。心がまた闇に飲み込まれそうになる。

そのとき、スマホにメッセージの着信があった。

香穂ちゃんだ。

『幕張コスプレサミット、出ることに決めたよ』

わたしは口元を押さえた。

なんだろう。胸がじんわりとして、泣きそうになる。

立場も状況もぜんぜん違うのに、思わず勝手に共感して、勝手に嬉しくなってしまう。

『やっぱりあたし、コスプレが好き。他の誰かがあたしの代わりに出ることになったら、きっと、ぜったい、後悔するから』

うん。

わかるよ、香穂ちゃん。

『だからね、もしいろんなたくさんの人が、あたしなんかにはふさわしくないって言っても……でも、あたしは出たいんだ。憧れてた場所だから』

うん。うん。

他の人なんて関係ない。だって、それが『好き』ってことなんだよね。

きっとすごく大きな舞台で、いつもよりずっと緊張するだろう。わたしだったら、リハーサルですら緊張して石になっちゃうかもしれない。でも香穂ちゃんはわたしとは違う。今までずっと、ちゃんと積み重ねてきた人だから。

だから、応援しているよ、香穂ちゃん。

わたしの大事な友達のこと、ずっと応援しているから。

『──だからね、れなちん。もう一度だけ力を貸して。あたしと一緒に、幕張コスプレサミットに出て！』

……………うん？

わたしはメッセージの文面を何度も何度も読み返して、そして首を大きく傾けた。

一緒に、って………………なぁに……？

＊＊＊

「ペア、出場」

「え？　うん」

目の前が真っ暗になった。

「れなちん!?」

わたしは気づいていなかった。香穂ちゃんは『8組が出場できる』って言ってた。参加人数が8名ならそういう言い方はしない。つまりふたり組みが8ペアという意味だったのだ……。

「ムリ……ムリすぎる……」

翌日、月曜日の朝。教室の後ろのほうで、わたしはひと目もはばからずに崩れ落ちた。トップカーストの陽キャにあるまじき行いだ。しかし気絶しなかっただけマシ……。

大舞台でコスプレショーをするんでしょ？　つい先日まで、女の人三人に囲まれてがちがちに緊張していたこのわたしが……。

香穂ちゃんに逆に聞きたい……わたしにできると思う……？　いや、できると思ったから、誘ってくれたんだろうけど！

よろめきながら立ち上がる。

「だったら紗月さんに頼むとか……」

「あたしはれなちんがいいの！」

香穂ちゃんがまっすぐにわたしの目を見つめて、言ってくる。

「れなちんと一緒が、いい」

う……。

確かに、香穂ちゃんの背中を押したのはわたしだし……しかもそのときに『わたしにできることならなんでもやるよ！』とか平然と言い放った気がする……。

ここでキッパリ『いや、わたしは適当なこと言って香穂ちゃんを無責任に焚きつけただけだからね。乗り越えるのは香穂ちゃんであって、わたしは関与しないよ笑』とか言える人おる？

そんなのもう独りで生きていけばいいじゃん……。

「そっか、そうだよね、香穂ちゃん…………」

言ったのはわたし、言ったのはわたし……。

進んだ時間の針も、そして吐き出した言葉も、ぜんぶ元には戻らない。痛感する。

わたしは胸に手を当てて、深呼吸。おずおずと香穂ちゃんの目を見返す。

「もしかしたら迷惑かけちゃうかもしれないけど……っていうか、たぶんきっと、ぜったい百パー迷惑かけちゃうと思うんだけどこれはもう確実に！」

「そんなところだけ自信満々に……」

「でも、それでもよかったら、その……お手伝いさせてください！」

頭を下げて手を差し出すと、香穂ちゃんが笑った。

「なんでれなちんが頼んでくるのさ。逆でしょ」

「そ、それはそうだけど……でも、足手まといなのは明らかにわたしだから……」

香穂ちゃんの力になりたいし、香穂ちゃんのお手伝いをしたいけど、でも、香穂ちゃんに迷惑はかけたくない。この複雑な気持ちを包み込むみたいに、香穂ちゃんが手を握ってくれた。

「いいんだよ、だってあたしは、れなちんと一緒にアレするのが、好きだから」

教室なので『コスプレ』って言葉は使わずに、香穂ちゃんが大きくうなずいてくれた。わたしも大きく「うん！」と応える。

香穂ちゃんが目をそらしながら、つぶやいた。

「それに、サーちゃんはその日、用事があるって言ってたし」

香穂ちゃん？　なんで先に紗月さんに聞いているの？　わたしが最高のパートナーじゃなかったの？　ねえ香穂ちゃん、ねえ！


席に戻ってぐったりと突っ伏す。大変なことを約束してしまった。イベント当日までしばらく眠れない日々が続くことになるだろう……。

「あの、れなちゃん、どうかした？　さっき、ガーンって感じになっちゃってたけど」

振り返ってきて小声で心配してくれる紫陽花さん。わたしはへろへろ顔で手を振る。

「へーき、へーき……紫陽花さんは優しいねえ……」

「ひ、干からびそうになってるけど！」

「実はね、紫陽花さん……」

紫陽花さんは「うん？」と首を傾げる。

ちらりと、離れた席にいる真唯にも目を向ける。真唯は先ほどこっちの席にやってきて『先日はすまなかった』と頭を下げていった。遊園地に来れなかったことだ。

仕事だから仕方ないよね、って言うわたしたちに、真唯はなんだか困ったような寂しそうな微笑みをしていて、けど香穂ちゃんの問題で手一杯だったわたしは、あんまり気の利いたフォローもできなかった。

いや、まあ、なんもかんもぜんぶ後回しになってて、ほんと申し訳ないんだけどさ……。

紫陽花さんに小さく頭を下げる。

「ちょっとわたし、大変な事態に巻き込まれていて……。それがもう、わたしのＭＰを全部使い切ったとしても発動できるかどうかわからない大魔法って感じでさ……」

「う、うん」

よくわからないことをがんばって理解しようとしてくれている顔で、紫陽花さんが懸命にうなずく。

「本当は、それがなかったら、ちゃんときょう、紫陽花さんと真唯にお返事しようと思ってたんだけど……ごめんね……」

「う、うん、そうなんだ……えっ!? ええっ!?」

紫陽花さんのお顔が、チークをたっぷりまぶしたみたいに、ぽぽぽぽと赤くなる。

「きょ、きょうお返事って……ええ……? そ、そうだったんだ……びっくり……」

「え? う、うん……がんばって、そうしようと……」

思ってたんだけど……。

紫陽花さんはしばらく胸を押さえた後に、小声で言う。

「……ま、まだ早くないかな……? 一ヶ月、まだ経(た)ってないし……」

紫陽花さんがそれ言う!?

「いや、そりゃふたりをお待たせしているんだから、早く言ったほうがいいよね!?」

「そ、それはそうなんだけど～……て、てっていうか」

紫陽花さんが真っ赤になったほっぺたを膨らませて、わたしを上目遣いに睨(にら)んでくる。紫陽花さんに睨まれた!?

「ちゃんと考えてくれているのは嬉しいし、待てって言うなら私はいくらでも待つけど～……こんな、みんなのいる学校で、朝から話すことじゃないよ～……れなちゃん……」

「それは、そうですね! ゴメンナサイ!」

照れ顔をクラスのみんなに隠すみたいに、顔の横に手を添えた紫陽花さんが、うめく。

わたしの叫び声がホームルーム前の教室に響き渡る。わたしは再びみんなの視線を集めてしまったのだった。恥ずかしいなあ！

＊＊＊

スケジュールは、かなりカツカツで。

連日、わたしは香穂ちゃんの家に通い詰めることになった。

衣装は前回着た『あにまめいど！』の猫耳メイド服と、バニーメイド服。それらを香穂ちゃんがちょっと豪華に、より精緻に手直ししたものになるらしい。

それはまあいい。いや露出度も高くて緊張するから、ぜんぜんよくないんだけど。本音を言えば全身きぐるみとかで登壇したいんだけど。

それよりも、問題は……。

「ぱ、パフォーマンス……!?」

「そうそう、各チームはステージで3分間のパフォーマンスをするんだよ！　それによって、会場投票やネット投票してもらって、順位が決まるんだから！」

香穂ちゃんにスマホで動画を見せられて、わたしは愕然とした。

ステージ上では、華やかな衣装を着たコスプレイヤーさんたちが、あるペアは殺陣を……あるペアはアニメシーンの再現を……あるペアはなんとライブみたいにキレのあるダンスを踊っていた……。

こ、これをわたしと香穂ちゃんで……？

「クラスでちょっといいポジションに収まっただけのただの高校一年生であるわたしが!?」

「なのできょうから、毎日特訓です！」

「特訓したからってどうにかなるものなの……？　『素人(しろうと)のパフォーマンス』が、『素人のパフォーマンス＋(プラス)』になるぐらいじゃないの……？」

「だとしても！　プラスになるなら、どう考えたってやるべきでしょ！　あたしたちは恥をかかないために行くんじゃなくて、コスプレへの愛を表現しに行くんだから！」

ががーん、とわたしの頭に雷が落ちる。

確かに……。コスプレのことは、わたしはなにもわからないけれど、でも、香穂ちゃんが想いを表すための歯車になれるんだったら、本望だ。

むしろ、ちゃんと上質な歯車にならなくっちゃ！

ひたすらに自信のないわたしを、香穂ちゃんは励ましてくれた。自分だって不安だろうに、それでもわたしの手を引いてくれた。

サミットまでの日程を刻んでいく過程は、わたしの精神をみるみるうちに不安定にさせていった。告白の返事をする期限が迫ってきているという相乗効果もあって、『なにもしていないのに金曜の夜がもう日曜の深夜!?』みたいな焦燥(しょうそう)感を味わっていた。

ある日、わたしは香穂ちゃんに聞いてみた。

「ね、ほんとによかったの……？　わたしは、紗月さんみたいにスーパー美人じゃないし、真唯や紫陽花さんみたいに、人を惹(ひ)きつけるオーラがあるわけじゃないし……」

もうほんと、やるって決めたのにいつまでウジウジしているんだよ、って自分で自分を怒鳴りつけてやりたくなるような煮え切らなさだったんだけどさ。

香穂ちゃんはそんな臆病なわたしに、いつまでもちゃんと向き合ってくれた。

「あたし、ずっとずっと、れなちんとまたなにかして、遊びたかったんだ」

「香穂ちゃん……」

お部屋で、衣装を直すためにミシンを使いながら、香穂ちゃんが言う。

「でも、れなちんはすっかり別の世界の女の子になっちゃってたから、あたしとの思い出なんて忘れちゃっているんだろうって思ってた」

「それは」

わたしも、同じことを思った。

香穂ちゃんは昔の香穂ちゃんの面影(おもかげ)なんてなくなって、すっごく前向きでパワフルでかわいい女の子に成長していたから、もうわたしのことなんて眼中にないだろうって思って。

だけど、香穂ちゃんがまた誘ってくれた。

ただあの頃みたいな漫画やアニメの話をするだけじゃなくて、香穂ちゃんが今夢中になっている世界に、連れ出してくれた。

それはきっと、かつてわたしが香穂ちゃんを漫画の世界に引っ張り込んだように。

わたしたちは、お互いに同じことをしていたのだ。

「れなちんと、一緒がいい。ね、コスプレにハマってくれるかどうかはわかんないけど、でも、もうちょっとだけあたしに付き合ってほしいな、れなちん。一緒に遊ぼうよ、おっきな舞台で、あたしとふたりで」

香穂ちゃんがミシンの手を止めた。ちょっとだけ恥ずかしそうに顔を赤くしながら、わたしを仰ぎ見る。

「また昔みたいに楽しく……ううん、昔以上に、サイコーに楽しく！」

「そんなに熱烈に誘われたら……」

わたしは香穂ちゃんのもとへ滑り込んで、その華奢(きゃしゃ)な体に抱きついた。

「断れるわけないじゃん！　香穂ちゃん！　わたしの親友！」

香穂ちゃんもまた、笑ってわたしに腕を回してくる。体温が伝わってくる。

「いえーい！　れなちんー！」

そのとき、昔と今の香穂ちゃんが、ようやく繋がったような気がした。

イベント、ぜったいに成功させたい。輝く香穂ちゃんの笑顔を曇らせたくない。あんまり意気込むとへにょへにょになっちゃうわたしだけど、この気持ちだけは強くもっていたかった。

わたしは香穂ちゃんとの日々を、再び紡(つむ)いでいった。


パフォーマンスのアイデアは香穂ちゃんが考えてくれた。それをあーでもないこーでもないと、ふたりで揉んで、よりよいものにバージョンアップしていく日々はさすがに楽しくて。

わたしは時計の針を前に進めたいのか、今ここで止めておきたいのか、よくわからなくなっていった。

でもそれは、香穂ちゃんも同じだったのかもしれない。

サミットの日がくれば、今の楽しい毎日はおしまい。だからずっとずーっとわたしと続いてほしい、だなんて。それはさすがに、わたしの思い上がり、かな？

塾について、ふたりで席を並べて、授業が始まるまでのわずかな時間がいつまでも続いているような――。

――そんな日々も、ついに終わりを迎えた。

わたしの運命の転機となる日が、訪れたのだ！

＊＊＊

十月に入り、いよいよ幕張コスプレサミットの日がやってきた。

高校に入学してから半年。日々を駆け抜けてきたわたしは、ついにこんなところまでやってきた……。雑魚戦から逃げ続けた結果、レベル1でラスボスの前に来ちゃったみたいだな。胸が熱くなる。

当日になって、わたしは香穂ちゃんと会場近くの駅で待ち合わせをしていた。

どうやら会場では、他にもさまざまなアニメイベントが開かれるらしく、駅はかなり混雑状態。国内でも有数の大きなイベントっていうのは、本当みたいだ。

端っこに佇んでスマホをいじっていると、待ち合わせ時間から少し遅れて、キャリーバッグを引きながら香穂ちゃんがやってきた。

「やっほー、れなちん！　いいコスプレ日和だね！」

香穂ちゃんはしっかりとコンタクトレンズをして、陽キャモード。快活な笑顔はきょうもキラキラと輝いて、エブリデイかわいい。

「おはよう、香穂ちゃん。きょうはどうぞ、よろしくお願いしますっ」

「あはは、楽しんでいこ、楽しんでいこ！」

ぱんぱんと肩を叩かれる。その笑顔、なんて頼りがいあるんだ。好きになっちゃう。

「香穂ちゃんは、さすが……ぜんぜん緊張してなさそう……」

「そりゃそうサ、なんたってパリピの陽キャはどんなシーンでも緊張しないもんだからネ。自分こそが世界の中心に立っているんだって彼らは思っているのダ」

「そういうものかな!?　そういうイメージはあるけど！」

「でも陰キャのあたしじゃきっと耐えられなかった。だから昨日は睡眠不足にならないよう、限界ギリギリまで粘って、もうだめ寝落ちする、って寸前でコンタクト外して寝たんだ」

この能力者、自分の力を完璧に使いこなしている。

「強い……。わたしも香穂ちゃんみたいに、都合のいい自己暗示かけられたらいいのにな……。前ピンつけたときだけ陽キャになる、的な」

お互いにキャリーバッグを引きながら、並んで会場へ向かうわたしたち。

「れなちんには、とっておきの催眠音声があるじゃないか」

あれかー……。

「あれ聞くと、ヘンな気分になってきちゃうんだよなー……」

まあ、聞いてきたんだけどね。焼け石に水かもしれないけど。

香穂ちゃんは立ち止まっていた。うん？　振り返る。

「ヘンな気分って……え？」

「え？」

目が合う。香穂ちゃんの顔が赤くなっている。

一瞬で、汗が噴き出してきた。

「えっ、えっ!?　や、香穂ちゃんがちょっとなにを想像しているかわかんないけど！」

「いや～……なにっていうか、ナニっていうか……友達の口からそーゆーの聞くのは、なんかさすがにちょっと、ハズいっすねえ～……にゃはは……」

よくわかんないけどたぶんひどい勘違いをされている！

「違うから！　妙に香穂ちゃんの顔が思い浮かんできたり、撮影会の自分の言動を思い出して転げ回りたくなるだけだから！　違うからね!?　えっちな気分とかじゃないからねー!?」

あたふたしている間に、会場に到着した。しばらく香穂ちゃんは目を合わせてくれなかった。まだわたしをドスケベだと思っているのか!? 違うから!

人の流れに乗って会場の入り口に向かおうとしたら、香穂ちゃんにこっちこっち、と手招きされた。人だかりとは、別方向へと歩いていく。

「あれ、香穂ちゃん、そっち?」

「ふふふふ、そうなのだよ。あたしたちは関係者パスがあるからね! 向かう先は関係者入り口だよ!」

「関係者!」

裏口で折りたたみテーブルを広げている人のところに行って、香穂ちゃんが招待状のようなものを見せる。すると、わたしたちは名簿に名前を書かされて、名札を二枚もらい、中へと通された。緊張する。

首から下げる名札には、コスプレサミット関係者、と書いてある。不思議の国のアリスじゃないけど、別世界に来てしまったような心地がする。まあ、きょうの兎(バニー)はわたしなんだけどね。香穂ちゃんはチェシャ猫のほうかな……。

そのまま廊下をたどって、ロッカールームに案内された。

けっこう広めで、参加者は全員ここで着替えるみたい。わたしと香穂ちゃんで、指定の隣り合ったロッカーの前にやってくる。ロッカーにはちゃんと鏡がついていた。便利。

係員の人が、開始三十分前には準備して集まってくださいねー、と言い残して去ってゆく。

ってことは、えーと、だいぶ時間に余裕がある。まだ誰も来てないし。

どうするんだろ、早めに着替えちゃったほうがいいのかな？　香穂ちゃんの様子を窺う。

香穂ちゃんは荷物をロッカーに詰め込んで、勢いよく振り返ってきた。

「よっしゃ、れなちん！　ちょっと会場ぐるっと回ってこようぜ！」

「え、いいの？　ここで待ってなくて」

「そりゃあ大丈夫っしょ！　陽キャらしく今を楽しもう！　ごぅごぅ！」

「わ、わわわ」

香穂ちゃんに手を引かれて、わたしたちはバックヤードの通路から会場へと出た。

ドアを開けた瞬間、熱気とスポットライトを浴びて、まるでプラネタリウムにやってきたような心地がした。すでにあちこちでステージが始まっているみたいで、いろんなアニメのコーナーがたくさんあって、会場内はすごく賑やか。

「なんか、すごい……」

電飾のきらめきは、ひとつひとつがまるで輝く星みたいだった。だから、ここがプラネタリウムに見えたんだ。

人々の『好き』の気持ちで形作られた銀河。それはとても美しくて、わたしは思わず息が詰まった。

「あははっ、めっちゃすごいよね！」

そして、笑いながらわたしの手を引く香穂ちゃんもまた、この宇宙を構成する輝く一等星のようだった。

会場にいる誰にも負けていない。強く強く、輝いて見える。

「そして、あたしたちもこのすごいもののひとつになるんだよ！」

ああ、すごいな、って思う。

香穂ちゃんは、好きなものにとてもまっすぐで。

わたしがかつてもっていて、手放したいくつもの輝きを、香穂ちゃんは今でもずっと大事に抱えている。それがあまりに眩しくて、勝手に羨ましくなって、わたしはこんな風にいつまでも香穂ちゃんにつきまとっているのかもしれない。

もとはといえば、最初から——真唯や紫陽花さんとのことをちゃんと考えきゃいけない時期だったのに——香穂ちゃんに話しかけたのも、香穂ちゃんを通じて『好き』って気持ちを、ちゃんと理解したかったからだったのかな。

きっとその気持ちは、恋にも似ているだろうから。

「うん！」

わたしと香穂ちゃんはいろんなステージを見て感動して、いろんなコンパニオンさんを見て目の保養をして、この幻想的な宇宙を旅して回った。

アニメのイベントだからか、普通に会場内を散策しているコスプレイヤーさんもたくさんいて、そのたびに香穂ちゃんははしゃいで声をあげていた。

『うお、あんなに有名な人まで！』って逐一その人がいかにすごいかを教えてくれて、推しを推す香穂ちゃんは学校での香穂ちゃんよりさらにテンションが高くて、いちいち『好き好き大好き愛してる～！』なんて言うもんだから、そのミーハーっぷりに思わず笑ってしまった。

そして時間前にロッカールームに帰ってくる。

わたしたちが星になる番が、近づいてきた。

「ステージ、見た目よりぜんぜん狭そうだったね、香穂ちゃん」

「うん、配信だとあんなに広く見えたのにねー。見た目より広く見せる技術なのかな？　わかんないけど、すごいよねー」

コスに着替えたわたしたちが、てちてちとメイクをしている最中のことだった。

ロッカールームはそれなりに手狭で、他の人の邪魔にならないよう、なんとか自分たちのスペースを確保しているような環境だったんだけど。

そこでずいっと、謎の影がやってきた。他の参加者さんだ。

は、わたしはレイヤーさんの礼儀とかしきたりとか、なにも知らない……。本来はちゃんと事前に皆さんに名刺を配ったりしなきゃいけなかったのでは……!?　香穂ちゃんはちゃんと全員にひと通り挨拶してきたみたいだったのに……。

しまった、わたしまたなんかしちゃいましたか――と思って見やると。

「――また出ましたねぇ！　なぎぽ！」

すごい声量を叩きつけられた。耳がキーンとする。

「むむむ！　その声は！」

わたしの向こう側にいた香穂ちゃんが、ガタッと立ち上がる。

なんだなんだ、急にバトルモノみたいなノリになるのやめてほしい。こわいので。

「出たな！　現役JCコスプレイヤー！　せらーら・せらららーら！」

「J（じょしちゅうがくせい）C!?」

びっくりした。わたしの叫び声に合わせて、あちこちから「女子中学生!?」「なんてやつだ、若すぎる……！」「親の金でコスプレしやがって！」と敵意の混ざった声が飛んでくる。

ちょっぴり尖（とが）った彼女の瞳が、香穂ちゃんを見てさらにささくれ立つ。

「誰ですかぁ！　せららです！　あなたの終生のライバルですよぉ！」

そこにいらっしゃったのは、アサルトライフルを抱えたうら若き美少女兵士だった。

あ、このゲーム知ってる！　わたしもやってるFPSだ！

うわあ、衣装よくできているなあ。かわいいなあ、すごい。テンションあがっちゃう。

メイクが上手だからか顔つきはぱっちりと仕上がっている上、全体的に未成熟の細さがまた二次元のキャラクターっぽくて、コスプレによくマッチしている。

今どきの中学生って、大人っぽいよねえ……。この子がトクベツなのかな？　まあ、慕（した）ってくれる後輩もいないので、参照相手が妹ぐらいしかいないからね、わたし。

……ん、妹？

あれ、この子、どこかで……。

「えっ!?」

訝しむわたしを見て、向こうが先に気づいたみたいだった。

「おねーさんセンパイ!?」

「え…………」

わたしが先輩なんて呼ばれることは、小中高を通してほぼなかった。ということは、まさかその呼び名は。

「妹の……」

よくよく目を凝らせば、コスプレ用メイクでかなり顔立ちは変わっているものの、彼女は夏休みの最初のほうに遊びに来た、妹の友達ちゃんだった。あっ、なんかすごいグイグイ迫ってきた子じゃん!?

「な、なんでこんなところに……」

「それはこっちの台詞ですよぉ！」

星来さん……じゃなくて、せららちゃんは、なぎぽちゃんに銃を突きつけてわめく。

「ちょっとずるくないですかぁ!?　なんでおねーさんセンパイ連れてきているんですかぁ！　外部からとんでもない傭兵連れてきているんじゃないですよぉ～！」

うっ、胸が痛い。せららちゃんは、わたしのことを強キャラとして認識しているんだ……。

前に妹の前でさんざん真唯の親友だとか、真唯のお母さんから名刺もらっただとか、自慢しちゃってたから……。

いや、大丈夫。香穂ちゃんもわたしのことをちゃんと陽キャだと思ってくれている！　だから迂闊なことを言ったりはしないはず！

案の定、香穂ちゃんはドヤ顔だった。

「ふっふっふ、これがあたしの本気ってことだぜ。勝つためには手を尽くすんだぜにゃ」

語尾が渋滞している香穂ちゃんが、ニヒルに笑う。

「この、このぉ～！」

せらちゃんが、悔しそうにガチャガチャと引き金を引く。もちろん銃口から弾は発射されないが、香穂ちゃんは「グハァ！」と腹を押さえた。ノリが良かった。

「そんなこと言っていられるのも、今のうちだけですよぉ……。あたしのペアを見たら、度肝抜かれて泣いてウィッグ脱いで土下座することになりますからね～！」

ひょっこり起き上がった香穂ちゃんが、問う。

「ペアさんはどこいんの？」

「まだ待ち合わせ時間ではないので……」

せらちゃんは気まずそうに目を逸らした。

「なるほど……時間に間に合わず、失格……応援してくれたファンへの裏切り……ＳＮＳ炎上……界隈追放……そして引退……」

「ロクでもないことしか言えない口なんていらないんじゃないですかぁ～!?」

バンバン、バババババババンと、香穂ちゃんはハチの巣にされた。わたしも独り身になってしまった。

成り行きを見守っていると、せららちゃんはわたしにも銃口を向けてきた。えっ。

「よくもよくもぉ……すっごく美人で、かっこいい人だと思ってたのに、まさかあたしの敵になるなんてぇ……。あたしの心を裏切ったんですね～……！」

「うっ」

まじか、そんな風に思ってもらっていたのか……。ご、ごめんね、ってすごく謝っちゃいそうになる。人に嫌われたくない！

銃殺されたはずの香穂ちゃんが立ち上がる。わたしの前に立って、かばってくれる。

「せらーら・せららーら、そいつは違うね。れなちんはただやりたいことをやっているだけだぜ。誰からも咎められることなんて、ないのぜ」

「ボーボボみたいに呼ぶなぁ！」

せららちゃんは、べぇ、と大きく舌を出した。

「いいですよ～だ！　ステージの上で、白黒つけてやりますから！　なにが王塚真唯だぁ！あたしのほうがずっとかわいいですからぁ～！」

どしどしと足音を立てながら、せららちゃんが自分のロッカーへと戻ってゆく。

いやあ、ドキドキしちゃったなあ、もう……。こんなところで知り合いに会うとか、どんな偶然だ……。

隣に立つ香穂ちゃんが、ぽつりとつぶやく。

「今の捨て台詞、めちゃめちゃ噛ませ犬みたいだったにゃあ……」

「……それは、そう」

わたしも粛々とうなずいた。

っていうか、せららちゃんと組んでいる子って、誰なんだろ……。

まさかとは思うけど……まさかとは思うけど、遥奈(はるな)じゃないよなあ!? さすがにそれは勘弁してもらいたいなあ!


衣装に着替えて準備も終えたわたしたちは、場所を移動してステージ裏にやってきた。

その間、香穂ちゃんにせららちゃんの話を聞いた。どうやら、前にコスプレ併(あわ)せをした仲らしい。そこでひと悶着(もんちゃく)あって、以来やたらと香穂ちゃんを敵視しているんだとか。

香穂ちゃんは、人を怒らせるどころか、ほとんど人を不快にさせることすらない。その人付き合い力は、紫陽花さんに匹敵するだろう。だからわざと挑発したのでもない限り、あの香穂ちゃんを憎む人が出現するとは思えないんだけど……。

香穂ちゃんは「まあ、レイヤー同士はいろいろあるからにゃあ……妬(ねた)みとか、恨みとか……」と言葉を濁していた。それ以降、併せにはなるべく友達を誘うようにしたんだとか。

「高校生活より険しい世界なんだね……」

とてもわたしにはいきられそうにない。

「でもやっぱ、好きだから、このギョーカイでやっていこうと覚悟したら、絡まれても踏ん張るしかないんだよね。陽キャの鎧を身にまとって、サ」

「しんどくないの？」

「そう感じるときもある。もともとバトルとか好きじゃなかったし」

本当にか？　わたし石でブン殴られそうになってたけど……。

「だけど、これがあたしのやりたいことだから。やりたいことにも立ち向かえなかったら、それこそあたしにはなんにもなくなっちゃう」

ステージの先を見据えて、香穂ちゃんがそう言う。

「だから、臆病な魂を奮い立たせて、闘争心メラメラ燃やしてがんばっているんだよ。目の敵にされたって、イチバン目立つのはこのあたし。なんだったら、優勝目指してがんばっちゃうんだからね！」

ビシッと高く手をあげて、人差し指を突き出す香穂ちゃん。

それが空元気だっていうことを、香穂ちゃんの本音を聞いてしまったわたしは知っている。

いや、どちらが本音ってわけじゃないだろう。きっと、両方とも香穂ちゃんの本心なんだ。

自分が舞台に立つにはふさわしくないと思っている香穂ちゃんと、ライバル全員ぶっ飛ばして優勝を目指す香穂ちゃん。ただどちらの香穂ちゃんが表に出ているか、っていうだけで。ここまで来てわたしにできることはもう、足手まといにならないようにがんばることぐらい。

さて、薄暗い中、参加者にさらに詳しい説明がされる。ペアコンテストに入賞すると、金一封がもらえてさらに特典もあるんだとか。

香穂ちゃんが耳打ちしてくる。

「今回のイベントはもちろん動画サイトで配信されているし、ここで知名度を稼げば、フォロワーもグンと増えて撮影費の単価を吊りあげられちゃうし、さらには企業案件だって舞い込んでくるようになるかもしれないんだよ」

「なるほど……」

それがどのくらいすごいのかもわからず、うなずく。

そういえば、せららちゃんのペア相手は来たんだろうか。見回すけれど、どれが誰だかわからない。集中力を欠いている間に、説明はぜんぶ終わってしまった。

「ええと、ようするに……最初にずらっと並んで、そのあと舞台裏にはけて、で、一組ずつパフォーマンスをしていく、って感じだよね」

「そゆこと！　いよいよ本番が近づいてきて武者震いしちゃう！」

わたしはいまだにあんまり現実感がない。

なんといっても、ちらちら目に入るコスプレイヤーさんたちはみんな堂々としていて、目の保養だけど、そんな子たちとわたしが張り合うっていうのが嘘くさいし……。

ただ、いつまでも怯(ひる)んでいる時間はなく、わたしたちは舞台に引っ張り出された。

そこはすべての音がかき消えた、光の世界だった——。

『えーそれでは、参加者の方々の登場です。順番にご挨拶してもらいましょう。皆さまはお名前と、今回コスプレしているキャラクター、それに見どころなどを紹介してもらえたら――』


ステージから、見下ろした眼下には、大勢の見物客がいた。

おびただしい視線。視線、視線、視線。

全員がわたしのことを見ている。

なに、これ。

目がくらむ。

わたしは一瞬で悟った。


あ、ムリだ、って。


順番に、とびきり素敵な人たちが、自己紹介を始める。

視界がぐにゃぐにゃと歪む。

こんなのは、『もっている』人だけが立てるステージだったんだ。

わたしみたいな、ノリでついてきたみたいな女子高生が、おいそれと立ち入れるような場所じゃない。真唯とか、あるいは今までずっと活動をがんばってきたコスプレイヤーの皆さん、香穂ちゃんみたいな子だけが、存在を認められているんだ。

今すぐ舞台裏に走って逃げたいけど、足が動かなくてそれすらできやしない。

時間は止まってはくれず、カチコチになったわたしに香穂ちゃんからマイクが渡される。

『わたしは、れなコアラって言います――』

練習で何十回何百回も話した言葉が、打ち込んだ合成音声みたいに流れ出る。

なにを喋ったのかもわからないまま、わたしの番は終わった。

マイクを次の人に渡して、見せしめに晒されているような気分。

うつむく。

ああ。

こんなところにやってきて、わたしはいったいなにをするつもりだったんだろう。

ステージに立てば、香穂ちゃんの力になれる気でいたのかな。

真唯や紫陽花さんに近づけるような気でいたのかな。

少しでも自分のことを、好きになれると、思ったのかな。

あまりにも強いスポットライトの光を浴びて、決意のなにもかもが溶けてゆく。

こうして、わたしの心は。

はかなく、なんなく、いともたやすくあっけなく。

ぺきっとへし折れた。


よし……。わたしはステージ上で静かに拳を握って、決意する。

このステージが終わったら、わたしはみんなにごめんなさいをしよう。自分がいかに矮小な陰キャで、みんなを騙していたかを真摯に謝罪しよう。

そして、オーストラリアに帰ろう。ユーカリの木にしがみついて、毎日二十時間寝て過ごそう……。さようなら、人間社会……。スマホだけは持っていくね。

打ちひしがれている間にも、時は進んでいく。

最後のペアである、せららちゃんが挨拶をした。中学生なのに、ちゃんと自分の魅せ方をわかっているかわいらしさだ。壇上に並んだ16人で、なにももっていないのはわたしだけ。

ああそういえば、せららちゃんのペア相手って、結局誰だったんだろ――。

ドッと喝采が沸く。よっぽど人気のある人みたいだ。

わたしがまだ人間でいられるうちにと、そのご尊顔を見やる。

そこにいたのは――。

「ムーンです。このたびは、ＰＥＡＫのファントムを演じさせていただきます」

長い黒髪を結い上げて銃を携えた、美しき機動兵の姿であった。

声をあげないように口元を押さえて、わたしは心の中で叫ぶ。

紗月さんじゃん！

「なんで!?」

舞台裏に戻った後で、わたしたちはせららちゃんを問い詰めていた。

「あははは！　敗れたりなぎぽ！」

せららちゃんは、紗月さんはアタシのモンだぜ、とでも言うように、彼女の腰に手を回して胸を張っている。

「前のコス写が出たときに、ソッコーで声をかけて、引き抜いたんですよぉ～。おあいこですよねぇ、そっちだって思いっきりペア相手に頼っていますもんねぇ!?」

「ぐぬぬぬ！　どうしてサーちゃん!?　あたしたち愛し合っていたんじゃないの!?　それがなんで！」

人に聞かれたら思いっきり誤解されそうな発言を叫ぶ香穂ちゃん。

ムーンさんは無表情だった。

「私はお金がもらえたらなんでもいいわ。先に誘われた方につくだけよ」

「わーん！　サーちゃんのバカぁ！」

「プロの傭兵じゃん……」

香穂ちゃんが走り去っていった。眉ひとつ動かさないムーンさんに、わたしはおののく。

さっきまですごい虚無感を覚えていたはずが、紗月さん登場のあまりの衝撃に、いろいろなものがぶっ飛んでしまったな……。

ていうか、周りの参加者と比べても、ムーンさんの美貌は段違いだ。『あれなんなん？』『どうせ事務所に所属したプロやろ……』『モノホンのモデルさんがなんでいるねん……』という目で見られている。そりゃそうですよ！

腕組みしたムーンさんはしかし、不快そうにわたしを見た。えっ!?

「というか、あなた、私を誰かと勘違いしているんじゃないかしら。初対面でしょ。私は野良のコスプレイヤー、ムーンよ。それ以外の名前はないわ」

めちゃくちゃバレているのに、シラを切り出した……。

「身分証明書にムーンって書いてあるんですか……」

「そうよ。マイナンバーカードにも図書館の会員証にもそう書いてあるわ」

「そうですか……」

そうですかとしか言えず、わたしはそうですかの顔になった。

せららちゃんがムーンさんにぎゅうっと腕を絡(から)めて、甘々の声を出す。

「それじゃあ、あたしたちのパフォーマンスタイムが近づいているんでぇ、いってきまーすぅ。うふふ、いきましょ、ムーンおねえさまぁ～♡　あ、あ、ムーンおねえさま、速い、足速いっ！　置いてかないで！」

去ってゆくふたりの後ろ姿を、呆気(あっけ)にとられたまま見送る。

でもなんか……うん。ムーンさんはちゃんと自分の美人っぷりをわかってて、それでマネタイズをしていて安心する。これからも美人であることを利用して、どんどん幸せになっていってほしい。

ステージからわぁっと歓声が聞こえてきて、わたしは我に返った。一時的に追いやっていた感情が再びあの光の世界に引きずり込まれる。

そうだ、わたしはステージ上で打ちのめされて、身が竦むぐらいこわい思いをして、だからこれ以上続けるのはムリだって、香穂ちゃんに伝えようとして……。

暗い舞台裏で、香穂ちゃんの姿を探す。

暗澹たる気持ちが、腹部を刺されて染み出す血みたいに、じわっと広がってゆく。

見つけて、どうするんだろうか。香穂ちゃんの期待を裏切ってごめん、って謝ったところで、許してもらえるはずがない。見限られるに決まっている。

心臓の音が痛い。

でもしょうがないじゃん……。

人間には限界があるんだ。

わたしじゃ空を飛べないんだよ。だから……。

端っこのほうにうずくまっている香穂ちゃんが見つかった。その近くに、スタッフのお姉さんがしゃがみ込んでいた。

……？　なんだろ。

わたしはなにも考えず、ただ無防備に近づいていく。

スタッフのお姉さんが、何度も香穂ちゃんに頭を下げていた。

「すみません、すみません、私がぶつかっちゃって……」

えっ。

「香穂ちゃん、大丈夫？」

つい本名で呼んでしまって、しまったと思った。

けど、香穂ちゃんはふにゃりとピースをして、どこか引きつった笑みを浮かべている。

「へ、へーきへーき……大丈夫です、イベント中で忙しいのはわかってますし、あたしもぼけっと突っ立ってたんで」

お姉さんはそれからもしばらく香穂ちゃんの全身を見回して、コスプレ衣装のチェックをしてくれていた。どこも破れたりしたところはなさそうで、わたしは胸を撫でおろす。

もう一度大きく頭を下げて、お姉さんが仕事に戻ってゆく。

何事もなくて、よかった。いや、よくはないんだけど……。でも、香穂ちゃんが怪我(けが)していたらよかったのに、だなんてぜったいに思えない。わたしの弱虫は、わたしが責任を取らなきゃいけないことだ。

「あのね、なぎぽちゃん……。あのね、その、わたし……」

まるで好きになってくれた人の告白を断るときのような苦さが、胃に重くわだかまる。

自分にはできない。ムリです。なんて言葉、できれば一生、口にしたくない。

だけど、ムリなものはムリだから。

せめてさっきのお姉さんに言って、香穂ちゃんだけは出場できるようにお願いしてみようって……そう、思っていたら。

香穂ちゃんが凍(こご)えたように、自分の体を抱きしめている。

「……なぎぽちゃん？」

「いやー……」

香穂ちゃんは、うつむいたまま、つぶやく。

「付け直してたら……ぶつかって……コ、ン、タ、ク、ト、ど、っ、か、い、っ、ち、ゃ、っ、た、……」

え。

わたしはしばらく固まって。

振り返って駆け出そうとした。

その手を、香穂ちゃんが摑む。

「ロッカールームまで行けば、香穂ちゃんの替えのコンタクトが」

「間に合わないって。会場はもうすっごい混雑しているから、帰ってこれなくなっちゃうよ」

だったら、ええと、だったら。

「落ちたコンタクトを！」

「うん……あっ、でも衣装が汚れちゃうから！」

這いつくばって探そうとしたわたしを、香穂ちゃんが止める。

わたしは、電車でお腹(なか)が痛くなったような気分で、香穂ちゃんの顔を覗(のぞ)き込んだ。

でも、このままじゃ、香穂ちゃんが。

「香穂ちゃんが、しんどいじゃん……」

陽キャのコスプレなんていう、はたから見たらわけわかんない暗示だけどさ。香穂ちゃんにとってはそれがなによりも頼りになるおまじないなわけで。

香穂ちゃんはうなだれたまま、せせら笑う。

「へーき、へーき……まだ、片方あるし、ちゃんと見えてる……」

「あ、えと……片方あったら、大丈夫なんだ？」

「いや、だめなんだけど……」

「だめなんじゃん！」

思わず叫ぶ。香穂ちゃんはかくんと首を落とした。

「そうなの……。あたしなんて、ほんとだめだめで、もうおしまいだ……」

「香穂ちゃん!?　ちょっと、嘘でしょ、香穂ちゃん!?」

「なんであたしこんなところに来ちゃってるんだろ……。あたしなんて歴がそこそこなだけの底辺コスプレイヤーなのに、チョーシ乗りすぎだよね……。配信じゃ、アンチコメもいっぱい流れちゃうんだろーな……もうやだ、泣きたい……」

「わかるけど！」

なにこの状況……。

出番は刻一刻と近づいているのに、香穂ちゃんは自信の崩壊した陰キャモード。

せらちゃんとムーンさんコンビの登場により、優勝は絶望的……は、いいとして。おまけにわたしの心はバッキバキに折れたまま。

最悪すぎる。気分も悪くなってきた。今すぐ横になりたい。だったらもう、ふたり揃って棄権すりゃいいじゃん。香穂ちゃんだってこんなんだしさ。逃げたかったら、逃げればいいんだよ。無理して嫌なことをする必要なんてない。

心からそう思っているはずなのに。

「香穂ちゃんの気持ちは、わたしは正直、手に取るようにわかるけど！　ていうかそんなこと言い出したら、香穂ちゃんに誘われてやってきたわたしはどうなるの!?　わたしこそまったくの無名で、死ぬほどアンチに叩かれるよ!?」

口から出る言葉は、まるでぜんぜん諦めていないかのよう。

それは、だって、きっと。

コスプレへの愛を語っていた香穂ちゃんの本心も、わたしはちゃんと知っているから。

「あたしの作った服だって、ぜんぜん見栄えよくなくて、下手の横好きっていうか……人様にお見せできるようなレベルじゃないっていうか……着てるのがせめてれなちんならともかく、あたしみたいなブスがアピールしたって、キモいだけだし……」

「本気で言ってんの!?」

わたしは思わず香穂ちゃんの肩に手を置いた。

「そりゃ、まあ、うん……」

目をそらしたまま、うなずく香穂ちゃん。

香穂ちゃんを責めたって、仕方ないってわかっている。

だけど、だからってさあ！

あんなにがんばってきた自分のことを、そんな風に貶めないでよ……！

もどかしい思いを抱くわたしの前、まるでこれまでずっとムリし続けてきた反動のように。

香穂ちゃんの口からナイアガラの滝みたいな弱音がこぼれてゆく。


「そもそもあたしって根暗だし、個人撮影会を開いたって人を呼べないから、サーちゃんやれなちんに手伝ってもらっていたぐらいなのに……。なのに、めちゃくちゃ勘違いしているっていうか……本当はわかっているんだよね、自分の実力なんて……」

「コスプレイヤーの中にもちゃんとカーストみたいなのがあるんだよ……。大手イベントに出演したり企業案件もらえる人が神なんだけど、あたしはそういうの夢のまた夢……。例えるなら、教室で人気者の周りをうろちょろしているだけのザコ……」

「だいたい、あたしごときを招待する運営さんが罪つくりだよ……。人に夢見せるようなことをしてさ、その気になっちゃうじゃん……。なのに、出るか出ないかどうしよっかなーなんて一週間も引っ張って……ちゃんと現実見ていればよかったんだ、あたし……」

「身の丈っていうのさ、わきまえなきゃだめなんだよね……。野球が楽しいって言っている人だって、超強豪校に進んで、ずーっと球拾い扱いだったら、きっとぜったい楽しくなくなっちゃうよ……。人には分相応っていうのがあるの……」

「人気も実力も知名度もなにもかも足りていないのに、夢を目指したって、自分が傷つくだけなんだよ……日陰者は日陰者らしく、いつまでも他の人の視界にお邪魔しないよう端っこを歩いて生きていかなきゃだめなんだ……」

「勘違いしないで、うぬぼれないで、図に乗らないで、ちゃんと自分のことを戒めて……どんなにファンの人に好きって言ってもらっても、あたしなんて所詮、ミジンコみたいなものですって気持ちを決して忘れず、そういうものにあたしはなりたい……」

「ほんとブスすぎて、いやになっちゃう……死にたい……背も低くてチビだし、バカだし、誰もあたしのこと好きじゃないし、夢も希望もない……。ひっそりとみんなの記憶の中から消え去りたい……小学校からやり直したい……」

わたしは香穂ちゃんの肩に手を置いたまま。

「香穂ちゃん……」

透明な眼差しで香穂ちゃんを見つめる。

「れなちん」

ゆっくりと顔をあげる香穂ちゃん。その瞳に映るのは、真摯な悲しみの色。

わたしはそんな香穂ちゃんに。

「このやろお！」

「——!?」

その脳天に、思いっきり頭突きをかました。痛い！

「な、なにすんの!?」

額（ひたい）を押さえて後ずさりする香穂ちゃん。瞳には涙が浮かんでいた。わたしもだ。

「黙って聞いてりゃ、ずっとずっとひどいこと言いやがってよお！　胸が張り裂けて内臓がまろび出るかと思ったわ！」

「でもぜんぶ本当のことで」

「ああああああああああああ！」

わたしは耳を押さえて、悶（もだ）えた。

香穂ちゃんが己を突き刺そうとした言葉のトゲは。

ハリネズミみたいに、そのぜんぶが、わたしの体中をザクザクと貫（つらぬ）いていた。

目の前で、なぜかわたしに怯（おび）えたような目を向けている香穂ちゃんは、わたし自身だ。

真唯と紫陽花さんに告白されて、さんざん迷って、怖気（おじけ）づいているわたしだった。

「わたしがこの世で、もっとも許せないことがある……」

「れ、れなちん……？」

「それは、明らかに誰から見ても恵まれているやつがする自虐だよ！」

歯を食いしばる。しゃがんでいる香穂ちゃんと目線を合わせて、怒鳴る。

「なにがブスだ！　家の鏡ぜんぶ割ってあるのか!?　どう客観的に見ても、香穂ちゃんは美少女でしょうが！　そんなことだって、わからなくなっちゃったの!?」

「いや、でも」

「わかった、今ようやくわかった！　香穂ちゃんがわたしに対して言ってたことが！　どうしてあの日、香穂ちゃんがマジギレしてわたしに頭突きをしてきたのか、よーくわかった！　ていうかめちゃくちゃ自分に跳ね返ってきて死にてえ！　生きるけど！」

「なに言って」

「いいか、香穂ちゃん。香穂ちゃんはわたしよりかわいいし、わたしより頭がよくて、わたしより学校の人気者だ。なのにその香穂ちゃんが目の前で自虐したら、わたしはどれだけミジメになると思う!?　香穂ちゃんがミジンコなら、わたしはゾウリムシかな!?」

「あたしは、そんなつもりじゃ」

「そうだね！　そんなつもりじゃなくても、でもそういうことだよね!?　日陰者は日陰者らしく、いつまでも他の人の視界にお邪魔しないよう端っこを歩いて生きていかなきゃだめなんだよね!?　はい、わかりました！　うるせえ！」

そこで香穂ちゃんが、キッと睨みつけてきた。

「てか、マイマイとアーちゃんに同時にコクられた女がゾウリムシだったら、大統領夫人のファーストレディでようやく人間になれるっての!?　ばかにしないでよ！」

「ええ、ええ、今ようやく心じゃなくて魂でわかった気分！　つまりそういうことだったんだ、って！」

隣の芝生は青く見える、って本当にうまい言葉だ。

他人の悩みを、なんでもかんでも同じ目線で体験することができたら、きっと世の中の争いの九割はなくなるんじゃないかって思う。

わたしは少なくとも、ここ一ヶ月、心が打ちのめされるぐらい悩んでいた。

キラキラと眩しい夢に向かって突き進む香穂ちゃんが、羨ましくて仕方なかった。悩みなんてなんにもなくて、ただ楽しいだけの日々を謳歌しているんだと思っていた。

だけど同じように、香穂ちゃんだってわたしのことが羨ましかったんだ。わたしが自虐するたびにきっと、香穂ちゃんはミジメな気分を味わっていた。

わたしは香穂ちゃんの顔を覗き込む。

「誰がなんと言おうと、香穂ちゃんはこの舞台に立つ資格があるんだよ。今までずっとがんばってきたんでしょ。他の人なんて気にしなくていいよ。思う存分叩かれよう。それでも最高の瞬間を味わいたいんでしょ。コスプレが好きなんでしょ」

「そんなこと、言われても……」

鼻白んだ香穂ちゃんは、やはり怖気づく。

「本当は、ステージにあがりたいんだよね。それが、夢だったんだよね。だったら、ねえ、自分への言い訳を書き殴るのはやめて、やりたい理由を数えようよ。今がチャンスだって、香穂ちゃんにもわかっているんだよね。機会を逃すわけにはいかないってこともさ」

すらすらと、言葉が出てくる。

だって、こんなの、わたしが毎日自分に言ってやりたいことばかり。

真唯や紫陽花さんみたいな素敵な人が、またわたしを好きになってくれるなんて、そんなのきっと金輪際ありえない。ふたりを待たせている時間が、どれだけ罪深いものかも。

ふたりにそっぽを向かれて後悔するぐらいなら、付き合って失敗するかもしれないとしても、付き合うべきなんだ。ぜったいに。

わたしだって、わかっているんだよ。

綺麗事の正論。そんなの、耳に痛いに決まっている。

香穂ちゃんは息苦しそうに、目を伏せた。

「わかってる、そんなの、れなちんに言われなくたって、わかってるけど……。でも、やだよ……。人に笑われるのだって、叩かれるのだって、そんなのやだ……」

暗いステージ裏で、寄り添う小さな影の、わたしたち。

秒針がチクタクと進むみたいに、出番は迫っている。

心臓に酸素をめいっぱい送り込むように、わたしは大きく息を吸った。

自分の浅ましさを自覚したわたしは、人に嫌われるのが、どうしても嫌だ。

でも、もしこれ以上強引に踏み込めば、香穂ちゃんに嫌われるかもしれないとしても。

「……ねえ、香穂ちゃん」

わたしは結局、言わずにはいられないんだと思う。

それは、なぜか。

だって、わたしが好きなわたしは、その先にしかいないから。

誰よりも近くで、わたしのことを24時間ずっと見守っている人に。

甘織れな子に。

わたしは、嫌われたままで、いたくないから。

「いこうよ、香穂ちゃん。わたしも一緒に、いくからさ」

「そりゃ、れなちんは……失うものが、なにもないから……っ」

「そうだね」

香穂ちゃんは、自分の今までがんばってきたことが、すべて否定されてしまうような気持ちを味わうかもしれない。好きって感情も、応援してくれたファンの声も、今まで努力してきたことが、すべて。

それはきっと、恋人と別れることに似ているんだと思う。

ずっとずっと積み重ねてきたものが、一瞬で水泡に帰す。なくなってしまう。

思い出は傷跡になって、思い出すたびに、苦々しく痛むことだろう。

「でも、想像はできるよ」

わたしは香穂ちゃんの頬に、そっと触れる。

顔を上向かせる。その目を、見つめる。

「やらなかった後悔は、いつまでもずっと、残る。自分は本当はできたんだ、やっていたら成功していたんだって、ずっと自分をごまかすことになる。わたしはそんなの、いやだ。どんなにみすぼらしく失敗しても、本当にやりたいことから、逃げたくない」

「どうして」

香穂ちゃんが問いかけてくる。

「そんな風に、考えられるの」

「それは」

わたしの脳裏を、この半年の記憶が駆け巡ってゆく。

毎日が、挑戦の連続だった。

できないことばっかりで、悔しくて、お布団の中で泣いた日だってたくさんあった。

逃げ出す場面は何度も。けど、最後にはちゃんと観念して、向かい合ってきた。

「好きだから」

わたしは、友達が。

わたしのことを想ってくれるすべての人が。

わたしを形作ってくれた人たちのことが、みんな。

みんなのことが。

「好きだから。その気持ちを、裏切りたくない」

愛しい人の顔が、浮かぶ。

それは一瞬で消えて、わたしの目には、代わりに香穂ちゃんの大きな瞳が映った。

「れなちん……」

香穂ちゃんが、おずおずとその手を伸ばしてくる。

「あたし、パフォーマンス、失敗するかもしんない」

「うん」

「練習したこと、ほとんど頭から抜けてて、最悪」

「うん」

「めちゃくちゃ、迷惑かけちゃうかも」

「うん」

わたしは大きくうなずいた。

「それぜんぶ、お互い様」

香穂ちゃんの手を摑んで、告げる。

「わたしね、香穂ちゃんに言えなかったけど、人の目がこわい。みんなに、つまんねーな、早く終われ、って思われているような気がするんだ」

「そっか」

「うまくできるかどうかなんて自信は、まったくないの。ていうか手震えているし、ほんとはすぐに逃げ出したかった。今も吐きそう」

「……なのに、逃げないでくれて、ありがと」

香穂ちゃんがぐっとわたしの手を引いた。

抱きすくめられる。

「一緒に失敗しよう。そして、最悪だったね、って笑い合おうよ。れなちんがいてくれるなら、あたし、もうこわくない」

「うん」

目を閉じる。

香穂ちゃんを感じる。

心臓の鼓動はきっと、わたしだけが速いんじゃない。

香穂ちゃんと、シンクロしている。

まるで自分の鏡みたいな女の子は、いつもの半分のパワーしか出せないのかもしれない。だからこそ、半人前のわたしと合わせて、ふたりで一人前になれる。

「あたし、れなちんと一緒で、よかった」

耳元の声は、陽キャの香穂ちゃんとは違って、頼りなく不安定に震えていて。

だけど、それはきっと昔から知っている香穂ちゃんの声だった。

わたしは無理して笑って、声を弾ませた。

「うん……。ふたりだけのトクベツな思い出、作りにいこ」

係員のお姉さんに呼ばれて、わたしたちはステージに向かった。

光差すその場所は、まるでこの星でいちばんきれいな場所に見えた。

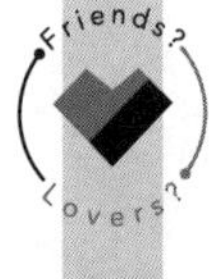

学校と違って、塾に漫画を持ち込むのは、禁止されていなかったと思うのだけど。

隣に座ったその女の子は、かなり夢中になって、漫画誌を読みふけっていた。

見ているこっちが、息が詰まりそうになるほど。

分厚い漫画雑誌は、男の子が読むような本だ。ページをめくるたびに、女の子は一喜一憂し、その表情を目まぐるしく変えてゆく。

やがて女の子が、ぱたんと雑誌を閉じる。はぁ、というため息。

ふいに、彼女と目が合う。面白くてずっと見つめていたことがバレてしまった。なんとなく気まずくなって、メガネの奥の目を逸らしてしまう。

『あ、ええと、読む?』

女の子が雑誌を差し出してきて、びっくりしてつい受け取ってしまった。この子は誰にでもこんな風に、気軽に話しかけるのか、という衝撃もあった。

『……あたし、読んだことない』

『ええー、そうなの!?　じゃあね、すっごいおすすめのがあって……ああ、でも途中からになっちゃうよね！　どうしよ、あ、だったら今度単行本持ってくるから！』

ええ……？　と、その勢いの強さに引いちゃったのだけど、でも女の子はお構いなし。

もくじに戻って、どの漫画がどれぐらい面白いのかを語り出した。

いや、席に座って授業を待つまでの時間、暇だったからいいんだけど……。

『それでね、この男の子がとにかく！　かっこよくて……！　ね、顔良くない!?　こんなのに、仲間想いで、すっごく友情に厚くてさ！』

まるで恋をしているような目で語るから、思わず笑っちゃって、それから引き込まれてしまったのだった。


その子は半年ぐらいで塾をやめちゃって、すごく残念だけど会わなくなってしまった。でもその子の影響で、漫画を読む習慣はすっかりできあがっていた。

毎週月曜日を楽しみにしたり。好きなキャラのイラストを描いたり、その世界にオリジナルキャラを生やす二次創作を書いてみたり。

いつしかいっぱしのオタク女子となっていた香穂が、コスプレという文化に触れたのは、あるいは必然の出来事だったのかもしれない。

もともと母親が手芸を得意としていて、家にはミシンがあったこと。また、香穂自身も幼い頃からフェルト手芸やビーズなどを扱うのが好きだったこともあり。

好きなキャラクターの衣装を着てみたらどうなっちゃうんだろう……と、ドキドキしながら勇気を出して服を縫ってみたのは、中学一年生のことだった。

新しい母から買い与えられたスマホをこっそりと使って、SNSに自撮りをアップして、みんなから褒められちゃったりしちゃって。

香穂は、作品への愛情表現と、そして承認欲求の両面から、コスプレイヤー活動にハマっていった。

活動は順調で、好きの気持ちが育ってゆくように、フォロワー数もどんどんと数を増して、イベントに参加するごとに知り合いも増えていった。

始めたばかりの頃、『楽しい』と『好き』は同じ意味をもっていた。

だけど参加するイベントが増えるたびに、フォロワーが増すたびに、そのふたつの意味は徐々にズレていった。

好きなことは楽しいだけのことではなくなり、苦労が増えていった。気を遣うことが多くなって、周りの目が気になった。人間関係で悩んだ。

もともと自分は不向きな性格だったんだと思う。内気で引っ込み思案だから、イベントに参加申し込みをするまでいつまでも躊躇していたし、どんな服を作っても自分に似合わないいんじゃないかと思い悩むことも多々あった。

楽しさを見失ってしまった香穂は、このままじゃコスプレ活動を続けていくことができないというところまで、落ち込んだ。

憧れのヒロインになりきったときだけ、弱い自分を覆い隠すことができた。

――だったら！

香穂は悩んだ末、思いついた。普段からコスプレをしていればいい。

それは名案だった。コスプレイヤーのための自分を新たに作って、香穂はそのキャラクターを演じることにした。

明るくて、愛嬌がたっぷり、小さなことには悩まず、どんなときも朗らかに笑っている。

だけどちょっぴり抜けていて、人の悪口も言わない、みんなに愛してもらえる子になろう。

そうだ。

あの子になろう。

半年の日々に出会った、あの子に。

あの子のように、なろう。

こうして香穂は、思い立ったその日から、努力を始めた。憧れのヒロインと高校生になって再会することになるとは、このときの香穂はまるで予想だにしていなかった。

第四章　いつまでもこのままでいるのは、やっぱりムリ？

　わたしと香穂ちゃんはコスプレ衣装のまま、イベント会場の飲食スペースに座っていた。

　コンタクトを付け直した香穂ちゃんはスマホを構えている。わたしは苦々しい顔で、その画面を覗き込んでいる。

『しょうがないよね、だってわたしかわいいもん！』

　躍り出たステージでリナぴょんを演じる女の子がいた。引きつった笑みを浮かべた彼女は、片手を耳のようにして、ぴょんぴょんと飛び跳ねている。

　それだけでもう、わたしはギブ寸前だ。しんどいしんどいしんどい。

「あの、香穂ちゃん」

「うわ、やば。すっごい叩かれている、これ。爆笑」

「なぜこのような苦行を！」

「えー？　でもフツーにコメント見たくない？」

　ネット配信された番組のアーカイブだ。勢いよくせり上がってくるコメントは、ぜんぜん目で追いかけられない。香穂ちゃんは動体視力がいいみたいだ。

やがて、猫耳メイドのなぎぽちゃんがやってきた。ふたりは仲良しで、仕事をしながらも遊んでばかり。毎日がハチャメチャな大騒ぎで、楽しいことがいっぱい。

陽キャになれば、そんな日々が手に入るって、わたしも思っていたな……。

でも、違うんだ。本当はつらいことも同じぐらいの勢いで押し寄せてくるんだ。

もしかしたら『あにまめいど！』だって、その舞台裏を見せていないだけなのかもしれない。

うん、それだったらもうちょっと、リナぴょんに共感できたかもな……。

「あ、これ！」

「うん？　あ、パーマンさん？」

一瞬客席が映って、そこにわたしは見覚えのある女性を見つけた。以前、香穂ちゃんの個人撮影会に来てくれた、太客のお姉さんだ。

「てか、ミハルさんもエマさんも来てくれてたよ」

「ぜんぜん気づかなかった……さすが香穂ちゃんガチ勢……」

そっか……。わたし、あの頃よりはもうちょっとマシな姿を見せられたかな。

そう思うと、ステージ上でアニメキャラになりきっているウサギ耳の女の子が、なんだか健気に思えてくる。

わたしたちのパフォーマンスが終わると、画面の中ではネットで投票が開始された。15分の休憩後に、ネット票と審査員票の合計で、ただちに優勝者が決定される。香穂ちゃんが指でインターバルをスキップする。

『それでは今回の、栄えあるグランプリは――』

それはわたしたちでもなければ、せらちゃんたちでもない。きっと有名な人たちがアナウンスされた。

香穂ちゃんの顔を窺う。

「順位は残念だったね、香穂ちゃん」

「ううん、別に？　8ペア中7位だったけどさ、あたしの知名度ならこんなもんじゃないかなー。っていうかね、選ばれなかったことより、あたしたちを1位だと思って選んでくれた854人に感謝しないとね！」

にっこりと笑う香穂ちゃんは、スマホに表示されている得票数854票を指差していた。陰キャは決して思いつかないその考え方、とても素敵だと思う。思うんだけど……。

「単純に、『あにまめいど！』が好きだった、という説も……」

「なんでそこでネガっちゃうの!?　いいじゃん、都合よく捉えておけばさあ！」

香穂ちゃんに叱られて、わたしは言い負かされる。ちくしょう、さっきまでわたしのほうが立場が上だったたってのに……！

どうやら陽キャのコスプレをした香穂ちゃんには、一生勝てなさそうだ。

ともあれ、わたしたちは自分たちのステージが終わった後も会場に居残っていた。

香穂ちゃんは、終わり間近に行われるメインイベントがお目当てらしい。わたしもずっと緊張してててイベント自体が楽しめてなかったから、最後ぐらい楽しい思い出を作りたい。

「なんか、コスプレしたままお茶するのって、すごい違和感ある……」

「いやあ、こんなに大手を振ってコスプレしていられるなんて、天国じゃんね。学校でもコスプレオッケーにしてほしいにゃあ……」

「王塚真唯が無双するだけだぞ」

「逆に最高じゃん!?　コスプレイヤーは自分がコスプレするのも大好きだけど！　最高のコスプレを見るのも最高で最高なんだよ！」

きゃるーんと瞳を輝かせる香穂ちゃんと違って、わたしは覚悟完了していないので、バニーメイド姿でテーブルについていることにめちゃめちゃ違和感を覚えてしまう。

あちこちをきょろきょろ窺う。まあ辺りにもけっこうコスプレイヤーさんがいるんだけどさ。例えばほら、斜め前の席に座っている女の子たちも……。

「って紗月さんじゃん!?」

いた。先ほどの出演が終わった姿のままの、コスプレした紗月さんが。

「誰のことを言っているのか、さっぱりわからないわ。私はムーンだけれど」

「そうでしたねすみません！　でもなんでこんなところに！」

ムーンさんはなっがい脚を組んで座りながら、文庫本を開いている。その向かいに座っている女の子は、どうやらせららちゃんではないみたいだけど。

「せららが先に帰ってしまったのよ。着替えを持ったまま」

「え!?」

眉間にシワを寄せる姿も抜群に似合っているムーンさん。

「ひとつのキャリーバッグで来たのが、間違いだったわね。連絡してみたけど繋がらないから、仕方なくこの世を儚んでいるというわけ」

「なんて存在感のある儚さなんだ」

香穂ちゃんが尋ねる。

「せらら・ららランドのやつ、なんでそんなあわてんぼうのサンタクロースなことを」

「知らないけれど、でも優勝できなかったことがずいぶんとショックだったみたいね。茫然自失の状態で、しばらくメソメソとしていたわ」

「あー……」

香穂ちゃんはなにか思い当たるようで、腕組みをしてうなる。

「あの子は、かなーり個人勢だからにゃあ。順位がつくようなイベント、ほっとんど参加したことなかったんじゃないかなあ」

「あ、やっぱりけっこう交流とかあったんだ」

「うん。なにを隠そう、初めてのイベントに参加したせららちゃんに、あれこれ手ほどきしてあげたのはあたしだったんだよ。あの頃は、『センパイ、センパイ♪』って子犬みたいに後ろを素直について回ってくる、ただのかわいい美少女だったにゃあ」

「えっ、そうなの!?」

香穂ちゃんはアニメコラボのパインジュースを、湯呑みみたいに両手で握りながら、しみじみとつぶやく。

「次第に、態度が生意気になっていって……この業界、やっぱり若さとビジュアルが強いから。もちろんソレだけじゃないんだけど、『あ、コイツの人気超えたな』って思われた瞬間に、手のひらクルーだよ」

「こわぁ……」

　わたしの知らない女の世界だ。わたしは芦ケ谷でよかった。クインテットに所属している限り、うちのリーダーが敗れて下剋上が起こることはぜったいにない。

「ただ、コスプレには真剣だし、将来モデルになりたいっていう夢もあるみたいだから。あたしは嫌いじゃなかったんだ。噛みつかれている今でもね。ま、アニメの感想とか解釈は、意見が合わないことばっかりだったけども!」

　香穂ちゃんがセンパイっぽく微笑む。

　全身から『余裕』って感じのオーラがみなぎっていて、わたしはすごいなあって感心するんだけど、きっとせららちゃんは香穂センパイのこういう部分も嫌なんじゃないかなって思ってしまった。見くびられているっていうか、子供扱いされているっていうか。

「私も別に嫌いではないけれど、着替えは返してほしかったわ」

「っていうかどうするのそれ、ムーンさん。その格好で電車乗って帰るわけにもいかないよね。あ、わたしが着替えて、適当にシャツとか買ってこようか?」

　機動兵の格好をしたままのムーンさんは、テーブルに立て掛けてあるアサルトライフルの位置を直しながら、難しい顔をした。

「それは……わざわざ買うのは、もったいないわね」

う……。質素倹約のムーンさんにそう言われてしまうと。わたしが買ってあげるよ、と言うのもなんだか違う気がするので、困ってしまった。

「いいのよ、気を遣わなくても。ちゃんと借りるアテはあるから。今はそいつのステージが終わるまで、ここで時間を潰しているだけ」

「あ、そうなんですか、よかった。コスプレイヤーさんの知り合いですか？」

「……コスプレイヤーの知り合い、ではないわね」

ムーンさんは微妙な言い方をした。

首を傾げる。けど、そういえばムーンさんを挟んだまま、会話を続けてしまった。わたしは「あっ、すみません」と、向かいに座った人に頭を下げようとして。

「い、いえいえ……」

その子はこちらに顔を向けることなく、恐縮したまま肩を小さくしていた。

……ん？

日頃はまともに働かないような、わたしのなにかのセンサーが反応した。この子……。そそくさとムーンさんの後ろ側に回り込む。

彼女の服装は、アレンジの効いた美麗なチャイナ服だ。かなり大胆な衣装を着ているんだけど、それがすっごく似合っている。

「えっ、あっ」

女の子はぷいっと顔を背けた。その耳が赤い。

「ん——……？」

わたしは向いた方向に移動して、さらに顔を覗き込む。女の子は体ごと向きを変えて、顔面をガードする。そのやり取りを何度か繰り返して、わたしたちはぐるぐる回った。

「なにやってんの、れなちん……」

香穂ちゃんに呆れられる。いや、わたしも普段はこんな粘着なんてぜったいしないんだけど、でも……。

ぽつりとつぶやく。

「紫陽花さん……？」

「！」

びくっと女の子が大げさに肩を震わせた。

「へ？　アーちゃんがこんなところにいるはず」

と、言いかけた香穂ちゃんの言葉を遮るように、女の子が顔をあげた。

観念して、小さく片手を持ち上げる。

「……はい、瀬名紫陽花、です」

「——え!?」

香穂ちゃんが大げさに目を剝いた。

「なんでアーちゃんが!?　こんな、死にものぐるいに陽キャの仮面をかぶったド陰キャが集まるようなジャパンアニメーションイベントに、純粋培養の陽キャが!?」

「怒られるぞ！」

会場内で、なんてことを叫んでいるんだ……。でも周りの皆様方は、心当たりあるかのように沈痛な顔をしていらっしゃる。いや陰ではないでしょ陰では！

「でも、ほんとになんで」

「ええと、あのね。友達に誘われて、なんだけど」

誘われたらコスプレやっちゃうのか紫陽花さんは。誘われたらそんなスリットのぱっくりと入ったチャイナ服を着ちゃうのか、紫陽花さんは……。だったら、わたしが誘っても、そんなかわいい服着てくれるってこと……？

「友達……ムーンさんが？　え、ムーンさんが？」

ムーンさんが紫陽花さんに『コスプレするから見に来てね』ってメッセージを送る姿、めちゃくちゃ想像つかねえ。むしろ『来たら殺す』って言うタイプでしょ。

「言わないけれど」

「すぐ人の心を読むぅ！」

「あなたがわかりやすいだけよ。というか、誘ったのは私じゃないわ。瀬名とは、偶然この会場で会っただけ」

ムーンさんがどこからか、この幕張(まくはり)コスプレサミットのパンフレットを取り出した。

「本日のメインイベントは、スペシャルゲストが登場って書いてあるでしょ」

「スペシャルゲスト紫陽花さん!?」

それなら納得だ。紫陽花さんの優しさと美しさは、都内の高校生をソートした際に、上から数えて十番以内には入る実力……いや、一位かもしらん。ならばスペシャルゲストに呼ばれてもなんらおかしくはない、と納得していたら紫陽花さんが「ちがうよう！」と叫んでいた。

「あのね、私じゃないの、私じゃなくてね、ええとね……」

紫陽花さんが困ったように指をもじもじと絡める。かわいいの主張がすごい。

「紗月ちゃん、どうしよ……」

助けを求めるような心細い視線で、ムーンさんを見つめる紫陽花さん。その切実な視線が、急にぱっと取り消された。

「あっ、ごめん、紗月ちゃん……じゃなくて、その、ムーンちゃん？　今は、名前で呼んじゃいけないんだよね」

「……別に、いいわ」

ムーンさんは普段の悪そうな微笑みとはぜんぜん違う、気恥ずかしそうな顔をしていた。

「あなたは、その、そのままの呼び名でも」

「そう、なの？　じゃあ、紗月ちゃん……？」

「ええ」

おっかなびっくり呼んでくる紫陽花さんに、ムーンさんは小さくうなずいた。紫陽花さんが

「えへへ」と笑う。ムーンさんが照れ隠しをするみたいに、文庫本に目を落とした。

香穂ちゃんと顔を見合わせる。

……なんだか、わたしたちと扱いがずいぶん違くない？

香穂ちゃんがムーンさんを指差して、即座に異義を申し立てる。

「ムーちゃんなんで!? アーちゃんだけひいきしてるー！」

「してないわ」

「じゃあわたしたちも紗月さんって呼んでいいんですね紗月さん!? わたしはコスプレとかよくわかんない人間なんで！ ね、紗月さん、ね、紗月ねー!?」

べごっ、べごっ！ とわたしたちは交互に文庫本で頭を引っ叩かれた。

「黙りなさい、バカ一号二号」

『ひどいー！』

額を押さえたまま、声を揃えて悲鳴をあげた。

紗月さんは、同じチームになってしまった足手まといの味方を見るような目をして、言う。

「あなたたちの低俗な語彙ではひいきとしか言えないのかもしれないけれど、これは違うわ。はっきりとした区別よ。言葉の価値というのは、どんなことを言ったかではなく、誰が言ったかによって変化するの。瀬名の言葉だから私は受け入れた。それだけよ」

「それってやっぱりひいきなんじゃ……」

「だから、違うって言っているでしょう。仮にもし、王塚真唯が分をわきまえるぐらいありえないことでしょうけれど、あなたと瀬名が同程度の善性を有している上で一方を優遇するのなら、それはひいきかもしれないわ。でも、そうではないわよね？」

「う、うん」

さすがに芦ケ谷の天使と比べられたら、『負けてないし！』なんて言い張れるホモサピエンスは存在していない。

ムーンさんは頬を緩めて、冷笑する。

「ようやく理解してくれたみたいで嬉しいわ。いい？　甘織。あなた最近調子に乗っているみたいだけれど、勘違いしないように。私はあなたのことを、別に、ひとりの人間として好きでもなんでもないのだから」

「紗月ちゃん」

紫陽花さんがわずかに眉を寄せて、じっと紗月さんを見つめていた。

「ごめんね。私のことを大切に思ってくれているのは、ありがとう。でも、さすがにそれは……れなちゃんに、言い過ぎ、じゃないかな」

「そうね」

ムーンさんはノータイムで頭を下げた。ムーンさんが頭を下げた!?

「ごめんなさい。ついひどいことを言って、あなたをまた傷つけてしまったわ。甘織はわたしのとても大切な友人よ。これからもよろしくね」

「ダダ甘かよ!?」

紫陽花さんの言うことを素直に受け入れて謝ってくる紗月さんがあまりに衝撃的すぎて、傷つく暇もなかったわ……。なに、え、なに、どういうこと。付き合ってんのか？　そこ。あじさつの可能性か？

さらに紫陽花さんが「ちゃんと謝って、偉いね」と紗月さんにほっとした笑顔を向けている。紗月さんはまた目をそらして「別に……」と頬を赤く染めていた。

「サーちゃんがアーちゃんのことをかなーりリスペクトしているらしいっていうのは、伝わってきたんだけど……釈然としないにゃ……」

香穂ちゃんがつぶやく。過激なロックフェスのヘッドバンキングぐらいうなずきたかった。で、ええと……。

「ムーンさんじゃなければ、紫陽花さんは、誰に誘われてここに」

話を戻す。戻すことによって先ほどのやり取りの動揺を帳消しにして、メンタルを落ち着かせるというわたしの高等テクニックだった。

一瞬、紫陽花さんは息を呑んだ、ような気がした。

なんだか思いつめた顔になって、口を開く。

「うん、あのね」

そのとき、フッと照明が暗くなった。

おや……。と辺りを見回す。すると、中央の天井から吊るされたスクリーンに、予告映像が流れた。何人かの出演者が登場したその後に、スペシャルゲストのアナウンス。

そこは、楽屋だろうか。ライブ中継でメイクをされている女の子が映る。

長い金髪。散りばめられた星の輝きの中、ただひとつだけ変わらない光を放つ、恒星。太陽の如き女。

『きょうはどうぞ、よろしく』

ウィンクをすると、会場のあちこちから『キャー！』という黄色い声が湧き上がった。

わたしはぽかーんと口を開いたまま、スクリーンを見上げてつぶやく。

「お、王塚真唯……」

「マイマイだー！」

香穂ちゃんがすかさず叫んで、会場の熱狂の一部と同化した。

「う、うん、そうなの」

紫陽花さんがこくりとうなずく。なるほど、紫陽花さんは真唯に誘われて……え？　紫陽花さんが真唯に誘われて？　なんでだ。どういう接点なんだ。いや、ふたりは普通に友達だから、そりゃ遊びに行くこともあるんだろうけど……でも、ふたりで？

「ま、そういうこと」

紗月さんの場合はわかる。真唯なら着替えをたくさん持っているだろうから、紫陽花さんに真唯が来ていることを聞かされた紗月さんは、それなら一緒に帰ればいいか、と思ったのだろう。ふたりの家は割と近くにあるわけだし。

しかし、わたしのちょっとした疑問は、会場の盛り上がりに塗りつぶされてゆく。

興奮した面持ちの香穂ちゃんが、朗らかに拳を握った。

「ね、ね！　早くステージいこうよ！　マイマイ出るんでしょ!?　めっちゃ見たい！　最前列いこ！」

「え、あ、うん」

するとと、他のテーブルの人たちも、次々とメインステージに向かっていた。香穂ちゃんに急かされるまま慌てて立ち上がる。

「じゃあ、その、あ！　紫陽花さんも行こうよ！」

「えっ、えっ、うん、そうだねっ」

こういうときちゃんとノリがいい紫陽花さんもまた腰を浮かせて、それから紗月さんに手を伸ばした。

「行かなくちゃ。ほら、紗月ちゃんも、早くっ」

「わ、私も？　私は、別に、あいつの仕事なんて昔からもう飽きるほど見て」

だが、紫陽花さんに甘々な紗月さんが、その手を振り払うことができるわけもなく。

「わ、わかったわ。行く、行くから」

「うん！」

こうしてわたしたち四人は、ドタバタしつつも、連れ立ってメインステージへと向かう。

「すごいね！　クインテットがこんなところで大集合なんてにゃあ！」

「うんっ、こんな素敵な偶然あるんだねっ！」

「別に、学校でもいっつも顔を合わせているんだから、休みの日まで集まらなくてもいいでしょ……」

「なに言ってるのさ、紗月さん！」

わたしもまた喜色を浮かべたまま、歌い上げるように高らかに告げる。

「──楽しいじゃん！」

押し合いへし合い、幸運にもメインステージの最前列の席を確保することができたわたしたちは、イベントの開始時間をウキウキしながら待っていた。

香穂ちゃんとわたしと紫陽花さんと紗月さん。そういえばみんなで休みの日に出かけたことってなかったな。誰かしら忙しい人がいて、予定が合わなかったりしたんだ。

半年経って、ようやくわたしたちも距離が縮まったかな、なんて。

周りには大勢の観客。その誰もが目を輝かせて、真唯の登場を待っている。

わぁっと歓声があがった。

ステージにスポットライトが落ちる。堂々とやってきたのは、アパレルブランド・クイーンローズのスターモデル。そんな彼女がコスプレをしているのだ。そりゃもう、誰よりも輝いて見えた。

中華風の華美なドレスだ。夏休みに見た真唯のファッションショーが思い出された。脚の長さも腰の高さも、まさしく役者が違うとはこのこと。世界一の美女なんじゃないだろうか。

『やあ、皆さん。本日は幕張コスプレサミットを楽しんでくれているかな』

マイクを手に現れた王塚真唯は、これだけの注目を集めながらも、堂々とした振る舞いだ。

そりゃテレビにも出演しているような女の子だ。しかも、ここより遥(はる)かに広い会場の視線を、独り占めすることだってある。つまり人生は、経験。RPGと一緒ですね。

『私は誰かに成り切って、コスプレをするという機会は今まであまりなかったけれど、これは面白いね。ファッションを楽しむ本質と、非常に親しいものを感じる』

自分の衣装を皆に見せながら、真唯が微笑む。

『幼い頃。とっておきの服を買ってもらって、それを着ると世界がいつもより輝いて見えたことを、思い出したよ。普段より胸を張れた。誇らしい気分になった。これはきっと、そういうものなんだろうね』

穏やかで優しい真唯の声が、ステージから広がって、みんなの体に染(し)み渡ってゆく。

横目に見れば、ぽうっとした顔をした香穂ちゃんが、憧(あこが)れの眼差(まなざ)しを真唯に向けていた。

わたしなんかと比べるべきじゃないとは思うんだけど、真唯はやっぱり、すごい。

ひとつ学ぶたび、エコーのように、真唯の位置がおぼろげに伝わってくる。どれだけわたしの前を歩いているのかがわかる。

勉強をがんばったり、ステージに立ってみたり、あるいは誰かに『好き』という気持ちをぶつけようとしてみたり。どれも真唯みたいにうまくはできない。けど、真唯だって最初から上手にできたわけじゃないのかもしれない。

「真唯ちゃん」

ぽつりと、紫陽花さんがつぶやいた。その声はどこか切実な響きがあった。

見やる。

紫陽花さんは大きな瞳を潤ませて、真唯を見上げている。ドキッとした。夏の帰り道に突然泣き出した紫陽花さんのことを思い出してしまう。

「あ、紫陽花さん……？」

「え？」

紫陽花さんの頬が赤く染まる。

「う、ううん、なんでもないの。ただ、真唯ちゃんのこと、きれいだな、って思って」

「そ、そうだね」

このときのわたしは『紫陽花さんはすぐ感動しちゃうんだなあ』程度の気持ちで、あんまり深く考えることはしなかった。

目が眩むような真唯のステージを見て、思考回路も奪われてしまっていたのかもしれない。

『さて、これからきょう一日のイベントを振り返っていくのだけれど、実は他にもゲストがいるんだ。ステージに文字通り花を添えてくれる私の大切な友人だ。皆に紹介しよう』

そこで、真唯がこちらを見た。実際は最初からわたしたちがいることに気づいていたのだろう。最前列だし。

真唯はマイクを口元から離して、こちらを手招きした。

「あがっておいで、ほら、紫陽花」

「うん」

えっ？

紫陽花さんが席を離れて、ステージに向かおうとする。

ひょっとして、紫陽花さんがコスプレしていた理由って、そういうこと？

歩いていく紫陽花さん。わたしが背を見送ろうとしていたそのときだった。

紗月さんがぐわっとわたしの手首を掴んだ。思いっきり引っ張られる。

「むぇっ？」

つんのめる。紗月さんの胸元に抱きすくめられた。コスチュームの生地がしっかりしているので、むしろ硬い。

「な、なに？」

見上げる。紗月さんは一瞬、自分自身の行動に戸惑うような表情を見せた。しかしすぐに、キッと唇を噛みしめる。

「あなたも行きなさい」

「はあ!?」

人生史上、もっともひどい無茶振りをされた。

「紗月さんなに言っているの!?」

意味わかんないし、そもそも呼ばれてもいない。真唯はお仕事であの場に立っているんだから、わたしが行ったところでステージ裏で止められてそのまま警備員室送りに決まっている。

そういったことを喚き散らそうとしたわたしを、紗月さんが眼光だけで封殺してくる。

「いいから、早く」

「いや、いやいやいやいや、いやいや……」

いや、ムリですよそれは……。わたしはすぐに席に戻ろうとして、しかし紗月さんはどうしても手を離してくれなくて、なんで。

紗月さんの声を聞いたのか、紫陽花さんが立ち止まって、こちらを振り返ってきている。

「あっ、ごめん紫陽花さん、どうぞわたしたちには構わず……」

胸の前で手をきゅっと握りしめた紫陽花さんが、言う。

「れなちゃん……。私、れなちゃんにも、来てほしい」

「ええ……？」

わたしは困惑した。な、なんで……？

紫陽花さんがわたしに手を伸ばしてくる。

「お願い」

意味がわからない。

「真唯ちゃんのために」

いや逆じゃん！　迷惑かけるだけでしょ!?

「――れなちゃんじゃないと、だめなの」

紫陽花さんの懸命な声は、わたしの頭をムリヤリに揺らす。

「真唯のため、って……」

紗月さんと紫陽花さんに挟まれて、わたしはわけがわからない。だいたい真唯は、わたしなんていなくたって、ひとりでこんなに立派に、堂々と――。

混乱したまま、ステージを仰ぐ。

真唯と目が合った。

そのとき、声が聞こえてきた気がした。


――ちゃんと考えた結果が、これなら。

――私は、君のことが、好きだよ。


真唯は、いつでもしっかりしていて、強くて、だから――。

だからわたしのことなんて。

「見えないよ！」

「おわっ」

そこで香穂ちゃんにどんと突き飛ばされた。通路側、紫陽花さんのほうに。

「あたしもさっぱりプーだけど、行くなら行く！　ほら、がんばって！」

「そんな無茶苦茶な……！」

わたしはつい紫陽花さんの手を摑んでしまって、そして。

紫陽花さんが、弾かれたように、叫んだ。

「待っているんだよ、真唯ちゃんが、誰よりも、れなちゃんの答えを！」

真唯の頼りない微笑みが、わたしのまぶたの裏に瞬いて、散る。

——ああもう！

「だからってこんなの、こんなのって！　行きますけどさあ！」

ぐいっと紫陽花さんの手を引く。

紫陽花さんの瞳に一粒の切なさのような色が浮かんで、すぐに消えていった。微笑んだ紫陽花さんが、大きくうなずく。

「うんっ」

どうせ、伝えなきゃいけないことがある。だったら、遅かれ早かれ、わたしは行かなくちゃいけなかったんだ。真唯に会いに。

だからってそこがステージだなんて、ぜんぜん聞いてなかったけど！

わかったよ、いいよ、行くよ、行ってやろうじゃんかよ！

真唯の待つ、ステージへ！

第五章　序文　あるいは王塚真唯のお話

永遠の嘘とは、真実のもうひとつの呼び名である。
ここから先に描かれるのは、あるひとりの少女の恋の物語だ。

彼女は強く、美しい。

彼女は聡明で、自信にあふれている。

彼女は人に好かれ、そして和を貴(とうと)んでいた。

どんな困難に対しても、彼女は決して屈することはなかった。

立ちはだかる壁を自分自身の力で乗り越えて、いつでも気高(けだか)く前だけを見つめている。それが王塚真唯(おうづかまい)。芦ケ谷(あしがや)のスパダリ。唯一無二(ゆいいつむに)の輝ける太陽。


けれど、本当に、そうだったのだろうか。

れな子はすでに知ったはずだ。どんな人でも大小の悩みがあって、苦しみながらも前に進んでいるんだ、ということを。

立場にも性格にも拘（かかわ）らず、生きるということは、悩んで、もがいて、あがいて、泣きながらでも前に進んでいかなきゃいけないんだ、ってことを。

あるいは、78億人の人間がそうだったとしても——王塚真唯だけはその例外だ、と思い込んでいたのかもしれない。

ここから先は、甘織（あまおり）れな子の決して知ることのないお話。

これまでも、そしてきっとこれからも、ずっと。

なぜならばそれは、恋をした少女がそうあろうと願った物語なのだから。

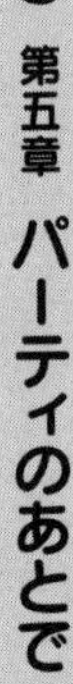

第一巻　第五章　パーティのあとで

『どうしてあんなことをしたの？』

この日は、来日した母とレストランでふたりきりの会食があった。

ホテルの会場を借りてパーティーを開いたことは、すぐに母の耳に入ったらしい。真唯は涼しい顔で手元の前菜に口をつけた。オリーブのマリネは酸味が強くて、きりりと目が覚めるような味だった。正直言うと、あまり得意ではない。

『私も年頃になった、ということです』

一年の大半をフランスで過ごす母との会話は、たいていがフランス語でやり取りが行われる。彼女はハーフなのに日本語があまりうまくないことを気にしている。スケジュールの相談も、仕事の指示も、すべてフランス語だ。

『あまり羽目を外さないようにね。貴女はまだ学生なのだし』

『わかっています。クイーンローズのプロモーションを担当するモデルとして、自覚はあります。次からはもう少し、無茶を控えます』

『そうしてもらえると、私もパリのオフィスで東京の珍事に頭を痛めずに済むわ』

かちゃかちゃと食器を動かす音が、しばらく響く。

『それで、あらかじめ言っておいた通り、今年の夏からはしばらく忙しくなるわ。詳しいスケジュールは花取（マネージャー）に伝えてあるから』

『はい。どうですか？　今年の出来は』

『そうね。業績に関しては、おおむね悪くはないわ。ただ、デザインはどうかしら。最高傑作には遠く及ばないわね。既存（きぞん）のアイデアを流用しているだけ』

母、王塚（おうづか）ルネはクイーンローズのトップデザイナーだ。会社の業績グラフは彼女の脳と指先に直結している。年々、会社が大きくなるにつれ、母へのプレッシャーは強度を増している。

娘に仕事の話をするようになってきたのも、ここ数年の出来事だ。彼女がひとりで背負いきることができなくなったのかもしれない。といっても、真唯にできることはせいぜい、こうして母の愚痴に耳を傾けることぐらいなのだが。

『近年、最もインスピレーションを感じるのは、貴女の成長だわ。娘が私の手を離れ、知らない誰かの顔に作り替わってゆく。それは新鮮な体験だわ』

『私とママは、もともと違う人間ですけどね』

『それをはっきりと自覚したのは、貴女が私に反逆した10歳の出来事だったわ』

『反逆だなんて、大げさな』

真唯は苦笑いした。

母は気持ちを伝えるのが不器用だ。だからデザイナーになったのではないかと思うほどに。

本心がどこにあるのかわからない人と話すのは、嫌いな食材の混ざったサラダを食べるのと似ている。どこで渋味を味わうかわからず、恐る恐る咀嚼を繰り返す。

『だからね、そう』

On n'a qu'une vie と彼女は口にした。

『人生は一度きり。私は後悔しない。貴女にも後悔をしてほしくはない。だから、行動は慎重になさい、マ・シェリ』

『……はい』

それは何度も彼女が口にしている言葉だ。自分のために言ってくれている。だけど、それの本当の意味は――。

（あなたが願う『後悔しない生き方』というのは、つまるところ、あなたの生き方を模倣しなさい、ということなのではありませんか？）

真唯は胸の内で問いかける。

身長167センチの真唯は、日本ではともかく、フランスのトップモデルの中では小柄で、目立たない方だ。明るい金髪だって、国外には山ほどいる。

もともと、海外のトップレベルで通用するほどの才能ではない。なのに重用されているのはあくまでも、自分が彼女の精巧な娘であるから。

ただそれだけの理由で、多くの才能ある若者を押しのけて、真唯は日本のトップに所属している。多くの者が、真唯に敗れ去り、夢を諦めてきた。

だからこそ真唯は、破れた者たちのためにも、強く在らねばならないのだ。

許されないのだ。ピラミッドの頂上から脚を踏み外すということは。

だが、真唯にとってモデルであるということはすなわち、ルネの娘として縛られることに他ならない。真唯の人生の設計デザインは、自分の手にはない。それすらも母にクリエーションされている。

ただ一度、母の言った『反逆』だけが、真唯自身の描いた線だ。

『もし貴女が早く身を固めたいというのなら、言ってくれればそのときは、私が段取りしてあげるから。遠慮することはないわ。だって、貴方は私の大切な娘なのだから』

『……ありがとうございます、ママ』

ただ夜が過ぎてゆく。自分のことを一番理解してくれている人と食事をしているのに、虚無感だけで腹が膨れてゆく夜だった。

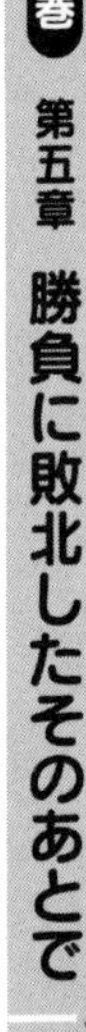

第二巻 第五章 勝負に敗北したそのあとで

「負けた、フフ、負けた……負け負け女だ、私は……」

れな子と紗月が帰っていった後も、真唯はしばらく椅子に沈み込んで、口から魂を吐き出していた。

真剣勝負だった。れな子との結婚をかけて、紗月と三人で勝負をした。その結果、真唯は敗北した。惨敗だ。ここまで鮮やかに負けてしまうのは、真唯の記憶をさかのぼっても、そうそうないことだった。今の真唯は負け負け女だった。

そんな敗北者の姿を、おいたわしや……と見守っていたのが、花取だ。

「お嬢様、なにか温かいものをお持ちいたしますね……」

「フフ、ありがとう、花取さん」

遠い目をした真唯。こんなときだというのにちゃんとお礼を忘れない真唯の人間性に心から敬服しつつ、フレーバーを変えたラベンダーのハーブティーを淹れる。真唯に似合う上品な香りで、少し気分が整えばいいと思いながら。

ことりとカップを置いて、いつもなら粛々と立ち去るところだが、あまりにも覇気を失った真唯を見て、どうしても一言励ましてあげたくなった。

「あの、僭越ながらお嬢様……。甘織様は、以前からこちらのゲームをやり込んでいたんですよね。でしたら、気になされることは……」

「いいや、花取さん、それは違う」

真唯は首を振る。

「どんな勝負であれ、挑戦を受けた以上、私は全力で立ち向かったんだ。それを負けた後に己を慰めるための言い訳に使うことはできない」

「わ、わたくしは……申し訳ございません、お嬢様……！」

花取は青い顔になって、口元を押さえた。

「お嬢様の気高き純白の精神に、シミをつけるようなことを言ってしまい……ど、どんな罰でも受けます、お命じください、お嬢様！」

その場にひざまずく花取に、真唯はしかし穏やかな笑みを向けてくれる。

「いいんだ、花取さん。あなたは私を慰めようとしてくれただけだろう。その優しさにいつも救われているよ。そうだね、だからこれからも私を助けてくれ。これが私の命令かな」

「お嬢様……っ！」

花取は、真唯に抱きつこうとしたけれどそれは不敬なので、ただ拝む。

真唯は脚を抱き寄せて、椅子に体育座りをした。膝に頬を乗せながら、ぼんやり口を開く。

「そうだね、少し、れな子の話をしようか」

「……ええ、お聞きします」

「ふふ、そう難しい顔をしないでくれ、花取さん。私がママに誘われて、フランスの学校に通うか、それとも日本の高校を選ぶか、悩んでいたことがあっただろう?」

　中学時代の真唯を思い出し、花取は軽く微笑んだ。

「そうでしたね。私にも打ち明けてくださいました」

「懐かしい。私の名前も髪も日本では目立ちすぎるからという理由で、花取さんはフランスの学校を薦めてくれた」

「はい。そうすれば、ご家族が一緒に暮らせますから」

　そのときのことはよく覚えている。普段から朗らかな真唯が、しばらくずっと思いつめたような顔をしていたから。花取の方こそ心配で3キロも痩せてしまった。

　花取は自分もフランスに移住する覚悟で、真唯のためになればと進言したのだった。

　真唯がカップを傾ける。

「でも私は、日本の高校を選んだ」

　それは母親への些細な反抗だったのかもしれない。だけど、真唯の選択は今となっては正しかったと花取は思う。なぜなら。

（琴様が、クラスメイトになってくださいましたから）

　先ほどの、真唯が敗北した試合中の紗月の昔話に、花取は感動した。人前でなければ、滂沱の涙を流していただろう。

琴紗月嬢が真唯の友達でいてくれるのなら、これから先も真唯は決して孤独にはならない。

そう信じることができて、真実の愛に花取は安堵した。

のだけれど……。

（おふたりは本来、他人を必要としない方々。日常に寄り添う、という関係性ではなかったのかもしれませんね）

真唯と紗月の距離は、遠いようで近い。けれど、近いようで遠かった。真唯が必要としていたのは、お互いをライバルだと定めて、心身を高め合う関係ではない。

たとえ平凡でも、心を許せるような……。

「そこで私は、れな子と出会えた」

真唯の言葉に、花取は包丁で指を切ったような気分になった。

「……あの方が」

よりにもよって、という言葉を我慢できたのは、ひとえに主人への忠誠心に他ならない。

甘織れな子。容貌も人柄も、いかにも平凡な少女といった風で、特に変わった点は見受けられなかった。高校でも大学でも、あのような少女はいくらでもいた。

とはいえ、真唯が花取に比べて人生経験で劣っているとは、まるで思わない。高校入学のような人生の岐路における経験値はともかく、真唯は幼い頃から、それこそいくらでも、魅力的な人物との付き合いがあった。人を見る目はじゅうぶんすぎるほど育まれているはずだ。

なのに、なぜ真唯があれほどれな子を懸想しているのか。

「新生活、私はドキドキしていた。新しい学校に馴染めるかどうか。そう、人並みに不安だったんだ。なんといっても、ママの誘いを断ってまで日本に残ったのだから、余計にね。間違った選択をしてしまったのだと、意地でも思いたくはなかった」

「それは……心中お察しいたします」

ルネはいい雇用主だが、なにもかもをひとりで決めすぎる。その真意は花取にも掴めない。娘との対話をそもそも望んでいないようにも思えた。お互いたったひとりの家族なのに。

「クラスで遠巻きに見られて、腫れ物を触るような扱いを受けることには、慣れていた。それでも、人並みに高校生としての楽しみを味わってみたいという気持ちもあったんだ。ほんの少しの期待と、そしてそうはならないだろうという大きな不安に揺れていた」

「そう、でしたか……」

真唯は花取にすら、自分の不安を見せようとはしない。すべてが終わった後、こうして語ってくれることはあっても、だ。もどかしく思うことには、いつまでも慣れなかった。

「だけど、そんな不安を彼女が吹き飛ばしてくれた」

「……あの、少女が？」

真唯は雪解けから芽吹く蕾のように、顔をほころばせた。

「──『友達になりませんか』って、私を誘ってくれたんだ」

「それは」

誰よりも率先して王塚真唯に声をかけることができる人物は、そう多くはない。好奇心や興味本位でないのなら、なおさら。花取もさすがに息を呑んだ。

「今思えば、もしかしたら私は、あのときすでに恋に落ちていたのかもしれない」

「お嬢様……」

「花取さん、私はきっと彼女にふさわしい女になってみせる」

真唯は花取の前で宣誓した。

「……そうですか、お嬢様」

目に入れても痛くないほどの献身を捧げた真唯が、それほどまでに言う女だ。ここは真唯の言葉を全面的に信頼して、花取も素直にふたりの恋を応援しようと――。

（まったく露ほども思えませんが……）

とりあえず、激務の中で蓄えたお賃金を使って、興信所に依頼をしようと決意した。あの甘織れな子という女の正体について、暴き立ててやらなければ。一体なにを考えてお嬢様に近づいたのか。もし花に集る毒虫なら、そのときは……。

ただ、入学時の真唯の不安をいち早く取り去ってあげたというその功績だけは、まあ、認めてあげないこともない、と花取は思った。

第三巻 第五章 紫陽花の告白のそのあとで

それは、夏休みが終わり、二学期が始まって間もなくの頃だった。

「ただいま」

紗月がアルバイトを終えて帰ってきたこの日、玄関には見慣れない靴があった。

眉も動かさず、それを見下ろす。見慣れない女物の靴が玄関にある光景は、なぜか幼少期から妙に見慣れているのだ。

がらりと戸を開く。そこには、壁を向いて小さく座っている女がいた。蛍光灯の明かりを反射した黄金色の髪だけが、変わらず眩しく輝いている。

「図体のでかい子供がいるわね」

「……」

ため息をつきながら、鞄を置く。ついでに明日の準備も整えて、鞄に詰め込んだ。眠くなると、なにもかもが面倒になってしまうため、なんでも先に片付けるようにしている。

その間も王塚真唯は特に動いたりせず、置物と化していた。

話しかけるまでは、きっとこのままだ。心底、面倒くさい。

昔の話を持ち出して『私にはもう、頼らないんじゃなかったの？』と言ってやる選択肢も頭には浮かんできたが、さすがにそれを口にするだけの薄情さは紗月にもなかった。

「で、なに。今夜はどうしたの」

自分の分のインスタントコーヒーを淹れてから、戻ってくる。反応がないので、教科書を広げることにした。それから、しばらくして。

真唯が口を開いた。

「……私はもしかしたら、全世界の人間に好かれてはいないのかもしれない」

「…………………」

つい弾みで追い出そうかと思ったが、まだ大丈夫だ。耐えられる。この程度の短気で、王塚真唯の幼馴染みは務まらない。

「……それで？」

「いや、きっと私を好いてくれてはいるのだろう。それはそうだ。私はなにもしていなくても、誰からも好かれてしまうからな……」

「……」

やっぱり追い出そう。大した悩みではなさそうだ。そう思った直後。

「ただ、私が、一番ではないというだけで」

真唯の声が、寂しそうに響いた。肩越しに振り返る。

顔をあげた真唯の目は、叱られた幼児のように曇っていた。他の誰にも見せることはない、紗月の前だけの王塚真唯だ。

「……なにがあったの。言ってごらんなさい」

ここまで落ち込んでいるのは、最近ではかなり珍しい。高校に入ってからの真唯は、紗月を頼らなくなったのではない。単にメンタルが安定してきただけだ。

仕方なくペンを止めて、紗月は真唯に向き直った。

真唯はしばらく言いづらそうにしていたものの、我が家に来ておいて今さらだ。

「実は……」

ぽつぽつと語り始める真唯。

さすがに驚いた。

「瀬名が、甘織に告白？　ええ……？」

確かに紫陽花は、れな子のことを気に入っているようだったけれど。だからといって、それは単なる友情の延長線上で、なにか行動に移すこともないだろうと思っていた。

紗月は昔から、他人のことがよく目につく少女だった。その人が今なにを思っているのか、時にはまるで読心術かのように、場の空気を敏感に察することができた。

あまり認めたくはないが、きっと人付き合いだけで世の中をうまく渡っている母親譲りの能力なのだと思う。

ただ、空気を読めてしまうということと、それで場が求める役割を提供できるかどうかは、また別の問題だった。

紗月は前者の能力を持て余した結果、友人を厳選し、休み時間は読書に没頭する学校生活を選んだ。目の良すぎる人が暮らす都会の狭い街並みのようなものだ。なまじ人と接すると、疲れることばかり。紗月が望むのは、穏やかな日々だった。

今所属しているグループのメンバーは比較的、安定感があり、それなりに気に入っている。これから先も付き合っていたいと思える友人も、いる。

瀬名は間違いなく、そのひとりだ。甘織は……甘織は、まあ、置いておくとして。

「……なるほど、事情はわかったわ」

その甘織の悪行が、つまびらかになったわけだけれど。

「それで、真唯のことも瀬名のことも保留にしたっていうわけ？　なんというか、甘織は……どうしようもない女ね。私がその場にいたら、ブン殴っていたかもしれないわ」

真唯が喋りたがらなかった理由もわかった。どんな説明をしたところで、事実を話せば紗月はれな子に怒りを向けるに決まっている。

「でもね、それはいいんだ。ちゃんと話し合って、待つと決めたのは私だから」

真唯は静かに首を横に振った。

「ただ、なんというか……紫陽花に好きだと言われたときの、れな子の表情が、ずっと目に、焼きついていて」

「……表情？」

「うん」

真唯はぼんやりと微笑んでいる。まるでどこにでもいる普通の女の子がするような、力のない笑みだ、と紗月は思った。

「あれはまさしく――人が恋に落ちた瞬間、だったんじゃないかな」

よっぽどの想いで、真唯はその言葉を口に出したのだろう。

「それは」

紗月はなにも言えなくなった。

事実であるかどうかは、この際、どうだっていい。

それよりも問題は。

（それをあなたが言ってしまったら……あなたが、そう思ってしまったら……それはもう、そうなってしまうんじゃないの？）

胸が詰まる。

今のは実質、敗北宣言じゃないか。

紗月はどうして自分がこんなにも動揺しているのか、わからない。

ただ、誰かにあっさり負けを認めるような真唯を、見たくはなかった。

「あなたは……どうしたいの？」

「わからないんだ」

（わからないって、なんなの。すべてが手遅れになったわけじゃあるまいし）

いつもの真唯なら、『必ず振り向かせてみせる』って、胸を張るはずでしょう？

あなたは仕事で失敗したり、母親と言い争いをしたときには、我が家にやってきて、しばらくグチグチと悩みを打ち明けてくるけれど。でも、語り終えたときにはスッキリした顔で、明日からまたがんばるって言ってくれるでしょう。

（なのに、たかが恋なんかで……）

王塚真唯が、そんなものに振り回されていいはずがない。

恋なんて、クラスで他に娯楽のない少年少女が夢中になるジャンクフードのようなものだ。

もしも恋の味を知ってしまった真唯が、その甘美な高鳴りなくしてはひとりで立つこともままならないというのなら……。

だったらここで『あんな女のこと、忘れさせてやるわ』とでも言って、その唇を奪ってやれば、真唯の気は済むだろうか？　あるいは、自分の苛立ちは収まるのだろうか。

（そういう問題じゃないでしょう……）

奇妙な考えを振り払う。そんなの、友達の範疇を逸脱している。

それで真唯が復調するならまだしも、彼女は自分とのキスに価値など見出してはいないのだから。ただこちらが損するだけのやり取りなど、癪だ。

真唯が桃色の唇を薄く開いた。視線をそらす。

「ただ、今は、れな子が幸せになってくれればいいと、想っている」

「……なにそれ。あなたはいつからそんな聖母みたいな女になったの」

真唯はなにも言わず、思わず舌打ちが漏れた。

真唯に言ってやりたいことは山ほどある。れな子にも、なんなら紫陽花にも。だが、思いの丈をブチ撒けたところで、スッキリするのは紗月ひとり。そんなことをするぐらいなら、最初からいい顔をして真唯の相談に乗るべきではなかった。

だから紗月は、言えない。彼女に、なにも。

真唯のそばに座り直し、その背中に手を当てる。精一杯、絞り出すように問う。

「いいの、本当に」

「私は」

「そこにあなたが、いなくても？」

紗月の問いに、真唯は答えなかった。

それは、いちばん大好きな人が幸せになっていく様を、すぐそばで心を殺して、のっぺらぼうみたいに笑いながら見守ることに他ならない。

バカげた考えだ。心からそう思う。

望むものはなんでも手に入れることができる女が、そんな願いを抱くだなんて。

（でもあなたは、ずっとそうだったわね、真唯……いっつも誰かの期待に応えることばかり考えて……本当に、バカなひと……）

紗月はしばらく、しばらく、なにも言わずに真唯の背中を撫でていた。どうして自分がそうしたいのかもわからず、しばらくの間。

第四巻　第五章　遊園地のデートを見送ったそのあとで

幕張コスプレサミット、最後のメインイベント。
紫陽花がれな子とともに、真唯の待つステージへと向かって、そして——。
——時は少し、遡る。

「真唯ちゃん」

紫陽花は廊下で、真唯を呼び止めた。

遊園地デートの翌日。月曜日の学校、その休み時間だ。

「紫陽花か」

真唯はかくれんぼで見つかった子供のように微笑んでいて、その平然とした態度に紫陽花は言葉を詰まらせた。それでも一歩、踏み出しながら、口を開く。

「あのね、昨日の話なんだけど」

ふたりが立ち止まっていると、通り過ぎてゆく生徒が手を振る。真唯はすぐに自然な笑みを浮かべ直して、手を振り返していた。

「ああ、そうだね。私も、君とは話さないといけないと思っていたんだ。ずいぶんと、先延ばしにしてしまったような気がするよ」

よっぽど紫陽花の方が、思いつめた顔をしていただろう。

「どこかで落ち着いて、話せないかな。水族館みたいな……。でも、学校じゃ、難しいよね」

「いいところがある」

そう言う真唯が連れてきてくれたのは、人気のない踊り場をあがった先。

屋上だった。

鉄扉を開くと、風が吹き抜けてゆく。紫陽花の髪がそよいだ。

「わ、屋上って立ち入り禁止じゃなかったんだ」

上履きでコンクリートを踏みしめると、不思議と気分が高揚する。

地表からの高度なんて、地面とそう変わらないはずなのに、手を伸ばせば届きそうなほどによく晴れた青空が近く見えた。

紫陽花の後ろに立つ真唯が、笑いながら言う。

「もちろん立ち入り禁止だよ。だから、私たちの秘密さ」

「ふふっ、そうなんだ。いけないんだね、私たち」

あっという間に端まで到着。フェンスは低く、腰までしかない。勢いをつけたら、すぐに飛び越えられそうなほど、あっけない境界線だ。

「なんだかちょっと、こわいね」

「あまりフェンスには近づかないように」

真唯は遠くを見つめながら、小さくつぶやいた。

「今の私ではきっと、空を飛べそうにはないから」

それがどういう意味かはわからない。けれど確かに、紫陽花にとって真唯は、空を飛べそうなほどに軽やかなイメージがあった。今は……少し、わからない。

「おいで」

真唯に手招きされ、紫陽花はフェンスから少し離れた位置で、立ち並ぶ。

「ねえ、真唯ちゃん」

「なんだい」

「遊園地の日、ほんとは最初から仕事が入っていたんじゃないのかな」

見上げた空は青々と澄んで、絵筆で伸ばしたような雲が流れてゆく。

「私とれなちゃんを誘ったのは、私たちをふたりにするため？」

「どうして、そう思うんだい」

「ん～……ただの、カン」

ただなんとなく、デートの日、真唯からかかってきた電話に違和感を覚えた。きょうは行けなくなってしまった、と語る真唯が、まるで前からその事実を知っていたかのように、落ち着き払っていたからだろうか。

だから、ずっと考えてしまった。真唯はどうしてこんなことをしたんだろう、って。

紫陽花の思いついた理由は、ひとつしかなかった。

真唯は、言葉を短く区切って、自嘲するように微笑んだ。

「その答えは…………言いたくないな」

彼女らしくない頑なな拒絶に、紫陽花は瞳を揺らした。

「真唯ちゃん……」

「私は、できれば君には嘘をつきたくない。この学校で出会って、私が対等に付き合いたいと思っている数少ない友人のひとりなんだ」

「それは、私だって、一緒だよ」

紫陽花がそっと真唯の腕に触れる。細くて、紛れもなく女の子の腕だ。

前までの紫陽花なら、一度断られた相手に引き下がるようなことは、しなかった。

だが、その強さをくれたのもまた、真唯だったのだ。

「私の背中を真唯ちゃんが押してくれたから、だから、今の私がいるんだよ。私は真唯ちゃんにすごく感謝しているの。ねえ、真唯ちゃん、どうして私たちをふたりにしたの？」

「……」

それでも真唯は応えてくれないから。

紫陽花は胸に手を当てて、うつむく。

ずるいセリフを、言う。

「私ね、れなちゃんに、キス、したんだよ」

真唯の柔らかな心の内側に、爪を立てるような真似をする。

「ドキドキして、すごくドキドキしてね。れなちゃんとふたりで、手を繋いで帰ったの。ねえ、言ったよね、真唯ちゃんは私に、心配するなって……でも」

顔をあげて、真唯の表情を窺う。

「このままじゃ私、勝っちゃうよ……？」

こんなのは、真唯の不戦敗だ。

「れなちゃん、私のものになっちゃうよ。真唯ちゃんは……それで、いいの？」

いいわけがない。

なのに、真唯は。

「いい、いい、れな子が幸せなら」

「真唯ちゃん！」

紫陽花が、真唯の手を摑んだ。

力なく、真唯はされるがままになっている。

「どうしてそういうことを言うの！　やっぱり、私がれなちゃんに告白をしたせいで――」

「違うんだ、紫陽花。君はなにも悪くない。すべて、私のせいなんだ」

紫陽花の勢いがくじかれる。

「真唯ちゃんのせい、って……？」

真唯はうつむいたまま、歯嚙みした。

「ずっと、考えていたんだ。私は、自分勝手だった。私が私のままで振る舞えば、それはすべて受け入れられると思っていた。私は幼かった。けれど、世界は私の思っているよりも、もう少しだけ複雑だったんだ」

デートの一件よりも、真唯はさらに根の深い話をしようとしていた。

紫陽花は真唯の感情を決して取りこぼさないよう、その端整な顔を覗き込む。

「……聞かせて」

「私には、自分がない」

真唯はそう言った。

「いつだって私は、ママの望む『王塚真唯』という人物を演じている。それはクイーンローズのスターモデルにふさわしい女性だ。彼女は強く聡明で、この学校の皆に好かれている。立派な人物だと、私自身も思う」

まるで他人の業績を語るような言葉だ。

「王塚真唯でいる限り、私はなんだってうまくやれた。善き人でいられたんだ。紫陽花。君の背中を押したのも、あれは王塚真唯だ。本当の私とは、言えない」

「でも……。どっちの真唯ちゃんだって、私にとっては、真唯ちゃんだよ。私だってね、自分がいい子なだけじゃなくって、ちゃんとずるいところも、ワガママなところもあるんだって、認められたから……私ができたんだから、真唯ちゃんなら、きっと」

紫陽花は小さく首を振った。

「……初めて、恋をしたんだ」

　真唯が胸に手を当てた。

「身を焦がすような情熱的な昂りに、私は酔いしれた。彼女のすべてに夢中になった。強い衝動に身を任せるのは、とても楽しかった。これが自由なのだと思った。だけど」

　視線を落とす真唯。

「そうして私は、あの子を傷つけてしまった」

「真唯ちゃん……」

「わかったんだ。私の好きの形は、れな子の求めるものではないと。私がただの私のままでは、いつまで経っても、れな子に愛されることはない、って」

「そんなことは」

「だったらせめて精一杯、優しくしようと思ったんだ。紗月とのときも、君とのときも。でもね、そうなると今度は距離の縮め方がわからなかった。だって、皆の王塚真唯は、決してたったひとりを選んだりはしないのだから」

　真唯の言葉は冷たく重く、まるで分厚い氷の壁のようだった。

　人は誰しも、その場に合わせた仮面をかぶっている。紫陽花だってそうだ。家での自分と、学校での自分と、れな子の前の自分はそれぞれ違っている。友達ひとりひとりの前ですら、少しずつ違う。そんなのは当たり前だ。

　だけど真唯の仮面はあまりにも強固だ。呪い、あるいは宿命とさえ呼べるかもしれない。

「それでもね、私はれな子が好きだ。本当は諦めたくない。でも、だけど……」

真唯が大きく息を吸い込んで、言った。

「私は嫌われるのが、怖いんだ」

他の誰に嫌われてもいい。恨まれるのも仕方ない。そういうつもりで生きてきた。

けれど、れな子に、君たちに嫌われたくない。

「どうすればいいか、わからなくなったんだ」

──そう言ってうつむく真唯に、紫陽花はしばらくなにも言えなくて。

きっとこれまで、いろいろなことがあったのだろう。モデルという業界で勝ち続けてきた真唯には、紫陽花にも想像のつかないことが、たくさん。人を傷つけながらでも、生きてゆくしかなかったのだろう。

気安い気持ちで『大丈夫だよ』だなんて、伝えられない。

それでも、彼女になにかをしてあげたくて。紫陽花は真唯の体を、優しく抱きしめた。

「……真唯ちゃん」

真唯がうつむいたまま、つぶやく。

「どうして君が泣くんだ、紫陽花」

「ごめんね……。私は、真唯ちゃんと違って、心が弱いから……」

「違う。きっとそれが、優しいってことなんだ。私には、ずっとわからなかった」

真唯が、紫陽花の背に腕を回す。

「君がれな子を幸せにしてくれるのなら……紫陽花、私は、もう」

「だめだよ、そんなの、ぜったいにだめ。そんなことで、恋を諦めちゃだめだよ。そんなの、私がゆるさないんだから」

紫陽花が真唯の体を優しく突き飛ばす。

涙ににじんだ瞳が、真唯を睨みつける。

「それこそ、私が真唯ちゃんを、きらいになっちゃうからね」

真唯は悲しそうに、視線を落とした。

「それは……つらいな」

ぐっと言葉を飲み込んで、紫陽花は首を横に振った。

「うそ、ちがうの。きらいになんて、ならないよ。真唯ちゃんのことは、ずっと好き。いつまでも好きだよ。だから、私に真唯ちゃんを嫌いにさせないで」

そっと差し出した紫陽花の手を。

真唯が仲直りするみたいに、握る。

ハンカチで目元の涙を拭った紫陽花が、真唯を見つめる。

その瞳に映る真唯は、まるでいつまでも親が迎えに来ない幼稚園児みたいだった。

紫陽花は無理矢理に笑った。

「ねえ、真唯ちゃん。次は、私とデートしようよ」

「……君と？」

「うん。今度はね、れなちゃんを誘わないで、ふたりっきりで。真唯ちゃんに、たくさん話したいことがあるの。私は、私を救ってくれた真唯ちゃんのために、できることをしたいから。ううん、私にできることを、させて」

「……君にそこまで言わせてしまって、なんだか申し訳ないよ」

「私が、頑固で、ワガママなんだって、真唯ちゃんにもバレちゃった」

紫陽花は小さく舌を出して笑う。

おどけた仕草は、精一杯、真唯の心を軽くするためのもの。だけど、こちらを見る真唯の目は、やはり寂しそうだった。

それでも、よかった。真唯が素直に事情を話してくれたから、自分にもまだやれることがあると、信じられる。

「うん、紫陽花……。ちょっと、いいかな」

紫陽花が「もちろん」とうなずくと、真唯は手を離して、スマホを開く。スケジュールを確認するその顔は、心苦しそうだった。

「しばらくは……だめだ。都合がつかない」

「そっか……。ほんとに忙しいんだね、真唯ちゃん……」

だからといって、このままの気持ちで一ヶ月、二ヶ月を待つのは、さすがに辛い。仕方ないと諦めるのは簡単だけど、紫陽花はさらにもうひとつ、ワガママを重ねることにした。

「なら夏休みのときみたいに、お仕事終わりを待っている、っていうのはどうかな」

「それは君に悪いよ」

「私に悪いと思うんだったら……一日でも早く、私に付き合ってほしいなぁ～」

横暴な彼女のような台詞に、紫陽花は自分がこんなことも言えたのか、と新鮮に驚いた。

「それなら……そうだね、ええと、この休みの日は、午後からひとつステージにあがる仕事があるだけなんだ。だから、それまでか、あるいはその後なら空いている。少し、会場で待たせてしまうことになるけれど」

「大丈夫だよ、真唯ちゃんのお仕事見てるの、好きだから」

指で小さくわっかを作って、微笑む。

「そうか、なら」

「うんっ」

紫陽花はにっこりとうなずいた。

ただ――。

心のどこかでは、自分でもおかしなことをしているな、と思わないでもないのだ。

真唯がれな子を諦めるのなら、自分の恋が叶うというのに。

幸せになりたいと願って、生半可なつもりで告白したわけじゃなかったのに。

――でもやっぱりそれは、決して『自分がしたいワガママ』ではないのだ。

人に幸せになってほしい。自分の幸せも摑みたい。

だけど、その摑み方すら、こだわりたいだなんて。

真唯とともに屋上を去り、後ろ手に鉄扉を閉じながら、内心、思う。

(私は、私の思っている以上に、ワガママだったのかも……なんて)

あるいはそれは、自分を救ってくれた真唯の真似事かもしれないけれど——それならそれで、いい。あの日の真唯は、誰よりも美しくて、かっこよかったのだから。

＊＊＊

イベント当日、会場にやってきた紫陽花を待ち受けていたのは、頭を下げる真唯だった。

「すまない、紫陽花」

「ええ〜……いいけど〜……」

まさか『ひとり足りなくて』をリアルで味わうことになるとは、思わなかった。

事情は簡単だ。真唯とともにイベントに参加するはずだったモデルが風邪をひいてしまい、病欠となったのだ。

普段ならそれでも真唯ひとりでステージを回すことはできる。けれど今回、真唯が着るコスチュームはどうやらペアユニットの片方で、相方がいなければ成立しないものらしい。

というわけで、現場にのこのこ現れた紫陽花が『この子、王塚さんの友達？　いいじゃないですか！』と運営に見初められ、こうして人生初のコスプレをすることになってしまった。

「恥ずかしいよぅ……私、真唯ちゃんみたいな美人さんじゃないのに……」

「はは、似合っているよ、紫陽花。本当に、かわいらしい」

「だったら、いいけどぉ……？」

上目遣いで見やると、真唯はにこやかに笑っている。

「でも、真唯ちゃんってこういうお仕事もするんだね」

「今回はたまたまかな。クイーンローズが一部協賛していてね。その縁で、私も出演させてもらうことになったんだ。アニメにはあまり詳しくないが、今回の資料はちゃんと読み込んだし、原作も履修した。ファンに失礼のない働きはするつもりだ」

「おおー……」

紫陽花はぱちぱちと手を叩く。やっぱり、モデルのときの真唯はひと際かっこいい。

「だったら私も、ぎりぎりまで勉強するね！」

「そうかい？　手伝ってもらっているのに、悪いな……」

「ううん。付け焼き刃だとしても、なんにも切れないよりマシでしょ？」

会場の控え室に、真唯と紫陽花が残る。スタッフがせわしなく出入りしているから、ふたりっきりというわけではない。

ただ、身を寄せ合ってふたりでスマホの小さな画面を覗き込んでいると、なんだか世界にふたりだけしかいないような気分になってきてしまう。

　地鳴りのように会場の盛り上がりが伝わってくる中、真唯がぽつりと口を開いた。

「紫陽花は、いい子だね」

「どうしたの。そんなに急に褒められても、照れちゃうだけだよ」

　ちらりと見た真唯の横顔は、ステージ用のメイクで整えられているからか、普段よりもっと現実感のない美しさだった。ドキッとしてしまう。その気持ちを軽口に変換する。

「もう、こないだから私のこと、褒めてばっかり……。そんなに言われたら、真唯ちゃんのこと、好きになっちゃうんだからね」

「私は好きだよ、紫陽花のこと」

「だから、それはぁ……」

　無意識に、甘えるような口ぶりになって、紫陽花は口をもごもごさせる。真唯のせいだ。

「思うんだ。もしれな子がいなくて、紫陽花に告白されていたら、私はその想いを受け止めたのかどうか、ってね」

「ええ～……？　それは、どう、なの？」

　突拍子もない話だが、内容が内容なので、気になってしまう。

「悪い気はしないだろう。タイミングによっては受け入れる可能性もじゅうぶんにあり得る。でも、君にキスをするかどうかは、また別の話だろうね」

「真唯ちゃんと、キス、って……」

　紫陽花は真唯の唇を見つめてしまい、慌ててスマホに向き合った。両手を膝の上に揃える。

「な、なんかそれ、私が告白したわけでもないのに、フラれてるみたいな気分なんだけどぅ」

「はは、ごめん。でもね、不思議なんだ。れな子だけが特別で……いったい『好き』ってなんなんだろうな、って」

「うん……。なんだろうね、好きって……。どうして、他の人と違うんだろうね……」

小さくうなずく。真唯の言っていることは、わかる。わかるから、わからない。

真唯の瞳はスマホではなく、眼裏(まなうら)に浮かぶれな子の姿を眺めているかのようだった。

「れまフレ」

真唯が唇を動かした。

それは前に聞いた、真唯とれな子のふたりだけの関係性を指す言葉だ。

「もしかしたら、私が紫陽花のことを好きなように、れな子も私のことを好きでいてくれたのかもしれない。だとしたら、やっぱり、悪いことをしていたな……」

「……真唯ちゃん」

「最近ね、応援してくれる人の前に顔を出すのが、少し怖いんだ」

真唯が手のひらを持ち上げて、それをもう片方の手で支える。

「私の体はやっぱり、クイーンローズのためにあるんだよ。それなのに、不純物が混ざったら、今まで見てきてくれた人はどう思うだろう。私はれな子のことが本当に好きになってしまって、だからこそ気持ちが漏(も)れ出ていないかと、不安なんだ」

「……不純物、なんかじゃないよ」

　それに、恋が仕事に及ぼす影響は、きっと悪いことばかりじゃないはずだ。だって、恋する真唯は、同性の自分が見ても胸が苦しくなるぐらい、こんなにもかわいらしいのだから。

「みんな、真唯ちゃんのことが好きなんだから、大丈夫だよ。ほら、モデルはアイドルみたいに、恋愛禁止ってわけじゃないいんでしょう？」

「そうだね。でもそれで私のパフォーマンスが落ちたら、皆はがっかりするだろう」

「だったら、そうならないようにがんばるしか……」

　ハッとして、紫陽花は真唯の手を握った。

「でもそれは、れなちゃんのことを諦めろってわけじゃないからね？」

「うん、ありがとう、紫陽花……。ああ、嫌だな……」

　真唯は自分の体を抱く。

「君にこんな風に励ましてもらう弱い自分が、嫌だ。堂々と胸を張ってステージにあがることができない自分が、嫌いだ。皆の期待に応えられないかもしれないことが、耐えられない。こんな気持ちを味わうのは、初めてなんだ」

　奥歯を噛みしめる真唯の険しい顔は、紫陽花が今まで見たことのないものだった。

　あの王塚真唯が、こんなにも弱々しく見えてしまうなんて。

「れな子に恋をしてから、私は自分の嫌な面ばかり知っていった。恐怖も、臆病も、ふがいなさも、すべて恋が教えてくれたんだ……。私は、恋がこんなにも心を押し潰すものだと、知らなかった。私だけは、なにがあっても平気だって、そう思っていたのに……」

どんなに苦しい気持ちを抱えていても、笑顔でイベントに出演しなければならない真唯のことを思って、紫陽花は胸が痛くなる。

「ねえ、真唯ちゃん、もしよかったら、ちょっと外の空気とか」

言葉の途中で、ひしっと真唯に抱きしめられた。さすがに驚く。

「わ、わ……ま、真唯ちゃん、メイクついちゃう……」

「弱っているところに優しくされると、好きになってしまうというのは本当なんだな。紫陽花、何度でも言うよ、ありがとう。君が私の友達でよかった」

顎を浮かせたままの短いハグを終えた。真唯は紫陽花の両肩を摑んで突き離す。

「少し、ひとりにしてもらえるかな。大丈夫だ。本番までには、気持ちを立て直すよ。君はあとからステージに来てくれればいい」

「でも、真唯ちゃん……」

「平気さ、私はプロだから」

そう言って微笑む真唯はきっと無理をしていて、でも自分にはどうすることもできなくて。

あなたはプロである前に、ひとりの女の子なんだよ、って。

真唯からもらった大切な言葉。

だけど、その言葉だけは、どうしても言えなかった。自分が告げたところで、きっと真唯は切ない笑みを浮かべるだけだろうから。

（ああ、すべては、私が勇気を出したから……）

席を立ち、胸に手を当てる。

れな子が好きだ。だけど、真唯はかけがえのない友達だ。ふたりのことが大好きだ。

そして、紫陽花にとって友達とは——。

（楽しいことだけ、与えてあげたい。悲しい思いも、苦しい思いも、味わってほしくない。ぜんぶ引き受けてあげたいの）

控え室のドアに手をかけながら、振り返る。

真唯の後ろ姿は、やっぱり小さく見えた。まるで暗い湖の底に沈んでいるみたいに。

（ごめんなさい、神様）

願う。

（もう私が幸せになりたいだなんて、言いません。だから）

潤んだ瞳にぐっと力を込めて、泣かないようにこらえる。

今、彼女を幸せにできるのは、自分じゃない。ただひとりしか、いない。

（私の大好きな真唯ちゃんを、幸せにしてあげて。……お願い、れなちゃん）

そして会場を散策していた紫陽花は、紗月と出会って、そして。

真唯の待つステージに向かうことになる。

（お願い）

——甘織れな子の手を、引きながら。

第六章　わたしが恋人になれるわけないじゃん、ムリムリ！（※ムリじゃなかった！）

ステージに向かいながら、思う。

もし本当に、誰からも嫌われない方法があるとしたら、それはひとつだけ。

『普通』になることだ。

好きなものも一緒、嫌いなものも一緒。なにもかもみんなと一緒になれば、周りから叩かれることはなくなる。無敵のバリアの完成だ。

わたしはみんなと一緒になりたかった。ぜんぶ人に合わせて、そうして『普通』になりたかった。真人間になりたかった。量産型女子になりたかった。

そのために、外ではゲーム好きって言わないようにした。ＦＰＳにドハマリしている女子高生は、普通じゃないから。

普通の子がどんなものに興味をもっているのか調べて、ちゃんとわたしも普通のことを好きになろうとがんばった。

世間の輪から外れないように、毎日すごく気をつけて行動していた。まあ、中身がわたしだから、あんまりうまくいかないことも多かったけど……でも、心がけてはいた。

『どこにでもいる普通の女の子』なんて、わたしにとってはめちゃめちゃ褒(ほ)め言葉だった。

クラスの人気者になんてなれなくてもいい。ただ、誰にも嫌われないような、普通の子になりたかった。

入学式に話しかけた王塚真唯(おうづかまい)は、『特別』な女の子だった。

特別っていうのは、普通の上位存在だ。

特別な人は、ずば抜けた長所だったり、華があるからこそ、誰にも嫌われることはない。あるいは人に嫌われたって、気にせずにいられる。嫌っている側の方がミジメになってくるような、そんなキラキラな存在が、特別だ。

ナンバーワン。あるいはオンリーワン。わたしは王塚真唯の後ろをくっついて回る普通の女の子として、うまく学園生活を送っていた。そのつもりだった。

なのに、わたしは間違えた。

六月の晴れた日に、屋上へと逃げ出した。

普通になりきることができなかった。

特別が普通の上位存在なら、普通にもなれないやつは？

決まっている。落ちこぼれだ。

それなのに真唯はわたしの本当の姿を見ても、わたしのことを特別だと思っていてくれた。

ふたりだけの秘密の関係が始まる。わたしは気分がよかった。

真唯に特別扱いされると、自分がなにも成長していないのに、報われた気がした。本当は普通にもなれない落ちこぼれのくせに。

『親友』って言葉を盾にして、醜い姿を隠そうと必死だった。

だって、女同士で付き合うなんて、そんなの普通じゃない。恋人が芸能人だなんて、普通じゃない。わたしがあんなすごい人にアプローチされるなんて、普通じゃない。ありえない。

溺れながらすがりついた『普通』って名前の藁を、わたしは手放すことができなかった。

わたしは弱くて、独りじゃ泳げないから。

真唯のグループはみんな、特別な女の子だ。わたしにはない輝きがあって、ここじゃないどこかを目指している。紗月さんも、紫陽花さんも、香穂ちゃんも、みんなすごい。

人に嫌われたくなくて怯えているのは、きっと、わたしひとり。惨めな気持ちを抱えながら、卑屈な笑みを浮かべていた。

ずっと。

でもね。

もし、やり直せるのなら。

あの日のわたしが、暗い部屋の中で、スマホの画面に映った陽キャに憧れて、光を目指したみたいに。

いつだって、きょうこの日から、新しい自分に手を伸ばすことが許されるのなら。

今度は――――。

真唯に、言わなくちゃいけないことがあるんだ。

わたしはゆっくりと壇上にあがってゆく。

行こう、真唯のもとに。

このステージが、わたしのステージだ。

＊＊＊

「真唯」

裏手から回り込んできたイベントステージ。スポットライトの光は、体を串刺しにするみたいに鋭い。メインステージだけあって、観客の数はさらに多かった。

並ぶ三人のコスプレイヤー。真正面に王塚真唯。後ろには紫陽花さんがいて、わたしはふたりに挟まれるようにして、おこがましくもセンターに立っていた。

『紹介しよう。彼女たちは私の友人の紫陽花と、そしてれな子だ』

真唯が観客になにかを告げると、大きな拍手が巻き起こる。ステージの上で聞くと、まるで地面が揺れるような震動が伝わってきた。正直めっちゃビビる。

でも、今のわたしはどうやら、思ったよりは平気そう。

たぶん、もう頭ではなにも考えていないから。（威張れることではない）

真唯だけをじっと、見つめていた。

『それでは早速、最初のコーナーだ。ゲストに質問ということだけれど、そうだね、ふたりがまず私になにか聞きたいことがあれば』

真唯がなにを言っているのか、半分ぐらい聞き逃しながらも、口を開く。

「どうして、遊園地に来なかったの？」

マイクを手渡してこようとしていた真唯の手が、止まる。

真唯は少し迷った後に、マイクを使わず、肉声で言葉を返してきた。

「言ったじゃないか、あの日は急遽、仕事が入ってしまって」

「私が紫陽花さんの告白に、返事をしちゃったから？」

「もうふたつ目の質問かい？　ペースが速いね」

「でも、言ったよね。あれは違うって。それなのにどうして真唯が勝手に決めちゃうの……」

客席がざわめく。

わたしたちの声は、ほとんど届いていないんだろう。これもなにかの演出かな、と首をひねる人たちの前で、わたしはさらに真唯を問いただす。

「わたしはちゃんと、真剣に考えるって言った。そりゃ、こんなわたしだから、真唯のことをものすごく不安にさせちゃったかもしれないけど……でも……」

「私は不安になんて思っていない。王塚真唯がそんな感情を抱くはずがないだろう」

超然と微笑む真唯。

そこで、後ろから紫陽花さんが声を添えてきた。

「そうだよ、れなちゃんも悪いんだから」

「えっ？」

「真唯ちゃんは、すごく不安がってた。だから、いっぱい、よくないことを考えちゃっていたんだよ。真唯ちゃんだって、悩んでいたんだから」

「そう、だったんだ」

ズキリ、と胸が痛む。

そうだ、ほんとは知っていたはずなのに。真唯だってちゃんと傷つくんだって。

わたしが、ずっと自分のことしか考えていなかったから。

真唯はまだ微笑んでいる。だけど、徐々にその瞳が真剣さを帯びてきた。

「紫陽花。なにもこんなところで、その話をすることはないだろう。今は、お仕事中なんだ。また今度に」

確かに、今はステージの最中だ。真唯はイベントを成功させなければならない。あとほんの少しだけ時間をもらえたら、だなんて、無理なお願いだろう。

でも、どうしてだろう。今このときを逃したら、真唯はもうわたしと言葉を交わしてくれない。そんな予感がして、だからわたしは、迷って。

直後、客席から声があがった。

「どうやら今！　マイクの不調みたいで！　もう少々！　お待ちくださいって！　王塚真唯さんが！　言ってます！」

まるで会場に響き渡るような大声で、びっくりした。

さらにもうひとつびっくりしたのは、それを叫んだのが、紗月さんだったことだ。

え、なんで紗月さんが……？　そんなことを、してくれるの？

「紗月……」

真唯がさすがに表情を崩した。眉根を寄せる真唯。そこに重ねて、今度は香穂ちゃんが「だそうですー！」とめいっぱい叫んで、げほげほと咳をしていた。

紗月さんと視線が合う。その目は、もう私はやるだけのことはやったからあとは好きにしなさい、とでも言うようだった。わたしは握った拳に力を込める。

真唯はまるで追い詰められたみたいに、苦々しくつぶやく。

「どうしてこんなことを」

「みんな、真唯ちゃんの幸せを願っているんだよ。私たちだけじゃない。会場にいる、真唯ちゃんのファンの人も、みんな。だから、それをわかってほしくて」

紫陽花さんの言葉を、まるで拒絶するように真唯が首を横に振る。

「さすがにこれは、余計なお世話だ。紫陽花、君のお節介がそんなにも行き過ぎているとは、思わなかった」

「今は、なんて言ってもらってもいいよ。でも、私は真唯ちゃんに逃げてほしくない」

「私が逃げるなんて」

わたしは。

一歩、真唯に歩み寄った。

「真唯は、わたしが紫陽花さんと付き合った方が、いいの？」

その瞬間、真唯の顔がくしゃりと歪(ゆが)んだ。

決定的な亀裂(きれつ)のような言葉。

「それは……ああ、もちろんだ。紫陽花は私よりもずっと優しくて、素敵な女の子だ。君のことを、きっと幸せにしてくれる。君たちふたりが付き合うべきだ」

「真唯ちゃん！」

駆け寄ろうとした紫陽花さんを、わたしは手で制した。

軽く目をつむる。

ああ、ドキドキする。

付き合うってことは、その人の、人生を背負うってこと。

真唯でも、紫陽花さんでも、その一分一秒は、とんでもなく貴重なもので。

それはわたしなんかのために使われちゃいけないって、ずっと思っていた。

逃げてたんだ、わたしには、そんな価値なんてないって。

でも、違うよね。

心を砕いてくれた優しいふたりに、わたしが似合わないっていうんならさ。それでわたしが断って、ふたりが悲しい顔をするぐらいならさ。簡単なことじゃん。

ふたりのために、なにができるのか。それは——。

似合うようにならなくっちゃいけなかったんだ。わたしは。

告白っていうのは、そのための決意の儀式なんだ。

「わたしも、紫陽花さんのことが、好きだよ。告白してもらって、ちゃんとわかった。紫陽花さんはわたしにはもったいないけど……でも、紫陽花さんと一緒にいるのはすごく楽しかったし、紫陽花さんと話していると、ドキドキするの」

その言葉に、どうしてか、紫陽花さんは口を押さえて悲しそうな顔をした。

「そうか、だったら！」

「うん、だから」

大きく息を吸う。

一度、真唯の手を引いて、プールに飛び込んだことがあった。

あのときの勇気は、わたしの人生においても相当な分を振り絞った。甘織(あまおり)れな子の三年分ぐらいを一気に消費したかもしれない。

だったら。

この瞬間のわたしは、きっと、これからの人生の分を、勇気をすべて使い切ってしまうのだろう。

真唯をまっすぐに見つめて、告げる。

あの夏の日の答えを。

「わたし、紫陽花さんと付き合うね」

勇気を。

紫陽花さんが小さな声で「どうして……」とつぶやいた。

なのに真唯は、どこか救われたような顔をする。

「ああ、そうか」

まるっきり正反対のふたり。明と暗。できの悪いコラージュみたいに、真唯と紫陽花さんのするべき表情は、ちぐはぐだった。

「よかった。これで、私は王塚真唯のままで、いられる」

「ねえ、れなちゃん、どうして」

紫陽花さんがわたしの腕を掴む。

そんな風に、すごく優しいからだよ、紫陽花さん。

自分が報われたことよりも、真唯が傷ついてしまったことを悲しんでしまう。そんな紫陽花さんがいてくれたから、わたしは学校生活が楽しかったんだ。

でもそれは、真唯もだ。

微笑んでいる真唯を見つめる。

いつもわたしのために心を尽くしてくれた真唯。太陽みたいに、わたしのことを照らしてくれた。足元を、自分の濃い影ばっかり見ていたわたしは、ずっと恩知らずだったね。

わたしは、ふたりのことが大好きだ。

だから、わたしは。

わたしは——。


「そして、真唯とも付き合う！」

——普通なんて、もういらない！


「…………………は？」

「え…………………？」

痛い。

沈黙が、肌にぷすぷすとマチ針みたいに突き刺さっている。

すごく、ものすごくふたりの顔を見たくない……。今の言葉で、一生分の勇気が尽き果ててしまった……。そこにないならありませんね、勇気……。

ただ、これだけ告げて『それじゃあわたしはこれで！』と会場を去って学校の屋上から飛び降りたところで、翌日のニュースで取り上げられるだけなので、わたしはここから先も喋らなければならない……。口なんてなければよかったのに、人間……。

「紫陽花さんと付き合って、真唯とも付き合う！」

繰り返した言葉には、なにも新しい情報がなかった。しいて言えば、わたしの面の皮に書かれた『クズ！』というワードを太い油性ペンでなぞった程度。

幻聴だといいんだけど、客席から紗月さんのマジなトーンの「ゴミ……」という感想が飛んできた。八方ふさがりだ。

いや、まだだ。まだわたしには口がある。人類最古の叡智は、言葉だ！

「わたしは、紫陽花さんが好き！　さっき言った通り、ずっと紫陽花さんのことが好きでした！　これが恋だとは思わなかったけど、でも思い出せば最初から恋だったような気もするし、紫陽花さんを見ていると大体いつもドキドキしてたし！　好きです紫陽花さん！」

「う、うん……」

紫陽花さんはわたしの言葉の真意を受け止めきれず、戸惑っていた。そりゃそうだ。ドン引きされていないだけマシ。されているかもだけど！

「そして！　わたしは真唯も好きだ！　屋上で真唯に助けてもらったときから、きっと真唯に惹かれていたんだと思う！　だって真唯に押し倒されたときもそんなに嫌じゃなかったし！　意地張っててごめんなさい！　真唯のことが好きでした！」

「あ、ああ…………」

言葉の勢いに押されたように、真唯がこくこくとうなずいていた。王塚真唯の貴重な絶句シーンである。

人類最古の叡智である言葉は、これまでにおびただしいまでの戦争を引き起こしてきたきっかけでもあったのだということを、わたしはこの日、再認識した。

いやいや！　まだ諦めないよ！

「普通はこういうとき、ちゃんとどっちかを選んで、どっちかにごめんなさいをするべきなんだと思う。っていうか、わたしも本当はそのつもりだったんだ。でも、そんな、自分がフラれることなんて当たり前って顔をしている真唯に、じゃあ紫陽花さんと付き合うね、なんてぜったいに言いたくないので……」

「君は、なにを」

「紫陽花さんだって、おんなじ！　優しすぎるから、自分が選ばれることより、真唯がフラれちゃうことにばっかり、気を取られていたんじゃないんですか!?　違ったらすみません！　わたしは紫陽花さんのことを何も知らないので……でも、そうだったら、そうだと言って！」

「それは……」

紫陽花さんは唇に指を当てて、目をそらした。『そうだよｗ　途中かられなちゃんのこととか、どうでもよかったｗ』とは言ってくれなかった。よかったね。よかったねじゃねえわ。

「だからわたしは『普通』なんて、いらない」

胸に手を当てて、宣言する。

「どっちのことも選ばないんじゃない。ちゃんと、ふたりとも選ぶ。すごく贅沢なのはわかってる。けど、わたしは、真唯と、紫陽花さん。ふたりと、ひとりひとりと付き合いたい」

わたしの言葉に、ふたりは――。

「…………真唯ちゃん」

「紫陽花……」

お互いどうしよう、とでも相談するかのように、視線を交わしていた。

なんだか、バンザーイ三人で一緒だねやったねー！　ってテンションじゃないんですが！

「ねえ、れなちゃん」

わたしの目を見つめながら、紫陽花さんが口を開く。息が詰まりそうなほど、強い視線だ。

「れなちゃんがね、私たちのことを考えてくれているのはね、わかるよ。ありがとう。でもね、それならやっぱり、私よりも……」

「待ってくれ、紫陽花」

真唯が紫陽花さんの手首を摑んで、その言葉を途中で遮った。

「そこから先を言うのは、私が許さない。君は幸せになるべき女性なんだ、紫陽花」

「真唯ちゃん……」

再びふたりが、見つめ合って。

「だから！　そういうんじゃないから！」

わたしは無作法にも、ふたりの間に割って入った。

「言いたいことが、なにも伝わってない！　違うの！　わたしが、ふたりと付き合いたいの！

ふたりの気持ちなんて関係ない！　わたしが、願って、望んで、ふたりの手を取りたいの！」

真唯の手と、そして紫陽花さんの手を、がっしりと掴む。

ふたりの圧倒的美貌を誇る顔面が、すぐ目の前にあって、思わず謝ってしまいそうになる。

わたしなんかが釣り合うはずがないと、この手を離してしまいそうになる。でもそれじゃ、

今までと同じことの繰り返しなんだ。

この場を収めるための場当たり的な台詞じゃなくて、ちゃんとわたしは覚悟を示さなきゃい

けない。信じてもらえるように、ちゃんと。

「ねえ、もしも……わたしが真唯と付き合ったら、紫陽花さんは、どうするの？」

「えっ……そ、それは……」

紫陽花さんの視線が揺れる。

「ふたりのこと、ちゃんと、応援する、よ」

涙目になっている！

「やだ！　そんなのやだ！　わたし、紫陽花さんとちゃんとデートの続き、したいもん！」

「デートの続きって、それ……えっ、あの、観覧車の……？」

紫陽花さんの顔がみるみるうちに赤くなってゆく。わたしはブンブンとうなずいた。うなずきながら、わたしはなんてことを叫んでしまったんだと背中に汗かいてきた。これじゃ紫陽花さんとただキスしたいですって言っているだけじゃん……。

いや、したいかしたくないかで言うとそりゃ、その……その、アレですけども！

「真唯は!?　真唯は、わたしが紫陽花さんと付き合ったら!?」

「フランスに留学して、遠い空の下から君たちの幸せを願おうと」

「なに言ってんの!?　それこそぜったいダメでしょ！　ちょっと待ってよ、そんなことしようとしてたの!?　えっ、紫陽花さんも唖然としているじゃん！」

「……真唯ちゃん……？」

真唯は冗談でもなんでもないような口ぶりで、小さくうなずいた。

「私が近くにいると、紫陽花も不安になるだろう。いつれな子がまた私に振り向いてしまうか、わからない。それなら、距離を置くのがお互いにとっても有益だ」

「理由はメチャクチャ真唯らしいけども！　嫌だよ！　わたし、真唯と離れたくない！」

絆（きずな）を繋ぎ止めるみたいに、結んだ手に力を込める。

「真唯のこと、好きだから……」

「でも君は紫陽花が」

「紫陽花さんのことも好きだけど！」

わたしは完全に開き直っていた。

「ふたりは優しすぎるから、そうやってお互い身を引こうとしちゃうんだけどさ。だめだよ。だってわたしは、すっかりその気になったんだから。わたしは自分のことで精一杯だから、自分の幸せしか願えないの！　ふたりが付き合ってくれないと、わたしは悲しいよ！」

「れなちゃん……なあに、それ……」

あまりにも必死なわたしを見て、紫陽花さんがくしゃっとした顔で、笑ってくれた。

「だって、二股だよ……？」

「……そうですね」

わたしは神妙にうなずいた。そう、世間ではわたしの行為を二股って呼ぶらしい。そして一般的には最低の行いと言われている。した人は、たまに刺されたりしてるらしい。怖い。

紫陽花さんは動悸を落ち着かせるみたいに、胸の辺りを撫で回す。

「私、初めての恋人に、二股された状態からスタートとか、そんなの、びっくりだよ」

「そうですね…………長い人生、そういうこともある、ということで…………」

やばいな。喋れば喋るほど、わたしがとんでもないことを言っている気がしてきた。紫陽花さんを相手に二股？　そんなやつ今すぐブラックホールに飛び込めばいいんじゃないかな。

くじけるな、心。冷静になるな、頭……。どんなに道徳観に追いつめられようと、この手のぬくもりを思い出すんだ。

「でもね、これは真唯には今までさんっざん言ってきて、一度も信じてもらえなかったんだけどさ。わたしって真唯に会う前は、同性同士で付き合うことだって、普通じゃなかったんだよ。

それをムリヤリ、変えられちゃったんだ」

「そうだったのか」

真唯は今初めて聞いたことのように、驚いていた。おい。

「だからね、だったら、どうしてわたしだけ一対一で付き合うっていう普通に縛られてなきゃいけないのかな、って。今度はそっちがわたしに合わせてほしい」

『……………』

この強引すぎる論理に、真唯と紫陽花さんはまたしても押し黙った。

うん……うん。

おかしいな……。告白されて、選ぶ側だったのはわたしのはずなのに、なぜだろう。わたしのほうがふたりに『待って！　捨てないで！』って、すがりついているみたいだ。

沈黙を破ったのは、紫陽花さんだった。

「ね」

紫陽花さんが、真唯に困ったような笑顔を向ける。

「どうしよ、真唯ちゃん……こうなったらもう、ふたりで、付き合っちゃう？」

「私と紫陽花で、か……。それは、なるほど」

「待って！　捨てないで！」

わたしはすがりつく。

ここで独りにされたら、もう生きてく自信がない！

「幸せにするから！　ふたりのこと、ぜったい幸せにするから！」

その場にひざまずいて、ふたりの手を取る。鏡写しの香穂ちゃんに説教していた偉そうな女の面影なんて、一個もない。それはまるで、めちゃめちゃ浮気者の騎士みたいだった。

「だったら三年間！　高校卒業まで、わたしと付き合ってよ！　終わる頃には、わたしと付き合ってよかったって、そう思わせるから！　ふたりのこと、メロメロにしてみせるから！」

ただ叫ぶ。

「もう、どうしてわたしなんかが、なんて言わない！　ふたりに好きって言ってもらったことを疑わないよ！　ふたりにずっと好きでいてもらえるように、努力するから！　お似合いの恋人になってみせる！　だから、だから…………」

急に涙があふれてきて、言葉に詰まる。

だって、わたしの言葉にはなんの根拠もない。

わたしがふたりのことを好きなのは事実で、ふたりと付き合いたいのも事実。だけど、ふたりを幸せにできるかどうかは、わたし次第だ。

保証もない。約束もできない。こんな言葉を信じろだなんて、虫が良すぎる。

それでもわたしは、信じてほしかった。ふたりには信じてほしい。そうしたらきっと、できる気がするから。

「わたしと、付き合ってください、真唯、紫陽花さん……。ふたりのこと、ちゃんと幸せにしてみせるから……。だってわたし、ふたりのことが、大好きだから……」

子供が駄々をこねるような、かっこ悪い告白だ。

わたしは、ぜんぶをさらけ出した。

これからの未来。わたしたちが……ううん、少なくともわたしがいちばん幸せになる世界を、示した。これがわたしの、普通じゃない好きの形なんだ。

後はもう、ふたり次第。

「意地悪なことを言って、ごめんね、れなちゃん」

紫陽花さんに、頭を抱かれた。

まるでわたしの涙を隠すみたいに。

「ううん、そんな、言いたくなるのだって、当たり前だよ。わたし、ふたりにすごいこと言っているもん……」

「……私はね、やっぱり、まだ戸惑ってる。こんな形、ぜんぜん想像してなかったから。本当にこれでみんな幸せになれるのかな、って疑っても、いるの。今よりもっと、つらいことになったり、悲しいことが起きたり、するんじゃないかな、って」

「うん……」

みんなが見守っているステージの上。

光の世界で、でもね、と紫陽花さんが口を開く。

「どうなるかわからないことに、一歩を踏み出したのは、私だから。それなのに、れなちゃんが勇気を出して言ってくれたことを、頭ごなしに否定は、したくないんだ」

紫陽花さんを見上げる。

優しい微笑みがあった。

「だってれなちゃんは、言ってくれてたんだもんね。ずっと三人で、遊びたい、って」

言ったような、気がする。

三人で過ごした夏休みが、あんまりにも楽しくて。

紫陽花さんも、覚えていてくれたんだ。

「わがままで、怒りん坊な私だけど、れなちゃんのこと大好きだから……」

温かな雨のような、紫陽花さんの声。

「紫陽花さん……?」

わたしは、息を吞む。

「とりあえずは、高校卒業まで、かな？　ふふ、こちらこそ、よろしくお願いします」

「え、じゃあ、その……」

わたしはゆっくりと立ち上がる。紫陽花さんと視線を合わせる。繋いだ手を、紫陽花さんが結び直してくる。それは恋人つなぎだった。

クラスの人気者で、ずっとわたしの憧れだった、紫陽花さん。

紫陽花さんは、はにかむ。

「デートの続き、しようね。今度ね」

今、この瞬間から。

紫陽花さんは、わたしの恋人になった。

頭がくらくらして、倒れそう。あるいは今すぐステージを走り回りたくなる。

「ありがとう、紫陽花さん、ありがとう！」

「きゃっ」

力いっぱい抱きしめると、紫陽花さんのかわいらしい悲鳴が聞こえてきた。おっと、衣装を汚しちゃいけないから。わたしはお行儀よく、元の位置に戻る。

焦らなくてもいい。これからいくらでも、こういうことをしていけるんだ……いや、こういうことってどういうことかはわからないけど。っていうかそもそもまだ終わってない！

もうひとり。わたしに告白された女の子がいる。

彼女からもちゃんと、返事を聞かせてもらわないと。

ぐしぐしと涙を拭いて、わたしは真唯を見返した。

「真唯」

誰よりも似合うステージで、どこにも居場所がなさそうな顔をしている真唯。

話さなきゃいけないことは、ほんとはもっともっとたくさんある。

「待たせちゃって、ごめん。真唯のことずっと振り回してて、ごめん。ずっと勇気も自信もなくて。でもね、わたし変わろうと思った。変わりたかった。今なら真唯と、この先に進めるような気がするから、だから」

触れれば崩れ落ちてしまいそうな切なさをたたえた真唯に、指を伸ばす。

すべてのきっかけは、親友と恋人の座をかけて始まった、わたしたちの勝負だった。

その決着が今、つくんだ。

「……いつか君は、私のことを抱きしめて、プールに飛び込んでくれたね」

「……うん」

「あれは、たとえ私が空を飛べなくなったとしても、君は一緒に悲しみを分かち合ってくれる、って意味だと受け取ったんだ」

「うん」

真唯がどんなに失敗しても、わたしがそばにいて、慰めてあげる。わたしはそう言いたかった。大切な人とは、楽しいことだけじゃなくて、悲しいことだって、分かち合いたいから。

「あの言葉は、本当に嬉しかった。あの日から私は、君のことがもっと好きになったんだ。だけど……もし、私と紫陽花と、同時に付き合うと、君がそう言うのなら」

目を潤ませながら、真唯が尋ねてくる。

「それはきっと、本当に大変なことだよ。ふたり分の苦労を、優しい君は背負うことになる。今回の件で思い知ったんだ。私も大概、面倒な女だ。どうするんだい、君は、これから」

どうするか。

ふたり分の悲しみを引き受けることになったとき、わたしはどうするのか。

それは。

「がんばる」

わたしの答えは、ひとつも変わらない。

軽く目を見開いた真唯に、言い張る。

「がんばるよ。とにかく、めちゃくちゃがんばって、今よりもっと、強くなる。そうしたら、真唯のこと、ちゃんと支えてあげられるから」

──本当はね、考えていたんだよ。この一ヶ月。

いつだって、きょうこの日から、新しい自分に手を伸ばすことが許されるのなら。

紗月さんみたいに強く。

紫陽花さんみたいに優しく。

香穂ちゃんみたいに自分の好きに正直に。

真唯みたいに輝いた自分に、なりたいんだ──。

それはきっと、見上げて首が痛くなるような目標だけどさ。

わたしのそばには、四人がいる。『特別』な四人が。

そんな子たちと毎日お話していたら、憧れないなんて、ムリだよ。それにね、みんながわたしのことを、認めてもくれるんだ。たまには役に立っているのかなって思えるの。だから、自虐しても、自虐しても、１ミリぐらいは浮かれちゃってさ。

お布団の中で思い出すのは、悪いことだけじゃないんだよ。

たまたまテストでいい点を取って、紗月さんに褒められたこととか。わたしの言った冗談で紫陽花さんが笑ってくれたこと。香穂ちゃんがペア決めでわたしを選んでくれたこと。真唯が、微笑みかけてくれたこと。嬉しいことだって、いっぱい覚えている。

自分で自分を傷つける言葉の陰に隠れて、小さいけれど、自分を認めてあげる言葉だって、浮かんでくるんだ。

中学まで引きこもっていた女の子が、友達とステージに立つのなんて、簡単じゃないでしょ。それで少しも自分のことを認めてあげないなんて、それこそムリだよ。

だってわたし、がんばってたもん。

高校に入ってから、すっごく、がんばってきたんだから。

『誰にも嫌われたくない』を目指すなんて、苦しいよ。

どんなにわたしががんばっても、がんばっても、人からの評価でぜんぶが決まっちゃうなんて、そんなの、本当は嫌だから。

わたし、変わりたい。

ねえ、甘織れな子。失敗してくじけることがあっても、そのときはそのとき。ＭＰを充電して、また立ち上がろう。失敗することには慣れているんだ。

がんばるからさ、わたし。

キミもちょっとはわたしのことを、見直してくれるように、がんばるから。

「これからも、がんばるから、真唯。言葉じゃなくて、ちゃんと行動で示すからさ」

「君は」

真唯の目が色彩を映す。

「わたしを、信じて、真唯」

真唯の瞳に、光が瞬いた。

光は雫となって、頬を伝う。

「わたしは、真唯と、恋人になりたい。親友じゃなくて、れまフレでもなくて、恋人に」

「れな子」

「好きだよ、真唯」

ああ、と真唯が感嘆の声を漏らした。

「まさかこんな日が来るなんて、思わなかった」

真唯が、王塚真唯が泣いていた。

わたしに決して見せようとはしなかった顔で、ボロボロと涙をこぼしていた。

「嫌だった……。れな子のことが好きだから、紫陽花にも渡したくなかったんだ……。だけど、私は、格好悪いところを見せたくなくて、私がれな子のためにできることは、もう、それしかないと、思っていたんだ……」

紫陽花さんが、真唯の肩を抱く。

「うん、うん……真唯ちゃん、もう、いいんだよ。ひとりでムリしなくても、いいんだよ」

こんな真唯、初めて見る。

あまりにも真唯が、かわいらしくて、愛(いと)おしくて。

また、泣いちゃいそうだった。

「そうだよ。真唯はちょっと意地を張りすぎだよ。だから前だって、ひとりで恋人募集パーティーなんて開いちゃってさ。あのときだって、大変だったんだから」

わたしと紫陽花さんは、微笑みながら、真唯のことを抱きしめた。

スポットライトの下、みんなの目に同じような涙が浮かんでいて、なんだかおかしかった。

真唯のことが好きで、紫陽花さんのことが好きで、胸がいっぱいだ。

好きの気持ちがあふれてくる。

わたしのどこにこんなたくさんの愛が眠っていたんだろう。

大好きで、大好きで、泣けてきちゃうなんて。

「大好きだよ、真唯」

「私も、好きだ。愛している、れな子」

頭をすり寄せる。髪がじゃれて、真唯の匂いがする。

ようやく、わたしは本当のことが言えた。

これで、真唯とも、恋人同士。

また新しい、関係だ。

「ね、大好きだよ、紫陽花さん」

「うんっ。私もね、好き。れなちゃんのこと、大好き」

額と額が触れ合う。紫陽花さんの温かさが伝わってくる。

「わたしぜったいに、ふたりのことを、幸せにするから。ふたりにお似合いの恋人になれるよう、がんばるから」

それはきっと、明らかに調子に乗ったわたしの発言だった。

でも『わたしごときがなにを』という内なる声は、今は聞こえない。

だってこれは約束じゃない。契約でもない。ただの願いだ。未来への、誓いだ。

わたしはそのつもりで、これからを生きていく。きっとものすごく大変なことが、いくらでも起きる。不安要素は数えればきりがない。だいたい、真唯と紫陽花さんを同時にカノジョにして、それでもお似合いの女って、どんなハイパーウーマンだ。

それに、わたしはまだよく知らないけど、いずれやってくる嫉妬ってやつはとんでもなく強い感情らしい。勝てないかもしれない。

だとしても、そのときはそのとき、また考えればいい。

いいんだ。軽率に決めたことで、何回失敗したって。失敗なら慣れてる。

これからも何度も何度も何度も自分の無力さを突きつけられて。

そのたびに死ぬほど悩んで、もがいて、あがいて。

それでも、泣きながら前に進んでいけばいい、それだけだから。
大丈夫。遠い目標だけど、きっと、ムリじゃない。
だってわたしは、甘織れな子だから。
ふたりが好きになってくれたわたし、なんだから。

エピローグ

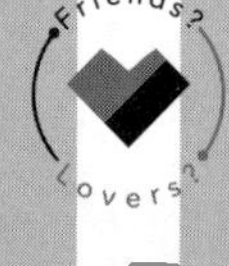

わたしは額を押さえていた。

あの後、ちゃんと王塚真唯を完遂して、イベントを終わらせた真唯は本当にとんでもない女だと思ったんだけど、問題はその後。

『三人で付き合うことにしました！』という言葉は、もちろんステージの最前列にいた紗月さんと香穂ちゃんには丸聞こえだったらしく。

『なんじゃそりゃあ！』と。

香穂ちゃんに、見事に頭突きの一撃を食らったのだった。

真唯も紫陽花さんもなぜか助けてくれなかった……。なぜか……。

まあ、紗月さんに追撃を食らわなかっただけ、運がよかったのかもしれない……。ずっとすごい目してたもんな、紗月さん……。わたしは一言も言葉を交わせませんでした。

というわけで、わたしは自分の部屋で手鏡を見ながら、額に軟膏を塗っているところ。

「はあ……。しかし、まじで、今回はすごい……すごかった……」

まさかこんな結末を迎えるとは、思ってもみなかった。

三人で付き合う？　誰がそんなことを言い出したんだ。人間のクズかな？

わたしは深々とため息をついた。

タイムマシンで紫陽花さんに告白される前の自分に会いに行って『よう！　お前これから真唯と紫陽花さんで二股するから！　がんばれよ！』って言ってみたい。どういう反応するかな？　石で殴られるかもしれない。

そこでドンドンと元気にドアがノックされた。このアホっぽい音色は妹だ。

「ふぁーい」

箱を抱えた妹が、部屋に立ち入ってくる。

「お姉ちゃん、なんか届いてたよ」

「あ！」

わたしはずざざざと妹の足元に滑り込んだ。妖怪じみた動きに、妹が「うげ」とうめいて後ずさる。わたしは妹の腕から箱を奪い取ると、それを強く抱きしめた。

「フォーくん～～～～～！」

「えええ……？」

「おかえり！　わたしのフォーくん！　寂しかったよ、やっぱり君がいないとわたしだめなんだ！　愛しているよ、フォーくん！」

「きも……」

妹の失礼なセリフだって、今のわたしには効かない。フォーくんと再会できたわたしは無敵だった。つよつよれな子だ。いちいちこんなことでへこたれてなるものか。ちゃんとがんばるって決めたしね。

とはいえ、戦士には休息も必要なのだ。フォーくんを早速いそいそとテレビに繋ごうと思ったら、妹がまだいた。

「ん?」

「いや、そういや星来がお姉ちゃんに『次は見ててくださいね』って言ってたけど、なんかあったの?」

「え!? いや、別に!? わたしがこないだ一度も星来さんと目を合わせなかったからかな!? ちゃんと目を見てお話しましょうね、っていう!」

「そういうニュアンスのトーンじゃなかったけど……まあいいや、はい」

妹がわたしに写真を突き出してきた。

あ、そういえば妹に貸してたんだった。ここ最近、異常に事件が多発して、忘れてた。

「貸してくれてありがとね。王塚真唯のナマ写真は、大受けだったよ」

「そっちかよ! じゃあわたしのスマホに山ほどあるよ!」

「え、そうなの!? ぜんぶ送ってよぜんぶ!」

「めんどくさいし嫌だよ! わたしはゲームで遊ぶんだから! 帰れ帰れ!」

追い出す。ちぇー、と言いながら妹は去っていった。だが、すぐに写真を求めて第二第三の妹が押し掛けてくるだろう……。あいつ、なんだかんだしつこいから。

さて、ようやくフォークんとふたりっきりだね……ウフフ……。

その前に、写真を引き出しにしまおうとして、しかし、手が止まる。

「…………」

引き出しの中にあった写真立てに、写真を収める。

そうして、机の上に飾ってみた。

……いい写真じゃん。

思わず頬をほころばせる。ついでに、お節介をつぶやいてみたり。

「……あんた、これから真唯と紫陽花さんと、二股をかけることになるよ。ほんっと大変なんだから。でも、ま、諦(あきら)めないで最後まで、せいぜいがんばりなさい」

もちろん写真の中のわたしはなにも返してこない。

ツン、と指で弾(はじ)く。

「そしたら……前よりちょっとだけ。自分のことが、好きになれるから」

カチリ、と音を立てて、時計の針が進む。この瞬間も、進み続ける。

王塚真唯と瀬名(せな)紫陽花と、甘織(あまおり)れな子。三人が映った写真はなぜだか、前よりほんのちょっとだけ、釣り合いが取れている……ように、見えたのだった。

【間章】紗月と甘織２

ねえ、甘織

紗月

紗月

あなた、ふたり同時に付き合うなら、もうひとりぐらい増えたところで、同じことでしょう

紗月

だから

紗月

私とも付き合って、甘織

＋

あとがき

ごきげんよう、みかみてれんです。

わたなれ続くよ！　まだまだ終わりじゃないよ！（強調）

さて、大事なことを言い終えたので、今回は少しマジメなお話です。**（※4巻ネタバレなし）**

4巻執筆時『今回は賛否両論があるだろうなあ！』と思い、どんな決着を迎えようかは最後の最後まで悩み続けていました。**なぜ3巻であんなヒキにしたのか（面白いと思ったから……）**

多くの書籍の中から本作を選んでくださったすべての読者の方のために報いることができるような、そんな話を書きたいと、日夜、試行錯誤しておりました。

ただ『わたなれ』という作品は、女の子が女の子に恋をする、ガールズラブコメディ作品です。このお話で初めて女性同士の恋愛モノに触れるという方も多いかと思います。なので、少なくとも本作は、女の子同士だからこそ提示できる答えを打ち出すことが、必須事項でした。

1巻あとがきにも書いたように、わたしは恋する女の子を描くことが好きです。そして、どんなタブーにも縛られず、当人同士で世界最強に幸せになってくれと願っております。

だったら！　わたしは最終的に考えることをやめて、1巻から3巻を何度も読み返して、心にれな子を生み出し、彼女の自主性に任せる結果にしました。**責任はすべてわたしが取る。ラノベとしてこうあるべきとか、いいから、好きにやってくれれな子。**それがあの決断です。

　各キャラクターの名前には、モチーフがあります。王塚真唯は女王。琴紗月は月。瀬名紫陽花は花。小柳香穂は（ネタバレなので伏せ）。そして甘織れな子は、女の子です。

　ひとりの女の子が、恋する女の子となり、そして彼女にとってこれしかないという答えを描けたと、今は思っています。願わくば読者さんもちょっとでも思ってもらえたら、嬉しいな。

　と、4巻まで追いかけてくださった読者さんになら、少しぐらいマジメなことを言ってみようと思いまして、こんなあとがきになりました。ご清聴ありがとうございました！

　とりあえずメンバー回を一周した4巻にて、当初予定していたわたなれの物語は、一区切りしました。5巻からは第二シーズンに入っていきます。

　みんながどういう高校生活をたどっていくのか、わたしも書くのが楽しみです。

　次回は、**紗月さんの落とした爆弾**で、れな子がしっちゃかめっちゃかになるところから！

　それでは、謝辞です。**スペースがねえ！　みんなありがとう！！！　竹嶋さんの絵、好き！**

　ただ宣伝はやる！　むっしゅ先生が作画してくださっている『**わたなれコミカライズ3巻**』が、**10月19日**に発売されました！　もうひとつのガルコメ『**ありおと**』もよろしくね！

　それでは、次は5巻でお会いいたしましょう！　みかみてれんでした！

ダッシュエックス文庫

わたしが恋人になれるわけないじゃん、ムリムリ！（※ムリじゃなかった!?）4

みかみてれん

2021年10月30日　第1刷発行
2024年11月11日　第5刷発行

★定価はカバーに表示してあります

発行者　瓶子吉久
発行所　株式会社　集英社
〒101-8050　東京都千代田区一ツ橋2-5-10
03(3230)6229(編集)
03(3230)6393(販売／書店専用)　03(3230)6080(読者係)
印刷所　TOPPAN株式会社
編集協力　梶原　亨

ISBN978-4-08-631439-8 C0193